LETTRES

FLAMANDES.

LETTRES
FLAMANDES,
OU
HISTOIRE
Des variations & contradictions

DE LA PRÉTENDUE

RELIGION NATURELLE.

A LILLE,

Chez DANEL, Imprimeur-Libraire sur
la Grand'Place.

1754.

TABLE DES LETTRES,

Contenues dans cet Ouvrage.

I. Lettre. *Existence de Dieu*,
                                    Pag. 1

II. Lettre. *La nature de Dieu*,   6

III. Lettre. *La nature de Dieu*,   15

IV. Lettre. *La nature de Dieu*,   21

V. Lettre. *Monde le plus parfait*,
                                    19

VI. Lettre. *Monde le plus parfait*,
Béatitude, Espérance,   22

VII. Lettre. *Monde le plus parfait*,
Vie future,   41

VIII. Lettre. *Monde le plus parfait*,
Immortalité de l'ame,   46

IX. Lettre. *Monde le plus parfait*,
Etat d'Innocence,   52

X. Lettre. *L'homme , les Passions , la Raison. Péché originel , ou le Labyrinthe ,* 71

XI. Lettre. *Amour propre. Loi naturelle ,* 108

XII. Lettre. *La Foi de Pope ,* 123

XIII. Lettre. *Culte Religieux ,* 130

XIV. Lettre. *Incertitude des Déistes ,* 134

Fin de la Table.

LETTRES FLAMANDES.

PREMIERE LETTRE.

Vous m'invitez, Monſieur & cher ami, à vous féliciter du bonheur que vous avez eu de rencontrer dans Paris tant de grands Philoſophes qui font la gloire de notre ſiécle, & qui, ſelon vous, effacent tout ce qu'on a admiré juſqu'ici. Les Pope, les Voltaire, les Monteſquieu, les Buffon & autres, vous paroiſſent des prodiges de génie, deſtinés à diſſiper les ténébres où preſque tous les hommes ont vécu juſqu'à ce jour. Que ce fut un événement admirable & raviſſant pour vous, d'ouvrir tout-à-coup les yeux à la lumiére de la vérité, comme un aveugle qui par miracle voit celle du ſoleil pour la premiére fois ; de voir tomber tous les préjugés de votre premiére éducation ; de découvrir à l'aide de la raiſon toute pure, que toutes les choſes

A

qu'on vous avoit données comme des arti-
cles de foi, ne font que des erreurs grof-
fiéres, accréditées par une crédulité popu-
laire & méprifable ! Mais de tous les peuples il n'en eft point à votre jugement, qui
foit plus crédule que les Flamands : vous
rougiffez de leur fimplicité ; vous voudriez
qu'ils en fortiffent comme vous, & qu'ils
euffent le courage de prendre l'effor & de
s'élever à cette heureufe liberté de penfer
dont les Anglois font profeffion, & que les
François imitent avec tant d'ardeur & de
fuccès ; qu'ils quittaffent une Religion qui
n'eft qu'un tiffu d'abfurdités & d'extravagances, pour fuivre la Religion naturelle,
qui n'eft autre chofe que la raifon même,
& par conféquent la vérité toute pure : on
n'y croit rien qu'on ne le comprenne. En
un mot votre Patrie vous fait pitié, vous
brûlez d'impatience de lui procurer l'a-
vantage dont vous croyez jouir, & vous
commencez par moi. Je vous fuis obligé
de votre bonne volonté. Mais je ne fau-
rois flatter, & je vous le dirai franche-
ment : Si c'eft-là le fruit que vous avez re-
tiré du féjour que vous avez fait après nous
dans la capitale du Royaume, loin de vous
féliciter, je ne puis que vous plaindre. Et
comme l'amitié vous porte à entreprendre
de nous défabufer, vous trouverez bon
que par un retour de la même amitié je
tâche de vous défabufer vous-même. Vous
ne voulez plus écouter que la raifon, écou-
tez-là donc, & voyons fi cette fimplicité,

que vous nous reprochez, fur-tout en fait
de Religion, n'eſt pas plutôt force d'eſprit, ſolidité de raiſon, droiture de cœur,
Vous n'attendez pas ſans doute d'un Flamand tous les agrémens du ſtile de vos
Philoſophes; vous ſavez que ce n'eſt point-
là ce qui décide: tous les brillans imagi-
nables ne font pas un ſeul grain de raiſon,
& c'eſt la raiſon qui doit décider. Entrons
en matiére.

EXISTENCE DE DIEU.

Au premier pas que je fais dans votre
Religion naturelle, je vous ſurprens dans
le plus grand déſordre. Y a-t-il un Dieu?
Oui, il y en a un, diſent les Déiſtes. Non,
il n'y en a pas, diſent les Athées. Il y a un
Dieu; Dieu eſt une intelligence infinie qui
a créé le monde. Non, Dieu n'eſt autre
choſe que la matiére même de ce monde,
matiére éternelle, immenſe. Non, Dieu
eſt l'ame du monde & non le monde même:
il eſt matériel, mais la partie la plus déliée,
la plus ſubtile de la matiére, & non la matiére groſſiére. La *Raiſon* de vos grands
Philoſophes fait accorder toutes ces propoſitions: nous autres Flamands, nous l'a-
vouons avec ſimplicité, nous n'avons pas
aſſez d'eſprit pour y réuſſir: elles nous paroiſſent d'énormes contradictions. Ces variations ſur ce point capital ruinent le ſyſtême de la *Religion naturelle* par les fondemens. C'eſt un ſeul & même Auteur qui

varie & se contredit ainsi lui-même ; plusieurs sont dans ce cas. S'il en est quelqu'un
qui s'accorde avec lui-même, en se tenant
ferme à l'une de ces propositions, il est en
discorde avec un autre qui soutient la proposition contraire. Vos Auteurs, tous tant
qu'ils sont, ont donc ici deux choses à faire,
avant qu'ils puissent avoir droit de se faire
écouter. La première, c'est que chacun
s'accorde avec soi-même. La seconde, c'est
que tous ensemble ils s'accordent les uns
avec les autres. J'ajoûte que lors même
qu'ils s'accorderont ensemble, si cela arrive
jamais, j'aurai encore une difficulté à leur
proposer qui ne sera pas peu embarrassante. Je prendrai donc la liberté de leur dire :
Vous vous réunissez aujourd'hui dans un
même sentiment. Fort bien. Mais il y a
vingt, trente, quarante ans & plus, que
vous êtes dans des contradictions les uns
avec les autres : cependant vous étiez tous
alors de la même *Religion naturelle* ; vous
ne parliez d'autre chose. Cette Religion
renferme donc toutes ces contradictions.
Répondez. Voilà un opprobre que vous
n'effacerez jamais, puisqu'il vous est impossible de faire que ce qui a été n'ait point
été, & que vous n'ayez jamais été dans ces
contradictions où nous vous avons trouvés. Voilà ce qui décide tout, & qui dis-
pense de vous répondre ou d'entrer plus
avant en controverse avec vous, non-seulement les simples qui n'en seroient pas capables, mais encore ceux qui n'en auroient

pas le loifir ou qui ne voudroient pas s'en
donner la peine. Vous n'avez pas la *Rai-*
son pour vous ; la chofe eft démontrée. Ils
l'ont pour eux , puifqu'ils vous confondent
en quatre mots dès la première entrée de
la difpute : ils font bien de s'y tenir & de
demeurer dans la Religion révélée dans
laquelle ils ont été élevés , & dont les plus
beaux efprits ne peuvent s'écarter fans
donner dans des travers deshonorans. Pour
moi je ne crains point de vous fuivre par-
tout , ou plutôt de vous pouffer plus loin.
Je commencerai l'ordinaire prochain, pour
ne point faire d'une Lettre un volume. En
attendant , j'ajouterai feulement un petit
mot.

Il y a un Dieu. Non, il n'y en a point.
Dieu eft une intelligence fouveraine. Il n'y
a point d'intelligence ; tout eft matiére , &
Dieu n'eft autre chofe que cette matiére
immenfe. C'eft en deux mots la bafe de la
Religion naturelle. Remarquez , s'il vous
plaît , que ce dernier fentiment eft le même que le fecond. Dire que ce monde matériel eft Dieu , & dire qu'il n'y a point de
Dieu , c'eft une même chofe. Mais pourquoi retenir le nom de Dieu ? C'eft que la
nature elle-même fe révolte contre cette
propofition : Il n'y a point de Dieu ; tant
elle crie avec force : il y a un Dieu. Telle
eft la voix de la vraie *Religion naturelle.*
Elle fe révolte en même-tems contre cette
propofition : Dieu n'eft autre chofe que ce
monde matériel , puifque dire que c'eft-là

A 3

Dieu, & dire qu'il n'y a point de Dieu, c'est une seule & même chose. La *nature* nous apprend donc aussi que Dieu est une intelligence souveraine.

Je vous laisse cela pour sujet de médiration, & je suis, &c.

A Lille, ce 3. Janvier 1752.

SECONDE LETTRE.

LA NATURE DE DIEU.

JE tiens ma parole, M. & pour ne point perdre de tems, je viens au fait. Selon la *Religion naturelle* il y a un Dieu, c'est-à-dire, un esprit qui a créé toutes choses, qui a même été obligé par sa sagesse infinie de faire le plus parfait de tous les mondes possibles, en suivant les combinaisons des loix générales du mouvement. Dieu ne veut qu'une seule chose, savoir l'exécution de ces loix générales. De-là résulte tout le détail. Il ne veut aucun événement particulier : une seule volonté générale produit tout. Rien n'arrive de telle & telle manière en particulier, qu'en conséquence de ces loix générales que Dieu aime uniquement, parce qu'il n'est rien de plus sage, & que Dieu infiniment parfait aime nécessairement tout ce qu'il y a de plus fage. Ainfi point de Providence ; il eft indigne de Dieu d'entrer dans aucun détail : il fe tient tranquille au plus haut des cieux, jouiflant de fon éternelle félicité. Tout eft bien comme il eft, puifque tout eft une fuite de ces loix à quoi il n'y a rien à réformer. Point de vertu, point de vice ; il n'y a de mal qu'en apparence : vice & vertu ne font que des mots ; ou s'il y a des vices, ce font des *ingrédiens* inévitables dans l'exécution des loix générales, & par conféquent des chofes innocentes : Dieu ne punit donc rien, il ne récompenfe rien. Heureux homme, vous n'avez plus rien à craindre ! Nous vous avons délivré de ces frayeurs qu'on vous avoit infpirées avec le lait dans une éducation fuperftitieufe. Remerciez-nous ; félicitez-vous vous-même, & jouiffez du monde en paix. Arrêtez. Où allez-vous ? Si par malheur il fe trouvoit un enfer, comme un *ingrédient* inévitable à la combinaifon la plus parfaite des loix générales ! La *Religion naturelle* n'en fait rien. Elle dit bien que tout ce qui fe fait n'eft qu'une fuite de cette combinaifon ; mais elle ne le conçoit pas. Elle ne peut pas dans le détail nous montrer la combinaifon particuliére qui produit tel & tel effet. Elle ne connoît pas tout ce qui peut réfulter de ces combinaifons ; elle ne fait donc pas fi l'enfer n'eft pas un de fes effets. Car vous ne dites que tout eft bien, que parce que vous voyez qu'il exifte, & que tout ce qui exifte eft bien, parce qu'il eft

A 4.

l'ouvrage de Dieu & une fuite des loix
générales. Mais voyez-vous tout ce qui
exifte ? non. Il peut exifter un lieu de fupplice fans que vous le voyiez : en ce cas il
feroit *un bien*, il feroit une perfection ou
un *ingrédient* de la combinaifon la plus
parfaite des loix générales. Vous répli-
quez : Puifqu'il ne peut y avoir de vice, il
ne peut y avoir de fupplice pour le vice.
Mais puifque l'homme eft libre dans l'u-
fage de fa raifon, le mauvais ufage qu'il en
fait n'eft-il pas un vice puniffable ? Ecoutez Pope fur cette liberté :

> De ce but la Raifon *libre* de s'écarter,
> *Sort de l'ordre prefcrit, ôfe lui réfifter.* *

Vous voilà replongé dans vos craintes &
vos allarmes.

Non, ce fyftême ne vaut rien. Il eft mieux
de dire qu'il n'y a point de Dieu, ou plutôt que Dieu n'eft autre chofe que ce vafte
univers, qui eft immenfe, infini, fans
bornes : voilà des attributs divins. C'eft
une erreur de croire qu'il y a des efprits.
C'eft la matiére prife dans fon entier, qui
eft Dieu, c'eft ce tout-enfemble. Ce monde n'a point été fait, il eft fans commencement, il fera fans fin. Voilà encore des
attributs divins, des perfections infinies.
Rien ne s'anéantit : ce qu'on croit mourir

---

* Poëme de Pope. Effai fur l'homme. Edit. *in-*
12. 1737. pag. 87.

& périr, ne fait que prendre une autre forme. „ Toutes les ames & des hommes &
„ des bêtes font des *particules* de *l'ame du*
„ *monde*, qui fe *réuniffent* à *leur tout* par
„ la mort du corps. Les animaux reffem-
„ blent à des bouteilles remplies d'eau, qui
„ flotteroient dans la mer. Si l'on caffoit
„ ces bouteilles, leur eau fe réuniroit à
„ fon tout. C'eft ce qui arrive aux ames
„ particuliéres, quand la mort détruit les
„ organes où elles étoient renfermées. „
(*Bayle*, *pag.* 2631.) Le corps fe réunit à la
terre, à la partie groffiére du monde. L'a-
me fe réunit à la partie la plus fubtile de la
matiére, qui eft l'ame du monde, & cette
ame du monde eft Dieu. Une difficulté
m'arrête. Dieu n'eft donc qu'une partie du
monde, & non le monde entier. Il n'eft plus
immenfe, infini ; tous fes attributs divins
s'évanouiffent. Nullement : étant l'ame du
monde, il eft l'ame de fon propre corps,
& l'un & l'autre enfemble font Dieu. Sur ce
pied il faut donc dire auffi que Dieu eft le
corps du monde. Pourquoi la *Religion na-*
turelle ne le dit-elle pas ? Pourquoi fe con-
tente-t-elle de l'appeller l'ame du monde ?
Nous difons qu'il n'y a point de diftinction
à faire entre matiére déliée & matiére
groffiére ; tout eft uniforme, & le tout eft
Dieu. C'eft-à-dire que la Religion naturelle ne connoît pas encore fon Dieu, elle
ne fe connoît pas elle-même, elle ne fait
pas ce qu'elle doit croire. Il n'y a point de
Dieu, il y en a un. C'eft un pur efprit

A 5

non, il n'y a point d'esprit, tout est matiére. Dieu est tout cet univers matériel ;
non il en est l'ame : il a un corps & une
ame, un corps qui est la matiére la plus
groffiére, une ame qui est la partie la plus
fubtile de la matiére. La *Religion naturelle* qui ne croit rien fans le voir, comprend tout cela fans peine. Je n'attendrai
pas que vous ayez ajufté enfemble toutes
ces piéces, pour vous faire part de quelques
réflexions fur ce fujet.

Adieu, mon cher ami.

A Lille, ce 8. *Janvier* 1752.

TROISIEME LETTRE.

La Nature de Dieu.

Voici, Monfieur, les réflexions que je
vous ai promifes : je fupprime tout com-
pliment, comme vous le fouhaitez, pour
faire place à quelque chofe de plus important. Je dis donc : Si la divinité est l'ame
du monde, ou bien elle est d'une autre nature que la matiére, ou bien elle est matiére elle-même. Si elle est d'une autre nature, il n'est donc pas vrai que tout foit
matiére. Premier point qui décide tout.
Affurément un tel être mérite nos refpects
& notre vénération, & même les témoi-

A

gnages extérieurs de ce respect. La raison veut que nous honorions un être supérieur & bienfaisant, de qui nous tenons tout, & que nous donnions des marques de cette vénération. Je vous en fournirai bientôt des preuves sensibles. Voilà ce qu'on appelle un culte extérieur de Religion.

Que si la divinité n'est autre chose que la matiére de ce vaste univers ; c'est se tromper & vouloir tromper les autres, que de nous parler de la divinité comme de l'ame du monde matériel : tout est matiére, & cette distinction d'un corps & d'une ame est fausse : il n'y a point d'ame du monde, point de Divinité, point de Providence ; à moins que cette ame ne soit le mouvement & l'arrangement des parties du monde, une situation qui les rende propres à se mouvoir, comme dit l'un de vos Docteurs en ces termes : *Dieu, c'est-à-dire la nature en tant qu'elle est le principe de tout mouvement.* Quelle ame ! La nature elle-même. Voilà l'imposture de ce grand mot, *l'ame du monde :* ce n'est que la matiére, ou l'ordre, l'accord, l'arrangement de la matiére, une ame de violon. Est-ce-là votre Dieu ?

Oui, selon Pope lui-même, quoique plus modéré que quelques autres, Dieu n'est que la matiére. Ecoutez-le : ,, La ,, moindre confusion dans un seul monde ,, entraîneroit la ruine non-seulement de ,, ce monde particulier, mais encore celle ,, du grand tout.

A 6

Dans le trouble & l'horreur la nature expirante
Jusqu'au trône de Dieu porteroit l'épouvante. p.79.

Oui, si Dieu est matiére. Non, si Dieu
est esprit. L'intelligence souveraine s'épou-
vanteroit ! Foible mortel, quelle idée
vous avez de cet Etre ! Tout l'univers, aussi
vaste que vous le pouvez concevoir, & sur
lequel vous vous écriez hors de vous-même : "O étendue que l'œil ne peut voir,
„ que l'optique ne peut atteindre, depuis
„ l'infini jusqu'à toi, depuis toi jusqu'au
„ néant : „ tout cela est devant Dieu
comme un atôme : il est comme s'il n'étoit
pas. Telle est l'idée qu'il nous donne de
Lui-même, & l'on voit bien à ce trait de
grandeur, qu'elle vient de lui. Jamais les
timides pensées des hommes ne se sont éle-
vées jusques-là. Rapprochez la bassesse des
leurs à la hauteur de celle-ci : à ce seul con-
traste on voit, on distingue aisément ce
qui vient d'une chétive créature, & ce qui
vient de l'Etre infini. La seule noblesse de
ces idées est une preuve éclatante de leur
vérité & de leur divinité. *Tanquam mo-*
mentum stateræ, sic est ante te orbis terra-
rum, & tanquam gutta roris antelucani.
Sap. 11. 23. "Nous aurions beau multi-
„ plier nos discours, nous n'atteindrions
„ jamais jusqu'à lui (1). Portez la gloire

(1) Multa dicemus, & deficiemus in verbis.
Ecli. 43. 29.

,, du Seigneur le plus haut que vous pour-
,, rez, & elle se trouvera encore au-dessus
,, (2). Relevez sa grandeur de toutes vos
,, forces; il est au-dessus de toutes louanges
,, (3). Redoublez vos efforts, ne vous lassez
,, point, prenez des forces toutes nouvel-
,, les; vous n'y atteindrez pas encore (4).
,, Qui l'a vû pour le représenter, & qui le
,, dépeindra aussi grand qu'il est? Beaucoup
,, de ses ouvrages nous sont cachés, qui sont
,, plus grands que ceux que nous connois-
,, sons, car nous n'en voyons qu'une petite
,, partie. Mais le Seigneur a fait toutes
,, ces choses, & il les a faites en se jouant:
,, *Ludens in orbe terrarum.* Prov. 8. 31.
Les étoiles, cette prodigieuse multitude de
globes immenses ne sont pour lui qu'une
vile poussière. Voila ce qui s'appelle parler
de Dieu d'une manière digne de Dieu. Où
puise-t-on de telles idées ? Ce n'est point
dans l'esprit de l'homme, vous en trouvez
ici une triste expérience : voyez combien
celles de Pope sont petites & misérables,
Dieu trembleroit, &c. Oui, à moins qu'un
esprit entraîné par un cœur corrompu ne
cherche à s'aveugler lui-même, il ne pourra
s'empêcher de convenir que c'est Dieu qui
parle dans des Livres qui nous apprennent
à penser de Dieu d'une manière si grande
& si noble.

(2) Supervalebit enim adhuc.
(3) Major est enim omni laude.
(4) Replemini virtute : ne laboretis, non enim
comprehendetis.

Revenons fur les paroles de Pope. Ce qu'il dit, Voltaire l'adopte en exprimant le regret qu'il a de ne pouvoir ou de n'ofer pas s'expliquer avec autant de liberté que lui.

Mon efprit refferré fous le compas françois,

N'a point la liberté des Grecs & des Anglois.

Popé a droit de tout dire, & moi je dois me taire.
*Sixiéme dif. de la nature de l'homme,*p.86.

Mais Pope lui-même ne pouvoit-il pas s'expliquer plus clairement ? ne le devoit-il pas ? Il fe contente de faire entendre ce qu'il penfe. Il dit que la ruine du monde matériel *jufqu'au trône de Dieu porteroit l'épouvante.* Cela eft indubitable fi Dieu eft la même chofe que la nature, la même chofe que le monde matériel : mais cela ne peut être, fi Dieu eft efprit, l'intelligence éternelle, effentiellement fubfiftante. Il eft donc évident par une conféquence néceffaire, que felon Pope Dieu eft matiére. Pourquoi n'ofet'il pas le dire à pleine bouche, *lui qui a droit de tout dire ?* J'en tire deux conféquences. La premiére, c'eft qu'il fentoit au-dedans de lui-même que cette partie de fon fyftême eft fi honteufe & fi déshonorante, qu'il n'a pu s'empêcher lui-même d'en avoir de la confufion. Il tâche d'en couvrir l'opprobre, & en même-tems il n'eft pas fâché qu'on le comprenne. D'autres l'ont compris, & la corruption du cœur augmentant toujours, ils ont dépouillé toute honte, & ils l'ont dit hardiment & fans façon. Mais par où peut-elle être honteuse ? Elle ne le peut être, si c'est une vérité. Donc, & c'est la seconde conséquence, il sentoit en sa conscience qu'il avançoit une erreur, mais une erreur qui l'intéresse & qui lui est chere, & cependant il ne craint pas de l'enseigner. Il sait qu'il va tromper ses lecteurs, il ne balance pas, il les trompe. Voilà les séducteurs, les suborneurs de notre Jeunesse.

Si Dieu n'est autre chose que le monde matériel, Pope se contredit, Voltaire de même, quand ils avancent que Dieu a été obligé de créer le monde le plus parfait. Il n'a point fait le monde, il est impossible qu'il l'ait fait, il est lui-même le monde, on ne se fait pas soi-même, il n'y a ni Créateur, ni Créature.

Ces réflexions me meneroient trop loin ; je suis obligé de les partager. La suite pour une autre fois. Le petit voyage que j'entreprens n'interrompra pas notre commerce Littéraire. Je suis de tout mon cœur,

Monsieur, &c.

A Lille, ce 12. Janvier 1752.

QUATRIEME LETTRE.

La Nature de Dieu.

Heureusement, M. j'ai trouvé ici un moment favorable pour reprendre la suite

de mes réflexions. Si la divinité est spirituelle, conçoit-on qu'elle puisse être dé-
pecée en mille millions de particules séparées, qui font ce qu'on appelle les ames
des hommes, lesquelles par la mort vont
se réunir à leur tout ? C'est un mystère que
sûrement la raison ne nous enseigne pas.

Si la divinité est matérielle, on peut se
représenter les êtres particuliers comme
des bulles formées sur la mer de la nature :
elles s'élevent, elles crévent, elles retour-
nent à la mer. *Pope, pag.* 48. Quand un
homme meurt, la partie grossiére se rejoint à la terre; & la partie subtile, c'est-
à-dire celle qui raisonne & qu'on appelle
l'ame, va se réunir & se confondre avec
les parties supérieures & subtiles du monde ? elle se rejoint à son tout & s'y perd
comme une bulle d'eau dans l'Océan où
elle s'étoit formée. Voilà donc deux parties
distinguées dans l'homme : 2°. La partie
grossiére, incapable de sentiment. 2°. La
partie subtile, cette partie qui pense, qui
juge, qui raisonne, qui aime, qui craint,
qui espére, &c. *une matiére pensante,
comme dit Voltaire.* (26 *Lett. Philosop.*)
Le tout, auquel cette seconde partie va se
réunir, est donc un être qui *pense*, qui
juge, qui *veut*, qui *aime*, &c. en mémé-
tems éternel, immense, tout-puissant,
qui voit tout, qui sait tout, &c. Car si la
portion peut quelque chose, si elle connoit
quelque chose; il s'ensuit que son *tout* peut
tout, qu'il connoit *tout*, &c. Il est digne

de nos hommages & d'un culte Religieux, & il y a droit. Si un Roi mérite nos respects, notre obéissance, & les marques *extérieures* de vénération ; combien plus le *Tout* dont un Roi n'est qu'une petite parcelle ! Cet Etre souverain est bienfaisant, il gouverne tout l'univers. Car si un roi est bienfaisant, combien plus son *tout !* Si un Roi gouverne une portion du monde ; il faut nécessairement que le tout gouverne tout & le Roi lui-même. Voilà la Providence établie avec la *soumission* qu'on lui doit, & la *reconnoissance* que les bienfaits de l'Etre souverain méritent infiniment plus que n'en méritent les bienfaits des Rois de la terre. En un mot le culte de la Religion est rétabli par les moyens qu'on avoit imaginés pour le renverser.

Mais indépendamment de tout ce que je viens de dire, supposons ces bulles telles qu'on les voudra, subtiles ou grossiéres ; toutes ces ames sont donc des portions de l'ame du monde, qui est Dieu selon ces nouveaux systêmes. Par conséquent Dieu a tous les vices aussi-bien que toutes les vertus. Il est *cruel* dans les uns, voleur dans les autres, menteur dans ceux-ci, avare dans ceux-là : il est ignorant, il est savant. (*Bayle* 2631.) Il est plein de raison dans Voltaire ; il est un *fou*, un *misanthrope sublime* dans Pascal. * Lui-même dans Voltaire il pose des principes qu'il ne peut

---

* *Voltaire*, Lett. 25. pag. 274.

accorder les uns avec les autres : il forme
des fyftêmes dont les piéces ne peuvent
s'ajufter enfemble : il eft mauvais Philofophe, toujours en difcorde avec lui-même
dans toutes les parties du monde, & fou-
vent dans une feule & même partie. Les
Dieux d'Homere ne s'accordent pas mieux.
Pafcal eft un *Rêveur fanatique*, * & tout
ce qu'il vous plaira, il faut réformer fes
erreurs. Voltaire entreprend de réformer
les erreurs d'un Dieu ! Car Pafcal eft une
bulle qui renferme auffi-bien que Voltaire
une particule de la divinité qui a dû aller
rejoindre fon tout. Ne parlons plus de
contradictions fi prodigieufes. Je vous
donnerai quelque jour fur la fpiritualité
de l'ame, fur l'exiftence de Dieu, c'eft-à-
dire d'une intelligence fouveraine, fur la
vérité de la révélation, fur l'infpiration
des livres de Moyfe, des preuves fenfi-
bles & palpables qu'on n'a pas encore em-
ployées, que je fache, du moins pour la
plûpart : j'en fuis à préfent à détruire vos
fyftêmes par eux-mêmes. Je bâtirai enfui-
te, ou plutôt je montrerai que cet édifice,
que vous croyez avoir abbatu, fubfifte en
fon entier. Je fuis, &c.

* *Voltaire*, cinquiéme difc. fur la nature du
plaifir, pag. 79. & 83.

A Tournai, ce 15. *Janvier* 1752.

CINQUIEME LETTRE.
MONDE LE PLUS PARFAIT.

PASCAL.

JE fuis, Monfieur, arrivé à Mons où j'ai eu le plaifir de voir nos amis communs. Il n'eft pas néceffaire de vous dire combien ils vous chériffent, vous n'en avez jamais douté. Il a fallu leur rendre compte de ce que nous faifions enfemble ; je l'ai fait juf-qu'à l'endroit où nous en fommes demeu-rés dans ma derniére, & j'y ai ajoûté ce qui fuit.

Pourquoi s'emporter contre Pafcal, après tout ? Il étoit une portion de ce monde auffi-bien que Voltaire & que tous les au-tres êtres. Il étoit tel qu'il avoit été fait, tel qu'il devoit être dans la combinaifon la plus parfaite des loix générales ; il étoit bien, puifque felon les nouveaux fyftêmes tout eft bien. S'il a été un *rêveur fanati-que*, il a fuiv: fon inclination *naturelle :* s'il a été *un fou fombre & févére*, c'étoit fa paffion dominante ; & cette paffion, felon Pope & Voltaire, vient des efprits ani-maux :

Selon que les efprits répandus dans le corps
Sont plus ou moins nombreux, plus foibles ou plus
      forts.   *Pop.* p. 21.

De-là se forme en nous la paſſion regnante; & c'eſt Dieu qui ſelon eux eſt l'auteur de cette paſſion dominante.

Ce penchant qu'avec nous la nature fit naître.

Paſcal ne pouvoit pas être autrement qu'il
n'étoit. Son être contribuoit à la perfection
de l'univers. Il falloit *des dévots ſatyriques*
dans le *plan du monde le plus parfait*. Que
veut donc ici Voltaire ? Voudroit-il réformer ce monde ſi parfait ? Concevroit-il
donc un monde plus parfait que celui-ci?
Et dès-lors que devient ſon principe ? Sans
doute le monde auroit été plus parfait, ſi
Paſcal avoit penſé & parlé comme Voltaire, & s'il n'y avoit jamais eu de tels *fana-
tiques:* Le monde ſeroit plus parfait, s'il
n'y avoit point, & s'il n'y avoit jamais eu
de Chrétiens dans le monde. C'eſt pour
travailler à le *perfectionner*, que Voltaire
commence par effacer la conſécration de
ſon Baptême : *Je ne ſuis point Chrétien*,
s'écrie-t-il, (Ep. à Uranie.) C'eſt pour le
perfectionner qu'il écrit, afin de porter ceux
qui l'écoutent, à effacer auſſi cette conſécration. Si le monde étoit *de tous les mondes poſſibles le plus parfait*; que Voltaire
ne le laiſſoit-il tel qu'il étoit ? Il étoit de
tous les mondes poſſibles le plus parfait
avant la naiſſance de Voltaire & avec la
Religion chrétienne. Voltaire ne vient-il
pas détruire une partie de cette perfection ?
ou bien ſeroit-il lui - même un *ingrédient*

néceſſaire pour empêcher que le monde ne
fût aujourd'hui trop parfait, & plus parfait que le monde du tems de Paſcal? Qu'il
choiſiſſe tout ce qu'il voudra répondre, il
nous montrera toujours un monde plus
parfait que l'autre, plus parfait aujour-
d'hui qu'hier, ou plus parfait hier qu'aujourd'hui.

Hier & aujourd'hui font-ils un ſeul &
même monde, & ces deux états font-ils
néceſſaires pour compoſer un tout le plus
parfait? Pourquoi donc Voltaire ſe fâche-
t-il contre l'ouvrage d'hier, contre Paſcal,
contre le Chriſtianiſme? Eſt-ce afin que
cette œuvre faſſe place à une autre perfection, à l'œuvre d'aujourd'hui, à l'œuvre
d'impiété, de peur qu'un ſi rare morceau ne
manque à l'architecture générale du monde? Soit. Pourquoi blâmer l'autre morceau?
Eſt-ce que ce blâme, cette cenſure étoit
néceſſaire à la perfection du tout? & l'univers ne peut-il être parfait, ſi ſes parties
ne font en contradiction & ne ſe combat-
tent les unes les autres? Ou bien la contradiction elle-même eſt-elle un morceau ſi
riche, que ſans elle le monde ne ſeroit
point parfait? Que de perfections l'on
trouveroit dans Pope, dans Voltaire, dans
la nouvelle Religion! Enfin eſt-ce que
l'ouvrage d'aujourd'hui n'avoit pas d'autre
place à prendre dans l'édifice général, &
qu'il falloit néceſſairement chaſſer celui
d'hier pour lui en trouver une? Soit encore.
Mais il faudra que Voltaire, qui, ſi vous

voulez , aura eu raifon aujourd'hui de chaffer Pafcal , ait tort demain , qui fera le jour où une autre piéce de l'ouvrage de-mandera une place à fon tour , & chaffera juftement Voltaire de la fienne en l'acca-blant d'injures qu'il aura bien méritées , parce que cette piéce ne trouvera pas d'au-tre place à prendre , ni d'autres moyens pour s'en faifir felon *les loix générales.*

Je ne vous écris pas le jugement que nos amis ont porté fur ces réflexions ; c'eft à vous à voir ce que vous en devez penfer. Ils vous embraffent tous du plus grand cœur du monde le plus parfait. Je fuis , &c.

A Mons , ce 17. *Janvier* 1752.

SIXIÉME LETTRE.

MONDE LE PLUS PARFAIT.

Béatitude , Efpérance.

Il faut vous dire , Monfieur , la fuite de la converfation avec nos amis de Mons.

Tout eft bien comme il eft , difent Pope & Voltaire , & l'homme eft auffi heureux qu'il le peut & qu'il le doit être dans le plan préfent du monde , qui eft le plus parfait de tous les plans poffibles. S'il fe trouve des hommes accablés de miféres ; cet affemblage d'imperfections n'eft autre chofe que les *ingrédiens* néceffaires ou inévitables dans le plan du monde le plus parfait, felon le réfultat de la combinaifon des loix générales du mouvement.

Rien n'eft grand ni petit. *Tout eft ce qu'il doit être.*

D'un *parfait affemblage* inftrumens *imparfaits,*

Dans votre *rang placés*, demeurez *fatisfaits.*
Voltaire, *fixiéme dif.* p. 86.

Il fied bien à Voltaire qui jouit de tous les plaifirs dont la capitale d'un Royaume peut l'enivrer, de prononcer fur le fort d'un malheureux à qui tout manque. Quand je verrai Voltaire fans argent pour payer la taille & empêcher qu'un Collecteur ne lui enléve l'unique couverture qui le défend contre la rigueur du froid, ou pour acheter un morceau de pain noir, le feul foutien d'un corps épuifé par le plus rude travail : quand je le verrai cultiver, avec les peines d'un forçat, une vigne dont il ne goûtera pas le vin : quand je le verrai dans cet état tourmenté par la fiévre ou quelqu'autre maladie dans fon corps, & rongé dans fon efprit par les plus cruelles inquiétudes fur les moyens de faire fubfifter une femme & une multitude de tendres enfans, & plongé dans la plus profonde trifteffe en fe voyant fans reffource pour y pourvoir : alors je permettrai à Voltaire de décider que Voltaire eft heureux & qu'il l'eft autant qu'il le peut & qu'il le doit être ; qu'il n'a

pas sujet de se plaindre ; qu'il ne doit pas
s'attendre que Dieu dérange pour lui le systême de ce vaste univers & s'écarte des
loix générales ; qu'enfin s'il est malheureux, c'est un *ingrédient* inévitable dans le
plus parfait de tous les plans du monde. Je
suis persuadé que sa philosophie l'aban-
donneroit bien vîte, & je ne crois pas que
comme Zenon il eût l'entêtement de se
roidir contre son mal. Celui qui accuse
Pascal d'être des *Stoïques nouveaux le ri-*
dicule maître, voudroit-il devenir lui-
même un Stoïque plus ridicule ? N'est-il
pas plus doux, & plus conforme aux loix
générales, au plan du monde le plus parfait, de vivre en Epicurien : *Cùm ridere*
voles Epicuri de grege porcum ? *

II. Il donne pour toute consolation à ce
misérable, qui est autant heureux qu'il le
peut être, l'*espérance* d'un meilleur état
après la mort. C'est aussi ce que fait Pope,
pag. 99.

Par tout où du bonheur on regrette l'*absence*,
Ne voit-on pas voler la facile *espérance* ?

Tant il est vrai que la *nature* se révolte
contre ce principe que *tout est bien comme*
il est, & qu'un homme aussi malheureux
que nous l'avons dépeint, est aussi heureux
qu'il le peut, qu'il le doit être. Et qui dit la
nature, dit une chose décisive & sans appel

* *Horace*, l. Ep. 4.

dans

dans une *Religion naturelle*, il dit la *Religion naturelle* elle-même. Qui dit la *nature*, dit Dieu même ; qui selon ce système est la *nature*, ou l'ame de la *nature*, & qui dans la vérité en est l'auteur. Ainsi ce principe de la *Religion naturelle* est contraire à la Religion naturelle, contraire à la vérité de cette Religion, contraire à la nature, contraire à la divinité.

III. Ces nouveaux Philosophes, qui se perdent dans leurs idées, se sont donc trouvés contraints de remédier à un principe si *dénaturé*, en proposant à cet homme l'*espérance* d'une félicité future ; mais quelle *espérance !* Ils nous enseignent qu'il n'y a ni félicité future à attendre, ni châtiment à craindre dans l'autre vie : tout meurt avec le corps. C'est donc une fausse *espérance*. C'est-à-dire, qu'ils se jouent de ce pauvre homme, qu'ils se jouent de la *Raison*, & qu'ils font de la *Religion naturelle* une Religion fausse, inventée pour tromper & séduire, & dont les Apôtres sont des imposteurs.

IV. Cet homme aura donc pour consolation l'espérance d'un bonheur à venir. Non. Il n'y en a point. C'est le point capital de la *Religion naturelle*. Elle n'a été inventée que pour nous faire croire qu'il n'y a rien à attendre dans une autre vie ; parce que s'il y a une félicité éternelle, on craint avec raison qu'il n'y ait aussi une misère éternelle pour les méchans, c'est-à-dire pour ces Messieurs, qui se rangent eux-mê-

B

mes dans une claffe fi honorable, & qui
plutôt que d'en fortir prennent le parti de
tout contefter aux bons. Car s'ils fe croyent
gens de bien, qu'ont-ils à craindre ? Ils ne
donnent donc à cet homme qu'une fauffe
efpérance d'une félicité qu'il ne poffédera
jamais. Cette *efpérance* le confole en attendant, difent-ils. "Le tréfor le plus pré-
,, cieux de l'homme, dit Voltaire, (*Lett.*
,, 25. *n.* 22.) c'eft cette *efpérance* qui *adou-*
,, *cit* nos chagrins, qui nous peint des plai-
,, firs futurs dans la poffeffion des plaifirs
,, préfens. ,, Qu'importe à cet homme de
ne pas trouver après fa mort ce qu'il avoit
efpéré pendant fa vie ; il n'en aura ni douleur ni chagrin, puifqu'après fa mort il
ne fera plus, ou du moins il ne connoîtra
plus, il ne fentira plus.

Nos Philofophes n'y penfent pas. Par un
tel enfeignement ils fe contredifent eux-
mêmes. En nous apprenant que cette *efpé-*
rance ne fera pas fuivie de ce qui en fait
l'objet, ils ôtent à l'*efpérance* la confolation paffagère qu'ils veulent lui faire produire. Ces efprits fi forts & fi puiffans en
raifonnement ont remarqué ce que tout le
monde avoit obfervé avant eux, que l'efpérance eft extrêmement confolante, & ils
ont cru y trouver une bonne piéce pour
boucher un trou qui défigure tout leur
fyftême & qui le ruine par les fondemens.
En ôtant toute forte de bonheur à certains
hommes, du moins, difent-ils, nous en
donnons la douce, la confolante efpé-

rance qui fait déja une partie du bonheur.

L'espérance est constante à marcher sur nos pas,
Sans même nous quitter à l'heure du trépas ;
N'offre-t-elle à nos yeux qu'une *confuse image*
Du *bonheur* que le ciel nous destine en partage :
Cet *objet consolant* nous occupe toujours,
Et répand des *douceurs* sur nos plus *tristes jours.*
Notre ame. . . . .
Dans un *doux* avenir se repose, s'étend,
Et *jouit en effet* du *bonheur* qu'elle *attend.*

Pope, p. 93.

Mais ces hommes de génie n'ont pas pris garde qu'en ôtant à l'*espérance* la réalité de son objet, ils détruisent l'*espérance* & la consolation qui en est l'effet. Car on ne sauroit espérer une chose quand on sait qu'elle ne doit point arriver. Et il n'est pas possible de se faire une douce illusion en se flattant que la chose arrivera, quand on apprend & qu'on est persuadé par l'enseignement des Apôtres de la *Religion naturelle*, que ceux qui espérent une vie heureuse après celle-ci se trompent, parce qu'il n'y en aura pas ; qu'il n'y a point d'autre vie, que c'est folie de croire que l'ame soit immortelle & autre chose qu'un peu de matiére, autre chose que notre corps organisé & monté pour penser, lequel étant démonté ne pense plus : que c'est folie de croire un Dieu, ou qu'il soit autre chose que la matiére de ce vaste univers. C'est ainsi

B 2

que ces grands esprits sont conséquens &
qu'ils suivent la raison toute pure en contredisant la raison ; en se contredisant eux-
mêmes sans cesse ! Ils se coupent , ils se
prennent dans leurs propres filets. Ils
croient être plus habiles que ceux qui les
ont précédés. Voyez & jugez.

V. Il est vrai ; ils n'ont point inventé
l'espérance pour leur systême , tout le
monde l'a ; c'est la nature qui fait espérer,
& en cela ils croient ne suivre que la nature,

Cependant secouru par la *simple nature*

Pour tromper ses ennuis il croit , il se *figure*

Un séjour plus heureux conforme à ses désirs.

POPE, p. 70,

Tout le monde a l'espérance. Et selon
votre systême personne ne peut avoir d'*espérance*. Donc tout le monde confond votre systême, La nature détruit votre *Religion de la nature*. Non , selon vos principes , personne ne peut avoir d'espérance ni
pour l'autre vie , ni pour celle-ci. On n'en
peut pas avoir pour l'autre vie : puisque
vous prétendez qu'il n'y a point d'autre
vie. On n'en peut pas avoir pour celle-ci,
puisque vous soutenez que nous sommes
actuellement , malgré la plus grande mi-
sére , aussi heureux que nous le pouvons
être dans le plan du monde le plus parfait.

VI. Vous promettez cependant , nous en

convenons sans peine, vous promettez un avenir heureux.

Sois sûr que dans ce monde ou dans *quelque autre*
sphére
Dans les bras de ton Dieu tu trouveras ton pere ;
Et qu'en lui soumettant ton esprit & ton cœur,
Chaque pas que tu fais, te conduit *au bonheur.*

. . . .

Toujours cher à ses yeux ne *crains point pour ton*
sort. . .   Pope, p. 80.

Ce n'est plus une simple *espérance*, c'est une *certitude* infaillible : *sois sûr. Ne crains point pour ton sort.* Mais où est le garant ? Moi Pope, moi Voltaire je vous le dis, n'en doutez plus. Pope & Voltaire ont droit d'exiger la *foi* & une foi aveugle ; Dieu n'a pas le droit. Il faut *croire* dans la *Religion naturelle* ; on vouloit tout voir. Ils me disent :

Dans le moment *fatal* qui *finit* ta carriére
Ainsi que dans l'instant *où tu vis la lumiére*
Toujours *cher* à ses yeux ne crains point pour ton
sort ;
S'il *préside à ta vie*, il préside *à ta mort*...   Ibid.

Mais s'il faut juger du moment fatal qui finit ma carriére par l'instant où je vis la lumiére, je n'ai rien de bon à attendre : j'ai souffert infiniment. S'il *préside* à ma

B 3

mort comme à ma *vie*, & si c'est là tout le motif de mon *espérance* ou plutôt de ma certitude, je n'ai que le sort le plus malheureux à attendre : car il ne se peut rien ajouter aux misères de ma vie. Vous le savez, puisque pour me consoler vous me faites de si belles promesses.

VII. Sur-tout dites-moi une chose. Ce *Pere* si tendre changera-t-il, en faveur d'un enfant qu'il adopte & qu'il aime, les combinaisons infiniment sages des loix générales ? Car si le plan du monde le plus parfait s'opposoit à mon bonheur après ma mort comme pendant ma vie ; que deviendrois-je ? Et que deviendroient vos promesses : *Sois sûr*, *Ne crains point* ? Avez-vous été appellés, vous Pope, vous Voltaire, au conseil qui le forma ? Vous-mêmes vous me dites qu'il n'y a point d'enfant chéri ni de tendresse paternelle qui y tienne ; il faut que tout fléchisse devant ces inflexibles loix :

Ne pensez pas que Dieu comme un timide Roi,
Changeant à votre gré sa primitive Loi ;
Pour quelque favori qu'il adopte & qu'il aime
De ce vaste univers dérange le système...

Pope, p. 134.

Il ne le dérangera pas pour moi enfant si chéri ; ce pere si puissant & si tendre ; il ne le peut pas ; il ne seroit plus sage, il ne seroit plus Dieu. Et si malheureusement le système est contre moi, me voilà perdu,

éternellement misérable, c'est un enfer
tout formé. Vous saviez donc bien que vous
me trompiez en me disant d'un ton hardi
& décisif : *Sois sûr*, *Ne crains point*. Je le
vois bien, vous n'avez jamais plus de tort
que quand vous prenez un ton haut & décisif.

VIII. Quand je vous passerois tout cela,
ce qui est beaucoup & infiniment trop ; dites-moi du moins ce que c'est que ce bonheur que vous me promettez, & ce que deviendra l'homme au sortir de ce monde.
C'est ce qu'il n'est pas donné à l'homme de
pénétrer, me répondez-vous ; il est même
de son intérêt de ne vouloir pas sonder ce
mystére. Vous m'accusez d'orgueil quand
je veux connoître une chose qui m'intéresse autant qu'elle vous importune dans
la construction de votre systéme :

Au milieu des *transports* que ton *orgueil* t'inspire,
Dans le sombre avenir tu voudrois pouvoir lire...
Pope , p. 69.

Y lisez-vous, vous qui me dites que je n'ai
rien à craindre ?

De nuages épais, pour toi toujours *couvert*
Le Livre du *destin* pour Dieu seul est *ouvert.*

Et l'homme doit donc

Attendre que la *mort* ce maître universel
Découvre à son esprit les loix de l'Eterne'.

B 4

Il est un peu tard , M. de l'écouter ce maître , & de découvrir ses loix. Quoi qu'il en
soit, c'est donc ici un mystére ; & il faut
que j'avance tête baissée dans le plus grand
péril sans savoir ce qui en arrivera. Des
mystères dans la Religion naturelle où
l'on conçoit tout, où l'on rend raison de
tout, où l'on rejette la révélation à cause
de ses mystéres ! Accordez , accordez tout
cela. O *altitudo !* faut-il s'écrier. On se
mocquoit de l'*o altitudo !* de la Religion
révélée. Il y en a un dans la Religion naturelle ; donnez-vous bien garde d'en rire.
Pope & Voltaire parlent en enthousiastes ;
ils prennent le ton de Législateurs : *Ne pen-*
sez pas que Dieu comme un timide Roi, &c.
Au milieu des transports que ton orgueil
t'inspire , &c. & en quantité d'autres endroits. Ce ton ne conviendroit ni à Moyse
ni à quelque autre Prophéte : Pope & Voltaire se mocqueroient d'eux.

IX. Mais enfin il faut vous expliquer.
Pourquoi tant tergiverser ? Vous en savez
quelque chose ; qu'est-ce que ce bonheur ?
Pire qu'un Prothée vous prenez mille formes différentes ; il faut comme lui vous
mettre à la torture la plus violente sans
nous effrayer de vos affreuses grimaces ,
pour vous forcer à lâcher enfin votre oracle. Vous ne le direz d'abord qu'à demi ; il
faudra vous contraindre à le dire nette-
ment. Ce bonheur , le voici. L'homme a-
près sa mort réduit en poussiére engraissera
la terre , servira à nourrir les herbes & à

paſſer dans la ſubſtance d'un bœuf ou d'un cheval dont elles ſeront la pâture. Il ſervira ainſi ſous une autre forme à l'ornement de l'univers, à la beauté & au bon état du *tout*, ce qui eſt préciſément le bonheur d'un lion, par exemple, qui l'aura devoré; & par-là il contribue au bonheur de l'univers, dont le lion fait partie. Quoi de plus heureux pour lui ?

Tu vois les *végétaux* devenir *l'aliment*

Des *êtres* que le Ciel doua de *ſentiment*.

Mais *ceux-ci par leur mort changent-ils de nature ?*

Ils vont aux *végetaux* ſervir de nourriture.

Il n'eſt rien de durable ET TOUT ETRE à ſon tout

Sort du néant, y rentre, & reparoît au jour...

C'eſt ainſi que

Pour le *bien général chacun s'intéreſſe.*

Pope, p. 103. 104.

Qu'il ſoit ſimplement réduit en une poudre ſtérile; en cet état il fera encore une portion de l'univers, il tiendra une place dans ce grand tout, empêchera qu'il ne s'y trouve du vuide & qu'il ne ſoit défiguré. Quel honneur pour lui, & quel bonheur par conséquent de contribuer à la beauté de ce monde ſi parfait ! De toutes ces formes différentes, Dieu ſeul ſait celle qu'il aura. L'homme l'ignore; mais cette ignorance fait une partie de ſon bonheur.

B 5

„ Connois ton être, ton point, dit Pope,
„ (*Trad. en prose*, p. 23.) en s'adressant à
„ l'homme, le Ciel t'a donné un *juste*, un
„ *heureux* degré *d'aveuglement* & de foi-
„ blesse. *Soumets toi*, sûr d'être aussi *heu-*
„ *reux* que tu *peux* l'être *dans cette sphére*
„ *ou dans quelqu'autre sphére que ce soit*,
„ semblable à une bulle formée sur la mer
„ de la nature ; elle s'éléve, elle créve,
„ elle retourne à la mer. (*p.* 48.) En mou-
„ rant, dit un autre, nous *contribuons à*
„ *l'ordre* de l'univers ; & Dieu, qui est in-
„ fini, fait ce que nous devenons. „ Le
bonheur de l'homme c'est qu'il sera réduit
en poudre & que tout meurt avec lui, c'est
le bonheur d'une *taupe*, puisque selon Voltaire, „ il y a bien de l'apparence qu'*Ar-*
„ *chiméde* & une *taupe* sont *de la même*
„ *espéce*. „ (26. Lett. philos.) Voilà donc
ce qu'on lui donne à *espérer !* C'est le *désef-*
poir de ce misérable. Voilà encore un endroit honteux du systême. Pope en rougi-
roit, mais il se retient ; il le cache de toutes ses forces, & pour empêcher qu'on y
fasse attention il prend un ton d'Oracle.
O homme, *connois ton être, ton point ;*
soumets-toi. Qui ne baisseroit les yeux &
ne se soumettroit avec un saint tremble-
ment ! Il sent qu'il heurte de front le penchant de la *nature*. Car ce n'est pas ce bon-
heur-là que l'homme demande par son penchant naturel. Il veut un bonheur qu'il
connoisse, qu'il sente, & dont il jouisse
en demeurant dans sa forme d'homme.

Pope lui-même rendra témoignage que c'est-là véritablement le penchant de la nature. Ecoutez :

Regarde l'Indien dont l'esprit sans culture
N'a point l'art *d'altérer* les dons de la *nature.*

. . . .

Cependant secouru par la *simple nature*,
Pour tromper ses ennuis il *croit*, il se *figure*
Un séjour, plus *heureux* conforme à *ses desirs*
Où sans aucun mélange il attend *les plaisirs.*

. . . .

Mais content d'exister il attend *l'heureux jour*
Où porté tout-à-coup dans un autre séjour
Il ira, *jouissant d'une plus douce vie,*
Habiter des humains la commune patrie... P. 78.

Que cet Indien se figure un bonheur tout charnel, ou un bonheur spirituel, il n'importe pour le présent. Il est certain qu'il se représente *une vie douce*, un bonheur qu'il sentira, qu'il connoîtra, dont il jouira dans la forme d'homme *dans la commune patrie des humains.* Et c'est ce que lui enseigne la *nature non altérée*, la *simple nature.* La Religion *naturelle* en offrant un autre bonheur, contredit la *nature* qu'elle prétend suivre, elle n'est plus la Religion naturelle. La nature nous fait *espérer* un bonheur tel que nous l'attendons dans la Religion Chrétienne ; voilà la vraie Religion naturelle.

B 6

X. Les difficultés que vous faites de vous expliquer parfaitement, me donnent beaucoup de défiance pour les promesses que vous me faites d'un sort heureux tel que celui que nous venons de considérer. Tout misérable qu'il est, il seroit une sorte de bonheur en comparaison de ce que vous me faites craindre malgré vous. Mes défiances augmentent beaucoup, ou plutôt vous me *désespérez*, quand j'entens avec quelle frayeur vous parlez de la mort de l'homme.

Un *nuage* éternel lui *dérobant* le jour
Où la mort doit venir l'enlever sans retour;
Cet objet *menaçant* est d'autant moins *terrible*
Qu'éloigné de ses yeux il est presque *invisible*.
De concert avec nous *habile à se cacher*
Il approche toujours sans *paroître* approcher.
Miracle! qui du ciel signale la puissance!
Sans cette illusion le seul être qui pense
Sachant que tous ses pas le ménent à la mort,
Pourroit-il sans horreur envisager son sort?

P. 106.

Et vous avez dit : *Ne crains point pour ton sort!* Accordez cela. Pourquoi n'envisageroit-il pas son sort sans horreur, s'il *est sûr* d'un bonheur à venir?

S'il sait que tous ses pas le ménent à la mort,

Vous lui avez appris qu'il est sûr aussi

Que chaque pas qu'il fait, le conduit au bonheur.

Vous sentez, & votre conscience ici vous
trahit, vous sentez combien est misérable
le *bonheur* que vous promettez, & cependant, tel qu'il est, plusieurs n'y trouveroient pas grand sujet de craindre, & ce
seroit en effet une espéce de bonheur en
comparaison des souffrances éternelles.
Combien de jeunes gens qui s'exposent aux
plus grands périls dans les armées, déterminés à s'avancer ou à mourir, par cette
raison que s'ils meurent, du moins ils n'auront plus besoin de rien, disent-ils après
les Docteurs de la Religion naturelle. Quel
sujet donc de tant craindre? Et comment
une aussi grande ame que celle de Pope se
laisse-t-elle abattre à la seule vue de la
mort que tant de jeunes gens vont affron-
ter!

XI. Mais combien moins doit-il craindre, si le bonheur qu'il nous fait espérer est
réel & digne de ce nom? Au contraire la
mort est un gain: *mori lucrum*. On craint,
on se désole, quand on a tout à perdre &
rien à gagner. N'est-ce pas-là l'affreux avenir que la mort vous découvre? C'est ce que
me font entendre vos frayeurs: vos craintes vous trahissent; elles ne sont point étu-
diées; elles se montrent malgré tous les efforts que vous faites pour les étouffer: ce
sont les cris de la *nature*. C'est ce que me
font entendre les précautions que le *ciel*
même prend pour me *cacher* un objet si ef-
froyable; il y a donc au-de-là de la mort
quelque chose de bien terrible. Plus vous

me parlez, plus vous redoublez mes allarmes. Si vous êtes si *sûr*, faites du moins
bonne contenance. Si je ne dois point *craindre*, pourquoi vous vois-je déconcerté ?
Pourquoi prendre ce ton lamentable & me
dire :

Quel être ici pourroit sans cette obscurité
Couler ses tristes jours avec tranquillité ?

Au contraire, qu'il se montre, qu'il se hâte
ce jour, s'il y a à gagner pour moi ; il ne
sauroit venir trop-tôt, c'est le plus cher objet de mes vœux. Vit-on jamais quelqu'un
ennemi de soi-même fuir son bonheur ?
Vous qui n'en pouvez pas soutenir la vue, je
vois bien que vous craignez horriblement :
il faut que vous apperceviez à la suite de la
mort des choses bien épouventables. Vous
me dites de ne pas craindre, & je vous vois
pâlir. Vos frayeurs m'en disent trop : elles
m'apprennent que vous sentez dans votre
conscience que vous n'êtes pas *sûr* vous-même de *votre sort*, & qu'il peut arriver qu'il
soit si mauvais que d'être simplement réduit
en poudre seroit pour vous un avantage.
Votre *espoir flatteur* ne suffit donc pas
pour vous consoler ; il n'*adoucit plus vos*
chagrins comme Voltaire le prétendoit. Il
n'est donc pas vrai ce que vous disiez dans
ces Vers :

Cet objet consolant nous occupe toujours
Et répand des douceurs sur nos plus tristes jours.

Notre ame. . . . .
Dans un doux avenir *se repose*, *s'étend*,
Et jouit en effet du bonheur qu'elle attend...

L. 25. n. 22.

Tout cela n'eſt point vrai. Vous ne vous *re-*
poſez pas, votre ame *ne jouit pas du bon-*
heur qu'elle attend. Cet *objet conſolant ne*
vous occupe pas toujours. Si cela étoit, pourquoi donc de plus encore tant d'*appareil*,
tant de *myſtéres*, tant de *miracles* de la part
du ciel pour vous raſſurer en vous dérobant
la vue de notre mort ?

Heureux aveuglement, heureuſe incertitude,
Qui *cache* l'avenir à notre inquiétude !
Myſtére que le ciel renferme dans ſon ſein
Pour conduire tout être à remplir ſon deſtin.
Miracle ! qui du *ciel* ſignale *la puiſſance !* . . . .

Pope, p. 69. & 106.

Et même ni l'*eſpérance*, ni les *myſtéres*, ni
les *miracles* du ciel joints enſemble ne ſuf-
fiſent pas encore pour vous donner quelque
repos. Il faut de plus vous étourdir vous-
mêmes ſur ce ſujet, éviter de penſer à un
objet ſi triſte, où cependant malgré tous
vos efforts mille accidens, par ordre du
ciel, vous rappellent tous les jours ; il
faut

Craindre les *écarts* où jette *la ſcience.*

Vous ne parlez pas de la fauſſe *ſcience* qui

vous fait forger tous vos systêmes de Religion, & vous jette dans des *écarts* aussi funestes que déshonorans pour des Philosophes. Vous parlez de la *science* ou plutôt
de la pensée de la mort. Quelles contor-
sions vous donnez à votre esprit pour éviter la rencontre de cet objet affreux, que vos
efforts mêmes ne font que rendre encore
plus présent ! Où sont donc ces *douceurs*,
ces *consolations*, ce *repos*, ces *plaisirs*, ce
bonheur présent que procuroit l'*espérance* ?
Tout est évanoui. Et si votre état est si misérable ; quel sera donc celui de ce pauvre
homme, qui n'a ici aucun plaisir, qui voit
sans cesse la mort devant ses yeux, ou un
état présent qu'il croit pire que la mort ;
en faveur de qui le ciel n'emploie ni *mystére*, ni *miracle* pour lui dérober la vue de
cet objet effrayant, & qui n'a d'autre espérance que celle que vous lui donnez, espérance si foible qu'elle ne fait pas même sur
vous, heureux du siécle, l'effet que vous
dites ! Vous avez eu recours à l'espérance
pour raccommoder votre systême, & l'espérance n'a rien raccommodé.

Ceci passe les bornes d'une Lettre. Le
sujet l'a voulu. Je souhaite autant que vous
d'être plus court. Je finis, &c.

A Mons, ce 20. *Janvier* 1752.

SEPTIEME LETTRE.

MONDE LE PLUS PARFAIT.

Vie future.

LA conversation que j'ai eue, M. avec
nos amis de Mons, a compris tout ce qui
appartient à cette propofition : *Le monde
préfent eft le plus parfait de tous les mondes
poffibles*, avec fes conféquences. J'ai ajouté
ce qui fuit à ce que je vous en ai écrit.

Il n'y a point de vie après celle-ci, dit-
on, ni par conféquent un état heureux tel
que nous le croyons nous autres Chrétiens.
Mais de quel droit vient-on décider qu'il
n'y en aura pas ? En quel endroit la Raifon
le dit-elle ? Je veux bien croire que Voltaire & fes pareils ont intérêt qu'il n'y ait
après notre mort ni récompenfe de la vertu,
ni punition de vice : mais ce miférable,
qui n'a eu aucune confolation dans la vie,
a un grand intérêt qu'il y ait dans une autre vie un état heureux. De ces deux intérêts, dites-moi, lequel mérite plus de
confidération ? Si celui de ces Meffieurs
mérite qu'on détruife toute Religion &
toute exiftence d'une félicité future, de
peur qu'elle ne foit pas pour eux : l'intérêt
de ce malheureux mérite tout au moins autant qu'on maintienne une Religion fi bien

établie, si raisonnable, si consolante, si conforme au *penchant de la nature*, & qu'on soit persuadé qu'il y a un avenir heureux qu'il peut attendre après ses misères.

Au reste, j'y consens, que les intérêts ni des uns ni des autres n'entrent pour rien dans la décision de ce procès ; quoiqu'il paroisse que les Auteurs des nouveaux systêmes ont décidé comme parties intéressées. Je les prie de nous dire dans quel principe de la Raison naturelle ils ont trouvé l'absurdité de cette félicité future. Est-ce dans ce principe, *que le monde présent est le plus parfait de tous les mondes possibles*, & que par conséquent nous ne devons pas attendre un état plus parfait & plus heureux que celui de ce monde ? Qu'ils fassent donc réflexion, que quand nous parlons d'un état de bonheur après cette vie-ci, nous ne parlons pas d'un monde qui soit autre que le monde présent. C'est à présent que sont heureux ceux qui le sont après leur mort. Ils font partie du monde qui existe actuellement. Oui, mais on ne le voit pas ce bonheur ; il s'agit de le croire ; & croire ce qu'on ne voit pas, c'est s'exposer à se tromper ; au lieu que nous voyons le bonheur que nous donnons à l'homme après sa mort : nous voyons qu'il est réduit en poudre, qu'il sert de nourriture aux herbes, aux poissons, aux animaux terrestres, &c. & que dans ces formes différentes il fait encore partie de ce grand tout infiniment parfait. Vous ne

voulez croire que ce que vous voyez ; mais
voyez-vous tout ? Comment, sur ce qui se
passe à l'endroit où vous êtes, pouvez-
vous décider de ce qui se fait ailleurs, ou
de ce qui ne s'y fait pas ? Vous voyez ce
qui est à présent ; vous voyez, je le veux,
au moyen de l'histoire, ce qui est depuis
quelques milliers d'années : voyez-vous
ce qui a été auparavant, pour décider par
exemple contre l'existence de l'état d'innocence ? Voyez-vous ce qui sera dans la suite
ou dans les lieux où vous ne pouvez pas
atteindre, pour décider contre l'existence
d'une autre vie plus heureuse que celle-ci ?
Vous conjecturez ; & c'est tout ce que vous
pouvez faire : mais cela ne suffit pas pour
le système. Il faut décider ; & on décide.
Il n'y a jamais eu, & il n'y aura jamais
rien qui soit différent de ce que nous
voyons. Voilà la décision. C'est-à-dire en
bon françois, que vous desirez que cela
soit ainsi, & que vous y avez intérêt. Voilà
tout votre principe. Car pour ce qui est de
celui qui consiste à dire *que ce monde est le*
plus parfait de tous les mondes possibles ; il
ne peut servir de rien : puisque ces tems si
reculés, & que vous ne voulez pas connoître, & tout ce qui sera dans la suite, fait
partie de ce *monde si parfait.* Tout ce qui
s'ensuivroit de ce principe, c'est que cette
variété, qui se trouve dans les différens
siécles, est un *ingrédient* nécessaire au monde le plus parfait. Et qui vous a dit tout ce
qui doit entrer dans cette composition, soit

a titre de perfection, soit à titre d'ingrédient ? Avez-vous présidé, vous Voltaire, vous Pope, au conseil de celui qui a fait le monde ? Ou bien votre esprit comprend-il, épuise-t-il toutes les perfections & toutes les combinaisons possibles des loix générales, pour décider que telles & telles doivent être exclues comme incompatibles avec la combinaison la plus parfaite ?

Vous n'avez pas besoin de comprendre tout cela ; il suffit que vous voyiez que ces combinaisons ne sont pas dans le monde présent, pour être assuré qu'elles sont incompatibles avec le monde le plus parfait ; si elles y pouvoient entrer, elles y seroient, & vous les verriez. Vous ne les verriez pas. Encore une fois, voyez-vous tout ce qui est dans le monde présent ? Ce monde si accompli ne comprend pas seulement la terre que nous habitons ; mais encore tout le reste de l'univers dans lequel nos yeux & notre esprit ne peuvent voir que très-peu, & sur quoi par conséquent ils ne sont point en état de prononcer. Ce monde ne comprend pas seulement l'instant présent, mais encore toute la durée future, & le tems qui s'est écoulé, comme il comprend tous les cieux : c'est ce tout qui fait cet assemblage si parfait. Quand on veut juger du monde, il le faut prendre dans son tout, & ne pas juger du tout par l'une de ses parties. Qui a dit à Voltaire tout ce qui arrivera dans la suite pour pouvoir en porter son jugement ? Qui lui a dit tous

les changemens qui se doivent faire pour
que ce tout soit le composé le plus parfait ? Qui lui a dit, s'il ne faudra pas que
ce monde passe par différentes révolutions?
Qui lui a dit, si ce tems où il vit, ou celui
dont il peut avoir quelque connoissance
par l'histoire, & qui est un petit objet par
rapport à la durée de tous les siécles & qui
lui sert néanmoins d'échantillon pour juger de tout le reste : qui lui a dit, si ce tems
n'est pas la partie la plus foible & la plus
disgraciée de ce tout si merveilleux ? Qui
lui a dit, si ce n'est pas un *ingrédient* nécessaire à la perfection de ce tout admirable, une suite inévitable de la combinaison des loix générales ? Il ne trouvera jamais dans aucun principe de la raison naturelle la réponse à une seule de ces questions ; & cependant on décide. Pour conclure, il est démontré qu'on ne conteste la
réalité d'une vie future, que parce qu'on
désire qu'il n'y en ait pas, puisqu'on ne
peut pas prouver qu'il n'y en a point.

Je suis, M. votre, &c.

A Mons, ce 24. Janvier 1752.

HUITIEME LETTRE.

MONDE LE PLUS PARFAIT.

Immortalité de l'ame.

JE fuis arrivé à Charleroy : ce qui n'empêchera pas de vous écrire, M. la fuite de notre entretien.

La réalité d'une vie future heureuse ou malheureuse, dépend de l'immortalité de l'ame. Voltaire dit qu'elle n'eft pas immortelle ; il le dit , & ne le prouve pas. Ceux qui l'écoutent, le répétent d'après lui avec une aveugle crédulité, en même tems qu'ils fe mocquent de la vraie foi , comme d'une crédulité puérile. Voltaire eft porté à croire que l'ame eft matérielle ; mais il ne le prouve pas, car il en doute. On appelle cela fuivre la raifon , la Religion naturelle. Voltaire dit comme quelques autres que l'ame eft femblable à ces bulles d'eau, qui en crévant fe réuniffent à la mer comme à leur tout ; il le dit , & il ne le prouve pas. Mais fuppofons-le pour un moment : cela prouvera-t-il que l'ame eft mortelle, & qu'il n'y a point de vie future & éternelle ? voyons. C'eft un principe commun entre eux & nous , que rien ne périt. En fecond lieu les effences ou nature ne changent point. Notre ame , cette partie de

nous-mêmes , qui pense , qui raisonne ,
qui sent , en se réunissant à son tout par
la mort , ne périt donc pas , puisque rien
ne périt ; elle ne cesse pas même de penser
& de sentir : c'est sa nature , & les natures
ne changent pas. Comme donc la partie
grossière en se réunissant à son tout , à la
partie grossière du monde , ne cesse pas
d'être un corps grossier ; de même l'ame
ne cessera pas d'être un corps subtil & pen-
sant. Ainsi l'ame vit encore après notre
mort : elle *pense*, elle *sent*, dans le tout
où elle est réunie. Donc elle est immortelle. Elle *sent* du bien ou du mal , donc
heureuse ou malheureuse , & cela éternellement ; parce que rien ne périt, & que
les natures ne changent point. Voilà où
la raison auroit conduit Voltaire , même
en supposant son principe , que l'ame est
matérielle. Mais ces nouveaux Philosophes suivent moins la raison que leurs désirs. Quand ils disent de même que Dieu
est la matiére ou l'ame du monde ; où en
est la preuve ? C'est qu'il est plus aisé de
dire que de prouver. Il est plus aisé de
crier sans cesse qu'on ne veut suivre que
la raison , que de la suivre en effet. Ces
Messieurs se persuadent que sitôt qu'ils re-
fusent de croire nos mystéres , c'en en fait,
les voila plantés au milieu de la sphére de
la raison , & que tout ce qu'ils disent ne
peut plus manquer d'être la Raison toute
pure. On voit maintenant ce qui en est ,
& s'il n'est pas vrai qu'il n'y a peut-être pas

d'hommes qui se repaissent plus de chiméres, & qui se bercent davantage dans les
fantômes de leur imagination : il y a long-
tems qu'on l'a remarqué. Les nouveaux
esprits-forts ne sont pas plus heureux en
ce point que ne l'étoient leurs peres. Au
milieu de tous les agrémens que vous ren-
contrerez dans les écrits de Voltaire & de
Pope, vous ne trouverez pas autant de
raisons que vous l'aviez crû d'abord. Les
Anglois se donnent poliment & sans façon
pour les seuls hommes qui pensent. Je ne
sai si en cela ils pensent beaucoup ; mais
il est vrai que certaines gens parmi nous
s'imaginent être des hommes qui pensent,
sitôt qu'ils ont soupiré après la liberté, de
penser qui regne en Angleterre ; & dès qu'ils
ont prononcé le mot d'Anglois, ils croient
avoir tout l'esprit qu'ils supposent dans les
Anglois.

Revenons à notre sujet. Pensez-vous
vous tirer mieux d'affaire en disant qu'il
n'y a point de distinction à faire entre matiére déliée & matiére grossiére, que tout
est uniforme ? Le tout est Dieu. Et nos ames
ne sont autre chose qu'un corps tel que le
nôtre organisé, & monté d'une maniére
propre à penser : comme une horloge est
un corps aussi grossier que les autres ; mais
taillé & monté d'une maniére propre à
marquer & à sonner les heures. Voilà en
effet ce que disent vos Philosophes ; ils le
disent, & ils ne le conçoivent pas. S'ils
ne conçoivent pas une substance purement
spirituelle

fpirituelle qui eft le feul être penfant,
ils conçoivent encore moins une machine
montée pour penfer. Ils le difent : c'eft un
oracle. Ils ne comprennent pas *comment* la
matiére peut penfer, dans une Religion où
l'on comprend tous les *comment* : ce feroit
des myftéres, fi on ne les comprenoit pas ;
& myftére n'eft autre chofe que folie,
extravagance. Il leur plaît donc de dire
que c'eft une machine ; & ils rencontrent
des gens qui trouvent autant de plaifir à
le croire, qu'eux à le débiter. Des preuves,
ils n'en apportent aucune. La comparaifon d'une horloge montée pour indiquer
les heures tient lieu de tout. Les gens qui
ne raifonnent point, trouvent cela extrêmement lumineux & convainquant. Mais
depuis quand les comparaifons font-elles
devenues des preuves ? Les comparaifons
fervent à rendre fenfible une vérité abftrai-
te : elles fuppofent la vérité, & ne la
prouvent pas. Ces Meffieurs fuppofent
donc ici comme une vérité certaine, que
l'ame eft une matiére penfante, & ils
n'en donnent point de preuve. Voici cependant un raifonnement dont ils font
ufage.

Le corps de l'homme eft une machine
admirable, tout le monde en tombe d'accord. Nos penfées dépendent de cette machine. Tant qu'elle eft montée, on voit
que l'homme penfe. Plus fes organes font
fubtils & bien difpofés, mieux il penfe ;
quand ils font dérangés ou encore infor-

mes, ſes penſées ſont dérangées ou imparfaites; comme on le voit dans les enfans & dans les inſenſés : quand quelque roue vient à ſe briſer, que la machine ne va plus, c'eſt la mort, & il n'y a plus de penſée. Nous le voyons tous les jours. Cette expérience eſt une preuve qu'il n'y a rien autre choſe que la machine. Je réponds. Si le corps penſe, les choſes doivent ſe paſſer comme on vient de dire : & ſi le corps eſt l'organe & l'inſtrument d'un eſprit, les choſes doivent encore ſe paſſer de la même maniére. Ainſi tout ce détail d'expérience ne prouve pas qu'il n'y a point dans l'homme un eſprit inviſible, qui penſe & qui exprime ſa penſée par l'organe du corps. Ce Philoſophe de village, qui vous a fait rire plus d'une fois, étant venu à la ville il y a quelque tems; on ſe fit un plaiſir de lui montrer ce qu'il y a de curieux. Entre autres choſes, il admira beaucoup les orgues de notre Collégiale, & ce qu'il y trouvoit de plus beau, c'eſt que cet inſtrument, ſelon lui, jouoit tout ſeul les airs les plus raviſſans ; parce qu'il ne voyoit perſonne qui les touchât, Il philoſopha à ſon ordinaire, & il conclut que c'étoit une machine montée pour produire ces effets toute ſeule & ſans le ſecours d'une main étrangére, Il entra tout de ſuite dans une autre Egliſe dont on ajuſtoit les orgues, & il fut étonné d'entendre tant de ſons aigres, traînans, ſans inflexions, fort déſagréables, entrecoupés de quelques commencemens d'airs. On voulut favoir ce qu'il penfoit. Il répondit : Je vois bien qu'il y a quelque chofe qui manque dans cet inftrument , quelque partie dérangée ou gâtée ; & cela me perfuade de plus en plus que cet un inftrument qui joue tout feul. Car quand il eft bien monté , il va d'une maniére admirable ; fitôt qu'une piéce eft dérangée , il va tout de travers. En un mot , c'eft une machine montée pour jouer ces airs , comme l'horloge de mon village eft montée pour marquer & fonner les heures ; & quand on me vient dire qu'il y a quelqu'un la derriére qui produit un fi bel effet, on veut fe mocquer de moi. Pour le défabufer , on le fit monter aux orgues ; il vit le myftère : & on lui dit que toutes les chofes de ce monde ne fe reffem- blent pas , ou ne fe reffemblent pas en tout point ; qu'il y a des machines montées pour aller feules , comme les horloges ; qu'il **y** en a d'autres qui ne vont qu'au moyen de quelqu'un qui leur tient lieu d'ame en quelque forte , telles font les orgues ; & que quelque habile que foit cette perfon- ne , elle fera des fautes , elle ne jouera pas jufte , s'il y a quelque chofe dans l'inftru- ment qui foit dérangé. Quelque belle que foit une ame jointe au corps de l'homme , elle ne paroîtra pas ce qu'elle eft fi le corps qui lui fert d'organe pour exprimer fes penfées , ou même pour les former dans l'imagination & la mémoire , fe trouve mal difpofé. Et voilà la preuve de nos

Messieurs tombée par terre. Je pourrois ajouter ici les preuves de la spiritualité & de l'immortalité de l'ame ; mais je me borne pour le présent à renverser ce qu'ils ont bâti ; je vous les donnerai quand le tems sera venu de bâtir moi-même. En attendant remarquez , s'il vous plaît , que l'immortalité & la spiritualité de l'ame est un dogme , dont nous sommes en possession avant la naissance des Matérialistes ; & les attaques qu'ils ont données étant vaines & sans effet , ce point nous demeure comme une vérité certaine & inébranlable.

Je suis, M, avec les sentimens immortels d'une amitié, qui n'est pas le mouvement d'une horloge, votre, &c.

A Charleroi, ce 20. Janvier. 1752.

NEUVIEME LETTRE.

MONDE LE PLUS PARFAIT.

Etat d'Innocence.

I. ACHevons enfin, Monsieur, nos remarques sur le monde le plus parfait. Ce que Voltaire fait pour l'avenir, il le fait pour le passé. Par les mêmes raisons qu'il nous dispute une félicité éternelle après cette vie-ci, il nous conteste aussi la réalité d'un état d'innocence au commencement du monde. Ces deux choses marchent ensemble, & il part du même principe pour attaquer l'une & l'autre. Mais il ne peut être instruit de ce qui a été ou non dans des tems si réculés, que par l'histoire. Et si l'histoire nous montre des choses qui n'ont pas été depuis; ce qu'il doit faire au lieu de rejetter ces faits comme supposés sous prétexte qu'il ne les voit pas de son tems, c'est d'ajouter ces traits antiques à l'idée qu'il se forme du monde le plus parfait, & de comprendre que pour la perfection du monde, il a fallu qu'il fut d'abord en cette maniére, & que ce premier état devoit faire place à un autre : qu'en un mot, c'est tout ce qui forme le composé, la combinaison, l'assemblage le plus parfait. Car tout ce qui a été, entre dans ce tout, aussi-bien que ce qui est à présent, & ce qui doit être dans la suite.

II. S'il ne veut pas recevoir ce qu'en dit l'histoire, je lui demanderai pourquoi il veut bien croire ce que la même histoire nous raconte des tems postérieurs, quoique beaucoup plus anciens que lui, & qu'il n'a pas pû voir par lui-même. Si elle est digne de foi sur un point, pourquoi ne le sera-t-elle pas sur l'autre ; à moins qu'il n'y ait des preuves particuliéres & précises de fausseté ? Il la croit sur le second article, parce qu'elle n'avance rien qui ne soit croyable, puisqu'il est semblable à ce que

C 3

nous voyons tous les jours ; il ne la croit pas sur le premier point, parce qu'on ne voit plus rien de pareil. Est-ce donc à dire que rien n'est vrai qu'autant que l'œil de Voltaire le peut voir ? Voit-il tout le vrai ? Ce n'est pas cela. C'est que ce qu'il voit étant l'ouvrage de Dieu, il a été dès le commencement tel qu'il est & qu'il le voit, parce que les essences & les régles déterminées au commencement de la création ne peuvent pas changer ; par conséquent les choses n'ont jamais été autrement que nous les voyons aujourd'hui ; & ce qu'on nous raconte d'un état d'innocence est fabuleux : s'il avoit existé, il existeroit encore ; ainsi l'homme a toujours été tel qu'il est, & il est aujourd'hui tel qu'il est sorti des mains de Dieu au tems de la création, tel que Dieu l'a fait. Ce qu'on appelle, en lui vice, corruption, concupiscence n'est point vice ; mais l'ouvrage de Dieu.

III. Il est aisé de répondre que si les natures sont incorruptibles en elles-mêmes, comme il est certain, & que les essences ne changent point ; les accidens peuvent changer. Et qui a révélé à Voltaire que dans la corruption où l'homme est tombé, il y a autre chose que les accidens de changés ? Il l'auroit vû s'il avoit voulu : la chose n'est pas difficile. L'homme étoit *juste*, il est *injuste* : ce sont des accidens. Son cœur essentiellement amour *s'attachoit au bien* ; aujourd'hui ce cœur toujours essentiellement amour se *porte au mal* : ce sont des

accidens. Il n'avoit point de concupiscence ou de *penchant* indéliberé vers la créature, aujourd'hui il trouve en lui ce malheureux *penchant* : ce font des accidens.
Vous avez plus de peine à comprendre que
la concupiscence foit un accident furvenu
après coup. Attendez un moment ; vos
propres Auteurs vous l'apprendront.

IV. Mais ce que nous apportons tous
uniformément en naiffant fans exception
d'un feul, peut-il être un pur accident ?
Pourquoi non ? Combien n'avons-nous
point de plantes qui tranfportées des pays
chauds dans des pays froids *dégénerent* &
s'affoibliffent beaucoup ? Que penferoit-on
d'une perfonne qui diroit : Nous voyons
que ces arbriffeaux ne portent qu'un fruit
méprifable, c'eft leur nature, puifqu'ils
naiffent tous auffi imparfaits les uns que
les autres : donc tout ce qu'on nous dit
d'un pays où ils portent un fruit exquis, eft
fabuleux ; puifque les natures ou effences
ne changent point, & qu'ils doivent être
les mêmes ici que dans la Chine & ailleurs.
Ce que nous voyons nous inftruit de ce
que nous ne voyons pas : nous n'avons pas
befoin du témoignage des rélations ou des
hiftoires : elles font fauffes quand elles ne
quadrent pas avec ce que nous voyons.
Nos yeux décident. Qui voit la nature en
un tems, la voit en tout tems, paffé, préfent, futur ; parce que la nature ne peut
changer. Qui voit la nature en un lieu,
la voit en tout lieu ; parce qu'elle eft im-

C 4

muable. Ainſi ces plantes qu'on dit viciées, étant telles par leur naiſſance ou nature ; il s'enſuit qu'il n'y en a pas , & qu'il ne peut y en avoir qui ſoient mieux conditionnées. Un tel raiſonneur ſe tromperoit groſſiérement. C'eſt qu'un vice accidentel peut ſe perpétuer & ſe tranſmettre par la naiſſance. Ces Meſſieurs n'ont pas fait aſſez d'attention à ce qu'ils ont tous les jours ſous les yeux. Ces arbres qui ſont *immortels* dans les pays chauds ; je veux dire qu'ils paſſent d'une année à l'autre ſans périr, ſont *mortels* dans les pays froids , & ſans le ſecours des ſerres , ils ne verroient pas deux années de ſuite : image ſenſible que la *nature* offroit à des eſprits qui réfléchiſſent , pour leur faire comprendre qu'un corps fait pour ne pas mourir, peut devenir dans une autre ſituation ou un autre état ſujet à la mort. Des eſprits philoſophes auroient trouvé cent exemples ſemblables. Tous les jours , certaines infirmités paſſent des parens qui en ſont affectés, à l'enfant qu'ils mettent au monde. S'enſuit-il que ce ſoit une conſtitution naturelle à l'homme, eſſentielle , invariable ?

V. Au lieu de ces comparaiſons Pope m'en donne une autre priſe du ſujet même , & qui eſt plus qu'une comparaiſon. L'homme dans le premier âge du monde étoit , dit-il, exemt des maladies qui nous dévorent aujourd'hui. Ces maladies , ſelon lui, tirent leur origine de l'uſage de la chair des animaux dont le ſang mêlé avec celui de l'homme dans ſes veines a corrompu toute ſa conſtitution. L'application ſe fait d'elle-même. Les hommes naiſſent tous aujourd'hui ainſi altérés ; ils ſont tels par leur naiſſance , par leur nature. Donc , pour raiſonner comme Voltaire , les hommes ont toujours été conſtitués comme ils le ſont aujourd'hui , & il eſt faux qu'ils l'aient été autrement dans les premiers tems , faux que ce ſoit d'avoir mangé la chair des animaux qui en ſoit cauſe , en quoi il contrediroit Pope ſon grand maître. Contredire un Anglois, & un tel Anglois, l'Horace de l'Angleterre , c'eſt contredire la ſeule nation qui penſe. Voici une autre contradiction. Les hommes étoient autrement dans les premiers tems ; il n'eſt donc pas vrai que leur naiſſance uniforme ſoit une preuve que l'état où ils naiſſent ſoit l'état eſſentiel & immuable des hommes ; & l'on ne peut pas toujours juger par ce que l'on voit aujourd'hui, de ce qui a été auparavant. Voilà un changement total dans la conſtitution de l'homme ; il a été altéré dans ſon corps & dans ſon ame : vous le verrez bientôt dans les vers même de Pope que je tranſcrirai ; il étoit autrefois tout autre , c'eſt-à-dire dans l'état d'innocence de Pope. Rien donc n'empêche de croire qu'il a été autrement dans l'état d'innocence que nous croyons dans la Religion chrétienne , & qu'il a enſuite été corrompu , vicié , bleſſé , altéré mortellement comme par un poiſon lent.

C ſ

VI. J'ajoute un autre raisonnement fort court avant que de rapporter les vers de Pope. *Les essences , dit - on , & les régles déterminées au commencement de la Création , n'ont pas pû changer.* Si donc il y avoit eu alors un état d'innocence tel que nous le croyons, il existeroit encore. Répondez à ceci. La *matiére* de nos ames qui *pensoit* par une *régle déterminée au commencement de la création* , cesse de penser à notre mort. Voilà un changement plus grand & moins accidentel que celui de la concupiscence survenue à l'homme , qui n'en avoit point avant le péché. Les essences changent ou ne changent pas au gré de ces Messieurs, & selon les besoins de leurs systêmes. Que si les ames ne cessent point de penser après la mort, donc elles sont heureuses ou malheureuses éternellement, s'il y a une autre vie après celle-ci. Tirez-vous de cette alternative.

VII. Revenons à l'état d'innocence de Pope.

L'amour-propre regnoit , mais soumis & tranquille
Du bonheur naturel il étoit le mobile.
Avec les animaux l'homme d'intelligence
A l'ombre des forêts vivoit en assurance.
On ne le voyoit point ensanglanter sa main ,
Pour défendre son corps du froid ou de la faim.
La terre sans travaux , sans soins , & sans culture
Leur donnoit même lit & même nourriture.
                                    P. LIO.

Voilà l'état d'innocence : ce n'est pas celui que nous croyons dans la Religion de Jesus-Christ ; mais il n'importe pour le présent. Voici le changement.

O combien *différent* & de goûts & de mœurs,
L'homme *dégénera* de ses premiers auteurs ! . . .
Aux cris de la nature il devint insensible ;
Le sang n'effraya plus son courage inflexible :
Cruel aux animaux, *injuste* pour les siens,
Avec son *innocence* il *perdit tous ses biens.*
De ce luxe effréné l'affreuse tyrannie
Par un juste retour fut aussitôt punie.
La fiévre, la douleur, une foule de maux,
Sortirent à l'envi *du sang* des animaux. —
De ce *sang étranger* la fougue impétueuse
Mit dans les passions une ardeur furieuse.

Voilà la *concupiscence* survenue de leur aveu, comme j'avois promis de le montrer : *dans les passions une adeur furieuse.*

Et malgré ses *remords* dans le crime affermi
L'homme trouva dans l'homme un farouche en-
nemi. . .
La nature indignée se fit entendre.

Voilà la chûte de l'homme dans le péché. La Religion chrétienne a tort de nous en-seigner cette vérité ; l'esprit humain a rai-son de l'enseigner. On ne veut plus croire

que les miséres viennent de la défobéiffance
criminelle de nos premiers peres ; on nous
apprend qu'elles viennent de ce que l'homme a répandu le fang des animaux & mangé leur chair ; nouvelle efpéce de *crime :*
cela eft bien plus raifonnable. Ce n'eft pas
un fait que Pope ait trouvé dans aucun
monument de ce tems-là, il n'y en a aucun
qui en faffe mention; Pope a quelque chofe
de meilleur : c'eft une pure conjecture
qu'il a formée en raifonnant à fa maniére ;
cela ne vaut - il pas mieux que des preuves
hiftoriques, ou que le témoignage de notre
Religion ? C'eft une fable Angloife ; quoi
de plus refpectable ? Parlez à ces Meffieurs
de faits rapportés par les hiftoires les plus
authentiques; ils les révoquent en doute ,
s'ils ne leur conviennent pas ; ils préférent
les Fables Grecques dont on s'eft toujours
mocqué , ils y en ajoutent de nouvelles.
Vous me demandez ce que c'eft que *pen-*
fer , ce que c'eft que d'être judicieux. Le
voilà.

VIII. Remarquez ces paroles importantes : *La nature indignée fe fit entendre.* Ce
n'eft plus Dieu, c'eft là *nature* qui punit
le crime. Mais fur-tout admirez l'accord
de tout ce que dit Pope. L'homme dans
l'état d'innocence , tel que le dépeint le
Poëte Anglois , étoit le même qu'aujour-
d'hui; la preuve, c'eft qu'aujourd'hui il
eft tel qu'il eft forti des mains de Dieu ; &
cependant l'homme aujourd'hui a *dégénéré*
de fon premier état. 1°. Il eft aujourd'hui

tel que le ciel l'a formé, & tel qu'il doit
être.

Pourquoi de ses *penchans* & l'*esclave* & le *maître*
Avec tant de *foiblesse* il joint tant de grandeur ?
Pourquoi *toujours en guerre avec son propre cœur*,
Tantôt il se rabaisse au dessous de lui-même
Et s'éléve tantôt jusqu'à l'Etre suprême ?
Dans l'homme *tel qu'il est*, ce qui paroît un *mal*,
Est la source d'un bien dans l'ordre général.
Ne soûtenez donc plus que l'homme est *imparfait*,
Le ciel l'a formé *tel qu'il doit être* en effet. . . .
Un état plus parfait ne lui conviendroit pas. . . .

P. 68.

2°. Il a *dégénéré* : vous l'avez vû dans
les vers qui dépeignent sa chûte : *l'homme
dégénéra de ses premiers auteurs.* Cruel aux
animaux, *injuste* pour les siens, *avec son
innocence il perdit tous ses biens* ; il fut
puni par la *fiévre*, la *douleur*, une *foule
de maux* ; enfin il sentit dans ses *passions*
une *ardeur furieuse*. C'est votre affaire,
M. d'accorder tout cela. Il ne faut pas
croire un état d'innocence avec les Chrétiens. Non. L'homme est tel qu'il a été
fait : *Le ciel l'a formé tel qu'il doit être en
effet. Un état plus parfait ne lui conviendroit pas.* Et cependant lui-même nous
montre un état d'innocence, *un état plus
parfait.* La chûte de l'homme est une fic-
tion ; non, *il n'est point imparfait* ; cepen-

dant *il a dégéneré de ses premiers auteurs*, il est tombé dans le crime. Sans doute il n'est pas si *parfait* que ses premiers auteurs: *un état plus parfait convenoit à l'homme* en ce tems-là. Le monde étoit alors plus *parfait* qu'il n'est aujourd'hui. Pope gémit de ce désordre survenu.

O *combien diffé.ent* & de goût & de mœurs
L'homme *dégénera* de ses premiers auteurs !

Il y a des gémissemens dans la Religion naturelle. On a beau faire. Toute sorte de Religion nous fait remarquer des désordres dans le monde, & qui plus est, des désordres qu'on doit désapprouver, condamner, dont on doit gémir, & dont la *nature* elle-même est indignée.

La nature *indignée* alors se fit entendre.

Des désordres condamnés par la *nature* même sont infailliblement des désordres selon la Religion *naturelle :* ce qui contredit & condamne cet autre principe, que *tout est bien*, que Pope trace en ces vers.

Ce qui dans l'univers te révolte & te blesse,
Forme un parfait accord qui passe ta sagesse.
Tout *désordre* apparent est un *ordre réel*,
Tout mal particulier un bien universel :
Et *bravant* de tes sens l'orgueilleuse imposture,
Conclus que tout est bien dans toute la nature.

Ne se souvenant plus d'un si bel oracle, il gémit ici de ce que les choses ne sont plus comme autrefois. Malgré tous ses efforts, il nous montre un monde plus parfait que l'autre. Il y a eu un tems où il étoit plus parfait, c'est le tems des premiers hommes. Il y a un tems où il est moins parfait, c'est notre tems ; ce sont deux aveux. Il ne peut se sauver qu'en disant que le plus & le moins parfait, joints ensemble, doivent faire le monde le plus parfait, le plus accompli de tous les assemblages possibles ; de sorte qu'on ne peut pas juger de l'un par l'autre, du tems des premiers hommes par notre tems, ni de l'état de l'homme innocent par l'état où l'homme est aujourd'hui, comme font tous les jours ces Messieurs. Mais dès ce moment ils voient tomber de leurs mains ce trait qu'ils croyoient si puissant pour ruiner l'heureux état d'innocence, & qui consiste à dire que cet état est absurde, impossible, imaginaire ; parce que le *monde étant de tous les mondes possibles le plus parfait :* il n'y a jamais eu rien de plus parfait qu'aujourd'hui, que tout est comme il a toujours été. Vous voyez qu'ils jugent de toutes les parties du monde par la partie présente, & qu'ils supposent que le monde le plus parfait c'est le monde d'aujourd'hui.

IX. C'est-à-dire que ces nouveaux philosophes ne s'entendent pas bien eux-mêmes, & que ce principe, *le plus parfait de tous les mondes possibles,* n'est pas bien

developpé dans leur esprit. Ils lui donnent
deux sens sans s'en appercevoir. Quand ils
pensent à nos miséres, au peu de durée de
la vie & de ses plaisirs, ils exaltent les tems
anciens : ils voient un tems digne d'être
regretté, où les hommes avoient le bonheur de vivre des siécles entiers ; un tems
par conséquent où le monde étoit plus
parfait. Aujourd'hui, à peine est-on né
qu'il faut mourir & se voit cruellement ar-
raché du sein des plaisirs, qui ne font que
commencer sans pouvoir les goûter à loisir. Malheureuse mort, dont la seule pensée vient tout gâter ! Alors si l'on ne veut
pas se contredire, ce principe, *le monde le
plus parfait* comprend le tems des premiers
hommes & ces tems-ci ; le monde alors se
prend dans sa totalité, qui renferme comme des *ingrédiens* certains tems où il est
moins parfait. Premier sens. Voici le second.

X. Quand il s'agit de contester la perfection de l'état d'innocence, le *monde le
plus parfait* est celui d'aujourd'hui. Jamais
il n'a été plus parfait, ni ne l'a pu être ;
parce que le monde tel que nous le voyons
est de tous les mondes possibles le plus
parfait. Il est essentiellement & par sa nature tel que vous le voyez, parce que les
*essences & les régles déterminées au com-
mencement de la Création n'ont pas pu
changer.* Le monde a donc toujours été tel
qu'il est, & le même par conséquent dans
l'état de l'innocence ; l'homme étoit alors

comme aujourd'hui sujet à la concupiscence. Cette concupiscence par conséquent lui est naturelle, c'est une perfection, c'est l'ouvrage de Dieu ; elle n'est pas un vice, & il faut bien se donner de garde de la combattre.

XI. Qu'en pensez-vous, M. cela s'appelle-t-il s'entendre soi-même ? J'ajoute qu'en prenant leur principe dans le second sens pour détruire l'état d'innocence, ils devroient conclure aussi que du tems des premiers hommes de Pope le monde étoit le même qu'aujourd'hui, cesser de regretter ce tems, mettre fin à des gémissemens déshonorans pour une Religion naturelle & pour un homme qui est dans l'état le plus parfait. Il falloit conclure aussi que le monde est encore aujourd'hui tel qu'il étoit dans ces premiers tems ; mais nos yeux démentiroient cette conclusion, & par conséquent le principe d'où elle part : *Le monde d'aujourd'hui est de tous les mondes possibles le plus parfait.* Pope la démentiroit aussi : il nous a montré combien l'homme a *dégénéré* de ses premiers auteurs.

XII. Que si l'on réplique que la perfection du tems des premiers hommes étoit contrebalancée par quelque ingrédient qui ne se trouve pas aujourd'hui : 1°. cela s'avance sans preuve, & il s'agit de le *croire* dans une Religion où l'on veut tout *voir* & ne rien *croire* ; & qui pis est, il le faut *croire*, non sur la parole d'un Dieu qui sait

tout, mais sur la parole d'un homme qui
parle de ce qu'il ignore. En second lieu,
on pourroit leur répondre avec autant de
fondement, s'il étoit nécessaire, qu'il y
avoit peut-être aussi dans l'état d'innocence
quelque *ingrédient*, tel qu'il pût être, propre à contrebalancer la trop grande perfection de cet état. (Car, ce qui est très-
curieux, nos gens qui veulent de tous les
mondes possibles *le plus parfait*, craignent
extrêmement l'excès de perfection.) Ainsi
avec leur principe, de quelque maniére
qu'ils le prennent, ils ne peuvent parvenir à détruire l'état d'innocence que nous
croyons dans la Religion de Jésus-Christ.

XIII. Répétons. Il pourroit donc y avoir
de quoi contrebalancer la trop grande perfection de l'état des premiers hommes de
Pope, de peur que le monde ne fût alors
trop parfait, plus parfait que celui d'aujourd'hui. Et si Dieu & le monde sont une
même chose, il faut dire, de peur que Dieu
ne fût trop parfait, qu'il ne fût infiniment
parfait. Vous trouverez cela fort raisonnable.

XIV. Au surplus c'est encore une chose
merveilleuse de prétendre que ce qui est
sans aucun défaut, sans aucun ingrédient,
ne soit pas plus parfait que ce qui renferme des ingrédiens défectueux. Où a-t-on
pris ce principe, qu'il est impossible qu'il
y ait une chose, un monde entiérement
parfait & sans défaut ? Où en est la preuve ? Nous le voyons, disent-ils, Dieu ne

peut agir que de la maniére la plus fage
& par conféquent la plus parfaite. Or
Dieu a fait ce monde que nous voyons.
Donc ce monde eft le plus parfait de tous
les mondes poffibles. Or il n'eft pas fans
défaut, fans ingrédiens ; donc un monde
fans défaut eft une chofe impoffible. J'ai
déja montré plus d'une fois le faux de ce
raifonnement. Ce monde eft le plus parfait de tous les mondes poffibles, oui, ce
monde pris dans toute fon étendue, dans
le paffé, le préfent, l'avenir, compre-
nant l'état d'innocence où il n'y avoit aucun défaut, & l'état de la béatitude éternelle après cette vie-ci, où le monde fera
fans défaut : je vous le paffe ; & c'eft le
feul fens raifonnable que cette propofition
puiffe avoir. Si vous entendez le monde
dans le tems préfent feulement, ou dans
un certain nombre de fiécles ; je ne vous
paffe pas votre propofition, parce que ce
feroit juger du *tout* par fa partie, & par la
partie qui eft peut-être la moindre & la
plus foible, qui peut-être n'eft qu'un *ingrédient* : ce feroit du particulier conclure
le général : le plus groffier défaut en fait
de raifonnement.

XV. Un monde où la vertu feroit heureufe, ne feroit-il pas plus parfait ? Non
répond Pope, ou même un tel monde eft
impoffible.

Que fi vous *condamnez* dans vos *injuftes* vœux,
l'arrangement d'un monde où le *crime eft heureux* ;

Suivons pour un moment votre *aveugle manie...*

P. 136.

Il se met en colère contre ceux qui désire-
roient un monde où *le crime ne fût pas
heureux* : n'a-t-il pas raison ?

Mettons dans l'univers plus d'ordre & d'harmonie.
J'en conviens avec vous, des hommes vertueux
Méritent le projet que nous formons pour eux.
De *justes seulement* composons un empire :
Mais dans le fonds des cœurs Dieu seul a droit de
    lire.
Eh ! quel autre qu'un Dieu pourra nous révéler
Ces justes que *vos soins* prétendent rassembler ?
L'un croit voir dans Calvin un organe céleste ;
Comme un monstre infernal un autre le déteste.
Ce qui pour une secte est une vérité,
Comme un dogme trompeur par l'autre est rejetté.
De divers préjugés nos ames possédées,
Sur les mêmes sujets ont diverses idées. ●
Ce qui fait mon plaisir deviendroit ton tourment ;
Le prix de ma vertu seroit ton châtiment.
Les plus *sages* toujours ne pensent pas de même :
Seroient-ils donc heureux par un même système ?..

P. 136.

Pope ne fait pas attention que lorsque nous
parlons d'un monde où la *vertu* soit en
honneur, nous ne prétendons pas que ce
soit à nous à le composer, non-seulement

parce que nous ne pouvons pas lire dans le fond des cœurs pour connoître sûrement les justes, & pour les placer selon leur mérite ; mais bien plus, parce que ce n'est pas à l'homme à bâtir le monde, & à en régler & conduire les événemens. Mal-à-propos donc Pope parle-t-il ici de *nos soins*.

Ces justes que *vos soins* prétendent rassembler. Ce ne sont pas *nos soins*, mais ceux de Dieu dont il s'agit. Dieu le peut-il faire, ne le peut-il pas ? Répondez, & ne fuyez point.

XVI. Il réplique que quand Dieu l'auroit fait, nous ne serions pas encore contens ; nous jugerions encore que le crime est heureux, parce qu'en nous trompant nous prenons quelquefois la vertu pour le vice, & le vice pour la vertu ; ainsi ma vertu récompensée, vous paroîtroit un crime récompensé. Pure défaite, surquoi je pourrois faire plusieurs réflexions ; mais nous n'avons pas besoin de réfuter un auteur qui se réfute lui-même. Ce monde si parfait d'où le crime est banni, & où la vertu est heureuse, non-seulement est possible, mais il a existé dans le tems des premiers hommes. C'est Pope lui-même qui nous l'a montré dans la peinture qu'il nous a faite de son état d'innocence.

L'amour-propre regnoit, mais *soumis & tranquille.*

Et le reste que vous avez vû ci-dessus.

Avec son *innocence* il perdit tous ses biens.

L'innocence regnoit. Voilà l'aveu que nous demandions. Voilà l'exiſtence d'un monde où le *vice n'étoit point heureux*; c'eſt-à-dire l'exiſtence d'un monde *plus parfait*, d'un monde ſans défaut. Un tel monde n'eſt donc pas impoſſible, comme ces Meſſieurs le prétendent. Mais aujourd'hui cette innocence eſt perdue, & avec elle *tous les biens* de l'homme. Voilà l'origine & la cauſe de ce contraſte de *grandeur* & de *baſſeſſe*, de *vice* & de *vertu* qui ſe trouve dans l'homme; qui eſt une énigme que Pope & Voltaire n'ont pas voulu deviner, quoîqu'ils en viſſent ici le mot. Ils ont mieux aimé dire que l'homme a été fait ainſi, & que la concupiſcence eſt un don, un ouvrage de Dieu, loin d'être une choſe vicieuſe. Ceci fait une autre matiére à diſcuter: il faut la réſerver pour un autre tems. Cette lettre eſt déja trop longue.

Adieu.

A Namur, ce 1. *Février* 1752.

DIXIEME LETTRE.

L'Homme. Les Passions, la Raison.

Péché originel, ou le Labyrinthe.

JE vous écris aujourd'hui de Louvain, dont l'Université autrefois si célébre a beaucoup perdu de son ancienne splendeur, comme plusieurs autres corps. Cependant il se trouve toujours dans ces sortes d'endroits des Savans, avec qui on peut converser utilement & avec plaisir. J'ai eu celui d'entretenir le Docteur ***, dont vous connoissez la justesse d'esprit & la droiture de cœur. Avec de tels hommes la conversation ne dure pas long-tems sans tomber sur les maux qui affligent l'Eglise, & principalement sur les nouveaux systêmes qui font aujourd'hui tant de ravage dans la Religion. Entre autres choses nous avons beaucoup parlé des *passions* & de la *raison*, qui font les deux puissances que Dieu a données à l'homme pour le conduire, sans qu'il ait besoin d'autre secours selon ces systêmes.

M. Pascal étonné des contradictions qu'il voyoit dans l'homme, le regardoit comme une *énigme*. Non, répond Voltaire, "l'hom-
,, me n'est point une énigme, comme vous
,, vous le figurez pour avoir le plaisir de la

„ deviner. L'homme paroît être à sa place
„ dans la nature.... Il est, comme tout ce
„ que nous voyons, mêlé de *mal* & de *bien*,
„ de *plaisir* & de *peine*. Il est pourvu de
„ *passions* pour *agir* , & de *raison* pour
„ *gouverner* ses *actions*. Si l'homme étoit
„ *parfait* , il seroit Dieu ; (Voltaire ne
„ connoît point de milieu entre *parfait* &
„ *infiniment parfait* ,) & ses prétendues
„ contrariétés sont les *ingrédiens nécessai-*
„ *res* , qui entrent dans le composé de
„ l'homme , *qui est ce qu'il doit être.* „
L'homme n'est donc pas une énigme. De-
mandons-le à Pope, maître de Voltaire.
Qu'est-ce que l'homme ? *Un étonnant la-*
byrinthe , un mélange étonnant , un étrange
problême ,

Où d'un plan régulier l'œil reconnoît l'empreinte :
Champ *fécond* , mais *sauvage* , où par de *sages loix*
La rose & le *chardon fleurissent à la fois.* . .

P. 65.

Qu'est-ce que le *chardon* ? La *concupiscen-*
té ? La *rose* & le *chardon* , le *bien* & le *mal*.
C'est approuver le mal que d'en attribuer
l'origine à de *sages loix* , qui ont produit
le *mal* comme le *bien*.

Quel *mélange étonnant* , quel *étrange problême* !
En lui que de *lumiére* & que d'*obscurité* !
En lui quelle *bassesse* , & quelle *majesté* !
Si n'est que pour mourir qu'il est né , qu'il respire ;

Et

Et *toute fa Raifon* n'eft prefque qu'un *délire.*
S'il ne l'écoute point, tout lui paroît obfcur:
S'il la confulte trop, rien ne lui paroît sûr.

Jufqu'où faut-il la confulter? Qui nous en donnera la régle, la mefure? Ce ne fera pas la *raifon* : elle en a befoin. Ce ne fera pas les *paffions* : elles font aveugles. Avouez la néceffité de la *Foi.* C'eft le fil qui nous tirera de ce labyrinthe. Suivons.

Cabos de paffions & de vaines penfées
Admifes tour-à-tour, tour-à tour repouffées;
Dans fes *vagues* defirs *incertain*, *inconftant*,
Tantôt *fou*, tantôt fage, il change à chaque inftant,
Egalement rempli de *force* & de *foibleffe*;

Qui eft-ce qui l'emporte? Qui eft-ce qui décide?

Il *tombe*, il fe *reléve*, & retombe fans ceffe.

S'il n'y a pas en lui un penchant *vicieux* qu'on ne doit point fuivre; comment eft-ce qu'il tombe? Par *ignorance.* Je le veux: alors il ne fuit pas la *lumiére* de la Raifon; qu'eft-ce qu'il fuit? Un *mauvais penchant* que fon ignorance lui répréfente comme innocent; & vous voilà revenus au *penchant* ou *cupidité vicieufe* : elle fe trouve dans l'homme, quelque fyftême qu'on veüille fuivre.

D

Seul il peut découvrir l'obscure vérité;
Et d'erreur en erreur il est précipité.

Qui donc, encore une fois, lui servira
de guide pour éviter *l'erreur?*

Créé maître de tout , de tout il est la proie.

On fait un crime à la foi de dire que l'homme a été *créé le maître de tout ;* la *raison* le
dit ici à Pope.

Sans sujet il s'afflige ou se livre à *la joie.*

C'est sans raison, c'est donc en suivant son
inclination naturelle. Dites encore qu'elle
n'est pas vicieuse.

Et toujours en discorde avec son propre cœur
Il est de la nature & la *honte* & l'*honneur.*

Pour être la *honte de la nature* , il faut
qu'il y ait chez lui un grand désordre.
Voilà à peu de choses près le tableau de
l'homme déchû de sa grandeur primitive,
dont il conserve encore des traits majes-
tueux, qui sont *l'honneur de la nature* , &
corrompu par la concupiscence, qui l'a rendu *la honte de la nature.* Croiriez-vous
que ce soit-là le portrait naturel d'un homme qui est *tel qu'il doit être* , *en qui tout est
bien* ; en un mot , tel qu'il est sorti des
mains de Dieu ? Je suis sûr que non. Ce-

pendant Voltaire le dit fans crainte. Pope
de meilleure foi, le dit bien comme Voltaire; mais en même-tems il avoue qu'il
eſt embaraſſé; qu'il ſe trouve dans un *étonnant labyrinthe*; il eſt effrayé de ſes dé-
tours; il ſe flatte pourtant de s'en tirer fans
aide. Vous allez voir combien il ſuë pour
en ſortir, & vous me direz s'il n'y demeure
pas perdu.

Dieu a donné deux choſes à l'homme
pour le conduire, 1°. les *paſſions*, 2°. la
raiſon. La raiſon montre ce qu'il faut faire
& ne le fait pas; elle a beſoin des paſſions
qui mettent l'homme en mouvement. Les
paſſions ſont trop agiſſantes, elles ſe portent à l'excès; la raiſon les arrête, les régle, les conduit. Voilà le dénouement.
Cela va tout au mieux; mais venons à l'exécution.

La *raiſon* eſt pour l'homme un *ſerviteur* habile
Mais un ſerviteur *froid*, *pareſſeux*, *indocile*.
Il le faut *appeller* dans les preſſans beſoins,
Pour forcer ſa *lenteur* à nous donner ſes ſoins.
En vain de la raiſon tu vantes l'excellence;
Doit-elle ſur l'inſtinct avoir la préférence?
Entre ces facultés quelle comparaiſon?
Dieu ſeul régle l'inſtinct, & l'homme la raiſon.

P. 87.

C'eſt *l'homme qui régle la Raiſon*; & la raiſon a été donnée pour régler & conduire
l'homme. Accordez.

D 4

Deux puissances dans l'homme exercent leur em-
  pire,
L'une pour l'*exciter*, l'autre pour le *conduire*.
L'*amour propre* dans l'ame enfante le *désir*,
Lui fait fuir la *douleur*, & chercher le *plaisir*.
La *raison* le retient, le *guide*, le *modére* ;

L'*amour propre* est donc vicieux, corrompu.
Par lui-même il se porte aux *excès*, il faut
que la *raison* le *retienne*, le *guide*, le *modére*. Comment ne voyez-vous pas-là une
concupiscence vicieuse? Vous en rencontre-
rez encore d'autres preuves. Laissez parler
ces Messieurs, ils vous en fourniront abon-
damment.

Calme des passions la fougue téméraire.

Cela s'appelle-t-il porter une sentence de
condamnation : la *fougue téméraire*.

L'un & l'autre *d'accord* nous donnent le moyen
Et d'éviter le mal & d'arriver au bien.

Mais seront-ils *d'accord* l'un & l'autre ?
Voilà le point important. Vous entendrez
dans un moment l'aveu décisif & humiliant de ces auteurs ; ils vous diront que
non.

Bannissez l'amour propre, écartez ce mobile,
L'homme est enseveli dans un repos stérile.

Cela est vrai, si vous l'entendez de l'amour nécessaire, essentiel, indéliberé que nous avons pour nous-mêmes, pour notre conservation, pour notre bonheur en général ; amour qui est bon ou vicieux selon l'application qu'on en fait librement à chaque cas particulier. Mais si vous l'entendez comme nos Philosophes Poëtes, de l'amour de nous-mêmes qui s'attache à la créature, qui n'est occupé qu'à nous procurer les avantages périssables de ce monde : la proposition est fausse : parce que l'amour général & bien appliqué selon les loix de la religion suffit pour nous mettre en action. Pope continue :

Otez-lui la *raison*, *tant son effort est vain*,
Il se conduit sans régle & agit sans dessein.
La *raison*, l'*amour propre* avec le même effort
Tendant au même but *doivent marcher d'accord*....

P. 86.

Ils le *doivent*, mais le font-ils ? Pope entreprend de le montrer. Ecoutons-le :

Ils ont pour la *douleur* une *invincible haine*,
Un attrait naturel *au plaisir les entraîne*.

Pour le dire en passant, cette haine est néanmoins tellement *invincible*, qu'on la surmonte tous les jours pour la gloire ou pour un intérêt temporel. Pope vous le dira lui-même, & dans la même page :

D 3

Mais lorfque d'un mortel *élevant le courage*
Elles ferment fes yeux *fur fon propre avantage*;
La raifon applaudit à leurs *nobles tranfports*
Et du nom de *vertu* couronne leurs *efforts*.

Seroit-il moins *raifonnable* & moins poffible de la *vaincre* pour une gloire & un intérêt éternel ? Voilà pour l'*invincible*. A-
vançons.

Mais l'*amour propre* ardent à l'*afpeƈt du plaifir*
Dévore avidement l'objet de fon défir.
La raifon le ménage , & d'une *main habile*
Prend, fans bleffer la fleur , le miel qu'elle diftille.

Voilà un beau vers, il eft fait avec dexté-
rité, il eft délicat. La *raifon* eft-elle auffi
adroite ? vous le verrez bien-tôt. C'eft la
feconde promeffe que je vous en fais. Tout
nous y conduit. Ne rompons pas la fuite
du difcours de Pope.

L'homme doit *difcerner* , s'il veut *fe rendre heureux*,

même pour cette vie-ci : Remarquez-le
bien ,

Du plaifir *innocent* , le plaifir *dangereux*.

Où eft la *régle* pour le *difcerner*? Ces Meffieurs ne fe mettent pas en peine de l'indiquer. Cela fera à la difcrétion de vos *paf-*

sions ou d'une *raison* aveugle. Quoiqu'il en soit, il *faut discerner.* Voilà presque la *vigilance* Evangélique : il y faut revenir malgré qu'on en ait.

Que sont les Passions ? L'*amour propre* lui même
Evitant ce qu'il hait, & cherchant ce qu'il aime.
D'un bien faux ou réel la prompte impression
Les frappant vivement, les met en action.
Lorsque *sans offenser* les *intérêts des autres,*
Leur mouvement se *borne à contenter les nôtres ;*
La *raison les adopte*, & leur donnant ses soins
Emprunte leurs secours dans leurs *justes* besoins.

C'est ici sans doute la *régle* du discernement que nous demandions tantôt : il faut que les besoins soient *justes.* Et quelle est la loi qui sert de régle pour discerner ce qui est juste ? Suffit-il qu'on n'offense pas les intérêts des autres ? Oui, c'est toute la justice de ces Messieurs. On en donnera cent preuves au besoin. Sur ce pied que faut-il penser d'un infâme ivrogne, qui ne connoît de plaisir & de bonheur qu'à satisfaire sa brutale passion ? Il ne tient à personne, il n'a ni femme, ni enfans, il ne ruine que sa bourse & sa santé ; & peut-être qu'il est assez riche pour fournir à la dépense : *sans offenser les intérêts des autres*, il contente le plaisir qui l'intéresse. La raison adopte-t-elle cela ? Ici, fastueux & vains politiques, vous criez : Cet homme offense les intérêts des autres puisqu'il est

D 4

inutile à l'état , qui a droit fur tous fes fujets. Pas plus inutile que vous , qui nageant dans l'abondance n'avez d'autre foin du matin jufqu'au foir que celui de nourrir votre embonpoint , *curare cutem* ; paffez le jour & la nuit à vous divertir ; & dont tout le fervice que vous rendez à l'état fe borne à vous trouver au fpectacle , au bal & autres parties de plaifir. Le cabaret ou fa maifon eft le fpectacle de cet homme, lui & vous êtes auffi utiles l'un que l'autre au public.

Mais lorfque d'un mortel élevant le courage
Elles *ferment fes yeux fur fon propre avantage*
La *raifon applaudit* à leurs *nobles tranfports*
Et du nom de *vertu couronne* leurs efforts.

Elle doit les traiter de *folie* , de *fanatifme* , non de *vertu* ; puifque n'ayant rien à efpérer dans une autre vie en récompenfe de cette perte *de vos propres avantages* , vous êtes ennemi de vous-même en vous en privant. Auffi vous condamne-t-on à Berlin. ✱ M. Formey , Secrétaire perpétuel de l'Académie Royale des Sciences & des Belles-Lettres , termina la féance du 19 Janvier de la préfente année par un difcours *fur l'obligation de fe procurer toutes les commodités de la vie , confidérée comme un devoir de la morale.* Mais fi c'eft une *vertu d'oublier nos avantages* pour des raifons tou-

✱ Séance du 19 Janvier 1752.

tés humaines ; il fera permis , & ce fera une *vertu* plus grande & bien réelle de les oublier pour chercher à plaire à Dieu. Voi-là à quoi la *raifon applaudit* , & ce qu'elle *couronne du nom de vertu.* Rien de plus *raifonnable* que l'Evangile.

Mais de ces *paffions* la *féduifante amorce*
A fur le cœur de l'homme ou *plus ou moins de force*
Selon que les *efprits répandus dans le corps*
Sont plus ou moins nombreux ; plus foibles ou plus
forts.

Sa féduifante amorce ! Voilà une épithete déshonorante , & qui fent bien une *cupi-dité vicieufe* , telle que l'Evangile nous la montre dans l'homme. A l'égard *des efprits animaux* , il eft vrai qu'ils contribuent jufqu'à un certain point à leur donner de la *force* ou à les affoiblir ; & c'eft ce qui fait voir la fageffe de la Religion de Jefus-Chrift qui ordonne des jeûnes & d'autres auftérités pour empêcher que *les efprits répandus dans le corps ne foient trop nom-breux* , & par ce moyen affoiblir les paf-fions , & les mettre hors d'état de réfifter à la *Raifon* ou à la *Foi* chargées de les con-duire. Et parce que la Religion naturelle eft ennemie de ces pratiques , les paffions emportent l'homme , & vous allez voir quel ravage elles font. Pope vous en fera la peinture ; je ne veux pas toucher au pin-ceau , je vous ferai feulement remarquer les traits du tableau qu'il a tracé.

D ſ

De-là se forme en nous la *passion regnante*
Qui *toujours combattuë*, & *toujours triomphante*.
P. 91.

Par qui combattuë ? Par la Raison ? Voilà déja le premier trait de leur *accord* tant
promis & tant vanté. Pourquoi *combattuë* ?
Qui est-ce qui a tort ? La *passion* combattuë, ou la *Raison* qui combat ? Si c'est la
raison, elle n'est guéres *raisonnable*. Si
c'est la *passion*, il y a donc en elle quelque
chose de *vicieux*. Est-ce par les autres *passions* qu'elle est *combattuë* ? Laquelle est-ce
qui a tort ? Vous me montrerez tout au
moins une passion vicieuse ; & voilà la
concupiscence que l'Evangile condamne
d'*accord* avec la *Raison*. Ecoutez encore ce
que Pope ajoute au sujet de cette passion
regnante.

Semblable à ce serpent du grand Législateur,
Qui brava d'un Tiran le prestige enchanteur,
Des autres passions soumet l'*honneur rebelle*
Les dompte, les dévore, & les transforme en elle.
Ainsi la *Passion* qui *doit nous gouverner*
Acquiert sur notre esprit le *droit de dominer* :
Elle y verse en secret sa *maligne influence* :
Elle y transforme tout en sa propre substance.

Sa maligne influence ! Dites encore qu'elle
est innocente, & qu'il n'y a pas en nous

une cupidité *vicieuse*. Cependant c'est ce vice qui selon notre Poëte par une énorme contradiction *doit nous gouverner* , & a *droit* de *dominer* sur notre esprit. Quoi une passion *séduisante* , folle, insensée, *maligne* aura droit de nous gouverner , de nous dominer !

L'*imagination* seconde ses efforts
Et la rend *souveraine* & de l'ame & du corps.

Ses *influences* en sont-elles moins *malignes* & moins funestes, parce que l'imagination seconde ses efforts ? A-t-elle raison de les seconder ? L'imagination est-elle une troisiéme régle que l'homme doit suivre , surtout après que l'on a tout concentré dans deux Régles seulement , savoir dans la *Raison* & dans la *Passion* ? Appartient-il à l'imagination de distribuer les couronnes & les sceptres ? Je sai que de fait l'imagination travaille beaucoup ; mais encore une fois a-t elle droit de faire tout ce qu'on lui attribue ici ? Et si elle l'a ; pourquoi ne lui a-t-on pas assigné de place dans le fond du systême , & qu'on a tout réduit à *deux puissances* ? N'est-ce donc pas une imagination déréglée qu'il faut rectifier & ramener au vrai ? J'en dis autant de l'*habitude*.

Chaque jour l'*habitude* & nourit & fait croître
Ce penchant qu'avec nous la nature fit naître.

D 6

Quoi la *nature* a fait *naître* ce penchant tel
que vous l'avez dépeint, *fougueux, vicieux,
tortueux*, contraire *au devoir*, versant une
maligne influence, *la honte de la nature !*
Vous blasphémez contre la nature, dont le
propre, selon un principe fondamental de
vos systêmes, est d'être bonne, de ne produire rien de mauvais, d'être exempte de
corruption, d'être donnée pour nous conduire, & qu'il *est toujours sûr de suivre.*

Cedons, conformons-nous aux Loix de la nature
La route qu'elle trace, est toujours la plus sûre...

P. 93.

Vous dites que c'est l'ouvrage de la nature.
Et la preuve où est-elle ? Point. Si ce n'est
celle-ci. C'est que nous naissons tous ainsi ;
qu'il faut nécessairement que nous ayons
été au commencement tels que nous sommes aujourd'hui, puisque les essences &
les régles établies au tems de la création
ne peuvent point changer : qu'enfin nous
sommes dans le monde le plus parfait.
Vous avez vû plus d'une fois le foible de
cette prétendue preuve ; & vous avez vû
aussi que Pope, par une contradiction grossiére avec lui-même, attribue ailleurs cette
furieuse ardeur des passions non à la *nature*, mais à la chûte de l'homme, & à la
nouvelle espéce de crime qu'il fit de répandre le sang des animaux & de se nourrir de
leur chair. Pope sentoit alors que c'étoit
blasphémer contre l'Auteur de la nature,

que de lui attribuer un tel ouvrage ; il ne vient donc pas de lui.

Ce penchant qu'avec nous la *nature* fit naître. Mais il eſt vrai que nous naiſſons avec ce penchant *corrompu, malin, vicieux;* c'eſt-à-dire que nous naiſſons avec le péché originel. Car le péché originel n'eſt autre choſe que le *regne* de cette paſſion maligne dans le tems de notre naiſſance. Nous voilà revenus à ce que la foi nous enſeigne. Pope y reviendra encore plus d'une fois, ſans le vouloir & ſans y penſer. Le péché originel eſt le dénouement des difficultés qui forment l'*étonnant mélange* qui ſe trouve dans l'homme ; c'eſt la ſolution du problême, c'eſt le mot de *l'énigme :* ſans lui on ne la devine pas, & l'on eſt perdu dans le labyrinthe.

Non, nous ne revenons point à l'Evangile. En même tems que nous reconnoiſſons *les vices* de cette *paſſion dominante,* nous diſons auſſi qu'elle *a droit de regner, & que tout eſt bien.*

J'abandonne Pope avec une telle réponſe à la riſée du peuple.

Non. Nous ne blaſphémons point contre la nature ; puiſque nous enſeignons en même-tems que la nature a pris ſoin de remédier à *ce mal,* à ces *ingrédiens* en donnant la *Raiſon* pour *conduire* la *Paſſion,* la *retenir,* la *guider,* la *modérer,* en *calmer* *a fougue téméraire,* lui ſervir de *régle.*

ui, une *Raiſon* qui ne peut rien, qui onſpire avec le coupable, qui ſe rend

complice de son crime, qui entre dans la
conjuration. Si vous refusez de m'en croire, demandez - le à Pope. Ecoutez : il
continue ainsi en parlant de cette *passion
regnante.*

Lorsque sa force agit, loin de lui *résister,*
L'*esprit* & les talens ne font que *l'irriter.*
Que dis-je ? La *raison* dans le secret de l'ame
Flatte cet ennemi, le soutient, l'enflâme.
Telle que le soleil, qui souvent par ses feux
Rend des sucs *corrompus* encore plus *dangereux.*
Quelle que soit enfin la *passion regnante,*
Contre elle la Raison est souvent *impuissante.....*

P. 91. & 92.

Cet aveu est-il net, est-il clair, est-il sin-
cére ? Que pourrez-vous désirer de plus ?
Voilà comme la nature a remédié au mal
de la nature par une raison *impuissante.* Il
n'en demeure pas-là. Ce qu'il ajoute est encore plus curieux & plus décisif.

Orgueilleuse Raison, tu soutiens mal tes droits !
Foible Reine, crois-tu nous préscrire des loix !
A quelque favori toujours abandonnée,
Tu lui laisses le soin de notre destinée.
A quoi donc se réduit ton pouvoir si vanté ?
De tes dures leçons quelle est l'utilité ?
Tu veux que du plaisir nous redoutions les charmes ;
Mais pour en triompher nous donnes-tu des armes ?

Ta voix sur nos *défauts nous force à réfléchir* :
Mais que peut ton secours pour nous en affranchir ?
De reproches amers en vain tu nous accables :
Sans nous rendre meilleurs, tu nous rend misérables.
Le flambeau qu'à nos yeux tu viens *sans cesse offrir*,
Sert à nous *tourmenter*, non *à nous secourir*.
Tu sais *justifier* nos différens *caprices*,
Et du nom de *vertu* tu decores nos *vices*.
Tu fais dans notre cœur par les soins que tu prends,
A de foibles défauts succéder de plus grands....

P. 92.

Pour conclusion, puisque la Raison ne ré-
médie à rien & ne sert qu'à nous rendre
malheureux, ne la suivons pas, nous en
sommes dispensés.

Cédons, conformons-nous aux loix de la nature ;
La route qu'elle trace, est toujours la plus sûre.
Le but de la Raison n'est pas de nous guider...

P. 93.

Qui est-ce donc qui parle ici ? Est-ce Pope ?
Avez-vous jamais vu une pareille extravagance ? Voilà comme on raisonne en Angleterre ! C'est ainsi qu'on parle chez la
seule nation qui pense ! Qui est-ce donc
ici qui insulte à la *Raison* ? Ce sont ceux
qui ont renoncé à la *Révélation* pour suivre la *Raison*, qui ne veulent consulter
que la seule *Raison* sur la Religion aussi
bien que sur les sciences naturelles. C'est

la Religion naturelle formée par la *Raison*, qui maltraite ainsi la *Raison* ! Ce que Pope ajoute tout de suite n'est pas moins sensé. Ce que d'une main il vient d'ôter à la *Raison*, il va le lui rendre de l'autre main. Ces Messieurs n'ont qu'à parler ; & aussi - tôt les choses seront comme ils le disent.

Le but de la Raison n'est pas de nous guider.
Son principal emploi se borne à nous *garder*.
C'est un *maître prudent* chargé de nous *instruire*,
Qui doit *régler* nos goûts, mais non pas *les détruire*;
Et de la *Passion* qui *régne* dans le cœur,
Etre moins l'*ennemi* que le *moderateur*.
Par cette Passion le Ciel nous détermine
Aux desseins qu'a formés la sagesse divine...
De cette *passion* la force *impérieuse*
De tout autre *penchant* se rend *victorieuse*.
A l'objet qu'elle fuit, elle arrive toujours ;
Et qui veut *l'arrêter*, précipite *son cours*.

Le but de la Raison n'est donc pas de nous *guider* ; mais de nous *garder*, nous *instruire*, nous *régler*, nous *modérer*, nous servir de *boussole*, nous *éclairer* comme un *flambeau* :

La vie est une mer où sans cesse *agités*,
Par de *rapides flots* nous sommes *emportés*.
La *Raison* que du Ciel nous eûmes en partage,
Devient notre *boussole* au milieu de l'orage ;

Et *son flambeau divin* prêt à nous *éclairer*
A travers les *écueils peut seul nous raffurer...*

P. 90.

Qu'eſt-ce que tout cela ſinon nous *guider* ?
Et cependant ſon but n'eſt pas de nous *guider* ? Ce que j'avance eſt ſi vrai que Pope lui-même le dit à la page 87.

L'amour propre dans l'ame enfante le deſir ,
Lui fait fuir la douleur & chercher le plaiſir.
La *Raiſon* le retient , le *guide* . . . .

Pope en faiſant ſemblant de reſtituer à la Raiſon tout ce qu'il lui avoit ôté , s'eſt ménagé une porte pour échapper aux reproches qu'on a droit de lui faire qu'il ſe contredit , qu'il laiſſe l'homme ſans *guide* , & le *vice* de la nature ſans reméde de la part de la *nature*. Je maltraite une Raiſon , qui entreprendroit de *détruire* la paſſion dominante , & je fais l'éloge d'une raiſon qui ſe borne à la *régler*.

C'eſt un maître prudent chargé de nous *inſtruire* ,
Qui *doit régler* nos goûts , & non pas les *détruire* :
Et de la *paſſion qui regne dans* le cœur
Etre moins l'*ennemi* que le *modérateur*.

Mais il n'échappera pas. Je montre premiérement qu'il déclame contre une *Raiſon* , qui ſe borne à *régler* , à *modérer* la paſſion. Vous l'avez déja vû lorſqu'il a dit

que le but de la Raiſon n'eſt pas de nous
guider. *Guider* n'eſt pas *détruire*.

Je montre ſecondement qu'il maltraite
une Raiſon qui tâche de ſoutenir ſon *droit*
légitime & naturel : Ce n'eſt pas là une
Raiſon qui cherche à *détruire* ce qu'elle
doit *régler*.

Je montre en troiſiéme lieu qu'il ſe mocque de la *Raiſon*, non parce qu'elle cherche
à *détruire* la paſſion regnante ; mais parce
qu'elle travaille à *modérer* ſes excès , &
qu'elle ne peut en venir à bout.

Le premier de ces trois points eſt ſuffi-
ſamment prouvé ; reſtent les deux derniers ; & afin de vous épargner la peine
de rapprocher vous-même tous les traits
qui ſervent de preuve, je vais vous les indiquer dans le honteux tableau qu'il vient
de faire de la Raiſon. Il la traite d'*orgueilleuſe*.

Orgueilleuſe Raiſon , tu ſoutiens mal
tes droits, en même-tems qu'il avoue qu'elle
ſe borne à ſoutenir *ses droits*. Il s'agit donc
d'une raiſon qui ſe contente de *régler* , de
modérer , comme elle en *a droit* , & qui
n'entreprend pas de *détruire*.

Foible Reine , crois-tu nous préſcrire *des
Loix* ? Elle a droit de *regner* & de préſcrire
des *Loix* , & cela ne s'appella jamais *détruire*. Sans ſes *Loix* l'homme n'a plus de
Régle.

Otez-lui la Raiſon , tout ſon effort eſt vain
Il ſe conduit ſans *régle*, il agit ſans *deſſein*. P. 87.

Donner des *Leçons*, ce n'eſt pas *détruire*.
La raiſon a *droit* d'en donner, elle en donne
& elle ne va pas plus loin, & Pope le trouve
mauvais.

De tes dures *leçons* quelle eſt donc l'utilité ? Il crie contre une raiſon qui nous *force*
à refléchir, ſur quoi ? ſut des défauts réels.
Ce n'eſt pas là une uſurpation injuſte.

Ta voix ſur nos défauts nous force à refléchir ;
Mais que peut ton ſecours pour nous en affranchir ?

Voyez ſi cet homme ſe ſouvient de ce qu'il
dit lui-même. Vous venez de lire ces deux
vers.

Et ſon flambeau divin prêt à nous éclairer
A travers les écueils peut ſeul nous raſſurer.

Il ne le peut pas ſelon Pope lui-même.

Le flambeau qu'à nos yeux tu viens ſans ceſſe offrir
Sert à nous tourmenter, non à nous ſecourir.

Il eſt donc démontré que Pope s'emporte
contre une Raiſon, qui ſe tient dans les
bornes de ſes *droits* légitimes ; ce qui eſt
la ſeconde choſe que j'avois entrepris de
prouver. Reſte à vous montrer en troiſiéme
lieu qu'il lui inſulte, parce que loin de
réuſſir à *modérer* les excès vicieux de la paſſion regnante ; elle ſe laiſſe corrompre, &
abandonne le ſoin de nous *conduire* & de
nous rendre heureux.

A quelque *favori toujours abandonnée*
Tu lui *laiſſes le ſoin de notre deſtinée...*
Tu veux que du *plaiſir* nous redoutions les charmes:
Mais pour en triompher nous donnes-tu des armes?
Tu ſais juſtifier nos différens caprices,
Et du nom de *vertu* tu *décores* nos *vices.*

C'en eſt aſſez & trop. Reliſez vous-même,
ſi vous en voulez davantage. Il eſt donc
démontré par trois claſſes de preuves, que
Pope rejette ; non une Raiſon qui voudroit
détruire la nature, mais une Raiſon qui ne
cherche qu'à *régler.* Il eſt donc vrai que
dans ſon ſyſtême la nature n'a pas remédié
aux vices des paſſions naturelles ; qu'en lui
donnant la Raiſon, elle ne lui a donné
qu'une *Régle* qui ne *régle* pas, un *modéra-*
teur qui ne *modére* pas, un *conducteur* qui
ne *conduit* pas, une *Reine* qui ne *regne* pas,
un *flambeau* dont la *lumiére*, au lieu de nous
raſſurer, ne ſert qu'à nous tourmenter ; un
tuteur qui *abandonne le ſoin de nôtre deſti-*
née à quelque paſſion *favorite* & criminelle. C'eſt qu'en effet la Raiſon ne ſuffit pas.
Les *Paſſions* ne peuvent pas nous ſervir de
guide, parce que s'il y a du bon chez elles,
il y a auſſi du mal. Qui fera le triage ? La
Raiſon. Mais elle-même ne peut nous conduire, 1°. parce qu'en nous donnant des
lumiéres, elle ne donne pas la force dont
nous avons beſoin ; en montrant le mal,
elle ne le guérit pas ; cette *bouſſole* n'empêche pas le vaiſſeau d'aller au gré des *flots*

& des *vents orageux* de nos paſſions , & de faire un triſte naufrage. Secondement, par-ce que parmi nos lumiéres il y a beaucoup de ténébres , qui font que notre eſprit ne peut être un guide ſûr.

En lui que de *lumiére* , & que d'*obſcurité* ! ...

Et toûte ſa *raiſon* n'eſt preſque qu'un *délire.*

S'il ne l'écoute point , tout lui paroît *obſcur :*

S'il la conſulte *trop* , rien ne lui *paroît ſûr.* ..

Seul il peut découvrir l'obſcure *vérité,*

Et d'erreur en erreur il eſt *précipité.* .. P. 65.

Ailleurs en parlant du *but* marqué par la cauſe éternelle & où nous devons tendre , il dit :

De ce *but* la *Raiſon* libre de *s'écarter*

Sort de l'ordre préſcrit , ôſe lui *réſiſter.* .. P. 87.

La Raiſon a donc beſoin elle-même d'un guide, d'un conducteur, d'un modérateur ? Qui ſera ce conducteur ? L'amour-propre , les Paſſions ? C'eſt préciſément pour les régler , les conduire , les modérer que la Raiſon a été donnée ſelon ce ſyſtême. Sera-ce l'homme qui *dirigera* la Raiſon ? Pope le dit.

Dieu dirige l'inſtinct, & l'homme la Rai-ſon. Et il la dirige mal. L'*inſtinct* des ani-maux eſt toujours bien *dirigé* , parce que c'eſt *Dieu qui dirige l'inſtinct.* Mais la Rai-ſon eſt ſouvent fort mal *dirigée* , parce que

c'eft l'homme qui *dirige* la *Raifon* : ce qui
fait dire à Pope.

En vain de la Raifon tu vantes l'excellence
Doit-elle fur l'inftinct avoir la préférence !
Entre ces facultés quelle comparaifon !
Dieu dirige l'inftinct, & l'homme la Raifon...

P. 87.

L'*homme* dirige la *Raifon*, non par une
Raifon fupérieure : ce feroit la Foi, & il la
dirigeroit bien. Mais on ne veut point de
la Foi dans ces fyftêmes. Il la dirige donc
par *fes paffions vicieufes* auxquelles il contraint la *Raifon* d'obéir. De-là vient qu'elle
eft mal dirigée. De-là ces reproches que
Pope fait à la *Raifon*.

Tu fais juftifier nos différens caprices ,
Et du nom de vertu tu décores nos vices...   P. 92.

Ce n'eft donc pas là le directeur que nous
cherchons. Où le trouverons-nous donc !
La Religion naturelle n'en montre aucun.
Elle donne les *paffions* pour conduire l'homme ; & les paffions ont befoin elles-mêmes
d'être conduites. Elle donne la *Raifon* pour
conduire les paffions ; & la Raifon elle-
même a befoin d'être dirigée. Qui eft-ce
donc qui dirigera & les paffions & la Raifon ? Nous avons la *Foi* ; & la Religion
naturelle n'a rien. L'homme y eft abandonné au vice de fes paffions, & aux ténébres, aux égaremens de fa raifon,

On raccommode tout cela en difant : Bou-
chez-vous les yeux. Voilà d'horribles défauts ! Non. Criez toujours *que tout eſt*
bien, que c'eſt *un beau déſordre qui ramene*
l'ordre par un autre tour, que ce ſont d'heu-
reuſes foibleſſes que Dieu a placées en cha-
que homme (P. 97.) que *tout déſordre ap-*
parent eſt un ordre réel (P. 81.) Mais comment ce beau déſordre raméne-t-il l'ordre?
C'eſt une choſe *inconnue*, mais qui n'en eſt
pas moins vraie ; *croyez* , & n'en doutez
jamais.

Rougis donc ô mortel , de ta *préſomption* ,

Et ne nommes plus *l'ordre* une *imperfection.*

Ce qui *paroît* un *mal* à notre *foible vue* ,

Eſt de notre bonheur une ſource *inconnue*...

P. 80.

Voilà Pope perdu dans le labyrinthe , &
avec ſon ſyſtême il n'en peut ſortir. Voltaire qui penſe de même , lui fait une triſte
compagnie. Mais il croit en ſortir en diſant : Ce n'eſt point un labyrinthe , *l'hom-*
me n'eſt point une énigme. Voilà comme il
faut ſe tirer d'une affaire.

Ce qui réſulte de tout ce qu'a dit Pope ,
c'eſt que pour diſſiper les ténébres de la
Raiſon nous avons beſoin d'une lumiére
ſupérieure à la Raiſon , lumiére pure , lumiére infaillible : C'eſt la Foi. Outre la
lumiére , il nous faut de la force & des armes pour vaincre les *ardeurs de la paſſion* :
C'eſt la grace de Jeſus-Chriſt. Pope étoit

à la porte pour sortir du labyrinthe & pour
entrer dans la voie du salut. Dans le tableau qu'il nous a fait de la Raison, il a
dépeint, sans y penser, avec les couleurs
les plus vives la tyrannie de la passion
vicieuse, l'esclavage de l'homme, & l'in-
suffisance de la Raison pour nous en délivrer. Il nous a fait le portrait de l'homme
sous le joug de la Loi, *sub lege*, qui voit
le bien qu'il faut faire, & ne le fait pas,
qui se trouve même importuné par cette
lumiere, qui enfin devient prévaricateur
& plus criminel qu'auparavant. On ne peut
mieux dépeindre tout cela que par ces vers.

Orgueilleuse Raison,

qui te crois capable de nous conduire sans
la grace de Jesus-Christ.

     tu soutiens mal tes droits :
Foible Reine, crois-tu nous préscrire des loix ?

Voilà son impuissance.

A quelque favori *toujours abandonnée*
Tu lui laisses le soin de notre destinée.

La voilà complice du crime. Jamais personne par son seul secours n'a fait le bien,
pas un seul, *non est qui faciat bonum, non
est usque ad unum.*
 A quoi donc se réduit ton pouvoir si vanté
par les Philosophes orgueilleux, par les
Déistes, par Pope, par Voltaire, par les
         Pélagiens,

Pélagiens, par les Juifs ? La Raison fait pour ceux-là la même fonction que la Loi faisoit pour les Juifs.

De tes *dures* leçons quelle est *l'utilité ?* La Loi est *dure* à qui ne l'aime point, à qui veut suivre ses passions. Quelle est son *utilité ?* C'est de vous faire sentir votre foiblesse, en voyant que vous connoissez le devoir & que vous n'avez pas le courage de l'accomplir. C'est la disposition prochaine pour recourir à la grace du Sauveur.

Tu veux que du plaisir nous redoutions les charmes :
Mais pour en triompher nous donnes-tu des armes ?

Aveu important, que c'est la *Raison* même qui *veut* que nous *redoutions les charmes du plaisir.* Le *plaisir* condamné par la *Raison :* elle donne la main à la *Foi*, & la *Foi* est plus raisonnable qu'on ne pense. La *Raison* donne-t-elle des *armes pour en triompher ?* Non. Autre aveu également important. Ces *armes triomphantes* ne sont autre chose que la grace médicinale de Jesus-Christ, qui guérit en nous l'amour du *plaisir* terrestre par l'amour de la Loi répandu dans les cœurs par le Saint-Esprit, en conséquence du sang de Jesus-Christ, qui nous a mérité cette faveur.

Ta voix sur nos défauts nous force à réfléchir :

Ce sont des *défauts réels* que la *Raison*

E

condamne; & Pope prend parti pour ces
défauts contre la *raison*.

Mais que *peut ton secours* pour nous *en affranchir ?*
De reproches amers en vain tu nous accables :

Ils font néanmoins *justes* ces reproches ;
ainsi faisoit la loi.

Sans nous rendre *meilleurs*, tu nous rends *miséra-*
    bles.

Par elle-même elle tend à nous rendre *meil-*
leurs ; mais elle n'y réussit pas, & l'homme
est *misérable* dans la *Religion naturelle*,
comme le Juif sous le joug de la loi.

Le flambeau qu'à nos yeux tu viens sans cesse offrir
Sert à nous *tourmenter*, non *à nous secourir.*

Et nous devenons prévaricateurs, & par-là
plus criminels :

Tu fais dans notre cœur par les soins que tu prends
A de *foibles défauts* succéder de *plus grands.*

Voilà ce que la Foi nous enseigne par la
bouche de saint Augustin * touchant la Loi
sans la Grace. " La Loi commande plutôt
„ qu'elle n'aide : *Jubet enim magis quam*
„ *juvat.* Elle montre la maladie, & ne la
„ guérit pas : *Docet morbum esse, non sanat.*

* Lib. de Grat. Christ. c. 8. n. 9.

,, Au contraire le mal qu'elle ne peut gué-
,, rir n'en devient que plus grand : *Imò*
,, *ab ea potiùs quod non fanatur, augetur.*
,, Et pourquoi ? Afin que nous recourions
,, avec plus d'ardeur au reméde qui est la
,, grace de Jesus-Christ : *Ut attentius &*
,, *follicitius Gratiæ medicina quæratur.* Car
,, voici en quoi consiste l'*utilité* de la Loi :
,, *Et hæc oftendatur Legis utilitas.* C'est
,, qu'en nous rendant prévaricateurs &
,, plus coupables, elle nous contraint de
,, recourir à la grace du Libérateur qui
,, nous aidera, & nous fera triompher de
,, la concupifcence, de nos mauvais pen-
,, chans, du vice de nos pations : *Quo-*
,, *niam quos facit prævaricationis reos, co-*
,, *git confugere ad gratiam liberandos, &*
,, *ut concupifcentias malas fuperent adju-*
,, *vandos.* Voilà jufqu'où l'infuffifance de
la *Raifon*, & la tyrannie des pations avoit
conduit Pope. Il étoit à la porte de la grace
& du falut. Naturellement il devoit dire
comme faint Auguftin le fait ici. Mes *paf-*
fions font vicieufes & corrompues : il eft
impoffible de me le diffimuler. La *Raifon*
qui me découvre leurs défauts, n'eft pas
un fecours fuffifant pour les corriger &
pour me délivrer de leur cruel empire.
Cherchons donc du fecours ailleurs. Nous
en trouverons en Dieu par le moyen de
Jefus-Chrift, il éclairera mes ténébres par
la Foi ; il me rendra victorieux de mes
pations par fa Grace. Cela s'appelleroit
juftement fuivre la *nature*. Mais non. Pope

raiſonne tout autrement. Les *paſſions* ſont corrompues, elles ſont rebelles à la Raiſon, elles tyranniſent, elles me rendent *vicieux*; la Raiſon veut me rendre *meilleur*, mais elle eſt trop foible pour y réuſſir. Renonçons donc à la Raiſon, & *cédons* aux paſſions que nous appellons les *loix* de la *nature* : la *route qu'elle trace eſt toujours la plus ſûre.* C'eſt raiſonner en dépit du bon ſens, & prendre ſon parti en déſeſpéré.

Ce n'eſt pas agir en déſeſpéré : *La route que trace la nature eſt toujours la plus ſûre.* Mais premiérement, la raiſon ne vous eſt-elle pas auſſi donnée par la nature ? N'eſt-ce pas un *préſent du ciel*, un *flambeau divin* ? Suivre la Raiſon, n'eſt-ce pas ſuivre la *nature* ? Pourquoi donc la rejettez-vous en diſant que

Le but de la Raiſon n'eſt pas de nous guider ?

Secondement. Si vous parliez d'une nature ſaine & ſans corruption ; paſſe. Mais vous nous avez dit cent fois que les paſſions ſont vicieuſes, & vous nous le direz encore,

Pourquoi prétendez vous qu'*exempt de paſſions*
L'homme ſoit inſenſible à leurs *impreſſions* ? . . .
Nous voudrions que l'homme *ami de la vertu*
De déſirs vicieux ne ſût point combattr. . . .

P. 73. D. 74.

Vous voyez que les *paffions* produifent des *défirs vicieux*,

Et que le cœur conduit par la *loi du devoir*
Jamais des paffions ne fentit le pouvoir.

Peut-on parler plus clairement ! Les paffions s'oppofent à la *loi du devoir.* L'on
avoue encore :

Que *toujours* notre cœur au dedans *divifé*
De *vices*, de vertu fe trouve *compofé.*

Ce n'eft pas en fuivant les loix de la raifon qu'il eft *compofé de vices*, car la raifon les condamne tous ; c'eft en fuivant *les
paffions.* Elles font la fource des *vices* ; &
cependant ces hommes difent : *cédons*, fuivons *les paffions*, c'eft la *voie la plus sûre*,
& laiffons la raifon : *fon but n'eft pas de
nous guider.*
    Faifons une autre remarque fur cet en-
droit. Pouvez-vous, M. vous empêcher
de voir ici ces deux hommes dont parle
faint Paul, c'eft-à-dire deux penchans in-
térieurs oppofés l'un à l'autre, & qu'on ne
vouloit pas croire ? L'expérience le montre.
    Tout eft bien dans l'homme, nous dit-on.
Les vices ne font pas bons, mais ils font
bien : il faut qu'il y en ait. Je vous demande : faut-il les approuver ? Faut-il y céder !
Non, il les faut combattre par la vertu,
& c'eft alors *que tout eft bien dans toute la
nature :*

E 3

La *nature* & la *foi* par l'appas du bonheur
Tournent à la *vertu* les *désirs* de son cœur ;
Redressent doucement sa pente *tortueuse*,
Brisent des *passions* la fougue impétueuse.

P. 150.

On nous montre de plus en plus dans
l'homme des passions *vicieuses*, *impétueu-*
ses, *fougueuses*, *combattues brisées* ; une
pente *tortueuse redressée* par la *nature* &
par la foi. Nous venons de voir combien il
est vrai qu'elle est redressée par la nature.
Nous verrons quelque jour ce que c'est que
la *foi de Pope*. Mais ce que nous voyons
ici fort distinctement, c'est une cupidité
vicieuse, une nature corrompue dont la
Religion révélée nous parle. Ce qu'ils ne
veulent pas *croire*, ils le *croient* malgré
eux, ils le voient, tant la Religion est
conforme à la *Raison*. Pope nous parle de
combattre, de *réprimer*, de *briser la fougue*
des passions ; c'est ce qu'on appelle renoncer à soi-même, c'est l'*abneget semetip-*
sum ; & nous voilà revenus à l'Evangile.
C'est ce que vous ne vouliez pas. La *Rai-*
son le veut malgré vous. Tant la Foi & la
Raison s'accordent ensemble.

Qu'est-ce donc qu'on a gagné en renon-
çant à l'Evangile ? On le trouvoit trop sévère ; on ne vouloit point entendre parler
de mortifier ses passions ; on a voulu se
mettre au large & se procurer la liberté de
suivre sans scrupule tous ses penchans

naturels, qui font ce que nous appellons la cupidité ou concupifcence. Dès qu'ils font naturels, ils font l'ouvrage de Dieu, difoit-on ; & s'ils font l'ouvrage de Dieu, ils font bons ; c'eft accufer Dieu-même, que de les regarder comme mauvais : c'eft entreprendre de détruire ou de réformer fon ouvrage que de les combattre & les ré-primer ; c'eft un crime, difoit-on, & on le dit encore à Berlin : *On eft obligé de fe procurer toutes les commodités de la vie, c'eft un devoir de la morale.* Mais le bel édifice de ce fyftême, qu'on avoit bâti avec tant de complaifance, fe trouve dé-truit par les mêmes mains qui l'ont élevé. Cent fois on a été forcé par la fuite du fyftême d'avouer & de reconnoître des défordres dans les paffions, de remarquer des vices & de la corruption dans le pen-chant naturel, d'enfeigner la néceffité de combattre fans ceffe, comme l'Evangile l'enfeigne ; & l'on a vû échapper de fes mains tous ces grands avantages, dont on avoit pris tant de plaifir à les remplir.

Voltaire lui-même ne trouve que tout eft bien, que parce que l'homme eft né-ceffairement un compofé de *bien* & de *mal* ; autrement l'homme feroit *parfait*, & s'il étoit *parfait*, il feroit *Dieu*. Je veux bien l'avertir en paffant de ne pas crain-dre pour Dieu. Non : fi l'homme étoit par-fait, il ne feroit pas Dieu pour cela. Pour-quoi ne pourroit-il pas être parfait auffi-bien que le *Séraphin tranfporté, qui n'eft*

qu'amour & que louange, comme dit Pope ?
Les loix générales s'opposoient-elles plus
à la *perfection* de l'un qu'à la perfection de
l'autre ? Oui : il falloit que l'homme eût
des défauts afin que le monde n'en eût pas.
Vous le dites, parce qu'il vous plaît de le
dire, pour vous tirer d'affaire. C'est un
mystère que vous ne comprenez pas plus
que les *mystères* de la Religion Chrétienne, que vous ne rejettez que parce que vous
ne les pouvez pas comprendre. Vous ne le
comprenez pas ; mais vous voyez bien
qu'il faut que c'en soit-là la cause, puisque les choses font en cet état, c'est-à-dire, puisque l'homme est imparfait. C'est
toujours la chanson du *monde le plus parfait*, tant de fois rebattue & tant de fois
trouvée ridicule. Enfin voilà le Séraphin
parfait, selon Pope, sans préjudice des
loix générales, sans faire tort à la perfection du monde ; & cependant il n'est
pas Dieu pour cela : pourquoi l'homme
feroit-il Dieu, s'il étoit parfait ? Je ne demande pas si la *Raison* que l'on veut suivre uniquement sans écouter aucune révélation, nous fait connoître des *Séraphins* ;
en peut-on douter quand un Anglois en
parle ? Tout ce qu'il lui plaît de dire peut-
il être autre chose que la raison ? Cela soit
dit en passant ; le point capital c'est que
l'homme, de l'aveu de Voltaire, est un
composé de *mal* & de *bien*.

Il voit malgré lui deux choses dans
l'homme, du *bien* & du *mal* ; un mal à

éviter, à *blamer*, à *corriger*, à *punir* ;
puisque selon Pope, la *nature* elle-même
en est *indignée* & qu'elle le *punit* ; & indépendamment de Pope, la chose parle
d'elle-même : quand l'homme suit le *mal*
qui est en lui, fait-il bien ? Oui. Pourquoi
donc l'appellez-vous un mal ? Ce n'est
qu'un mal *prétendu*. C'est-à-dire que ce
n'est qu'un mal apparent & un bien réel.
Ainsi l'homme est un composé de *bien* &
de *bien*. Est-ce-là l'oracle que vous avez
voulu prononcer ? Non. Il est donc différent de ce que vous appellez un *bien*, c'est
un *mal réel*, & c'est faire fort mal que de
le suivre, c'est être vicieux, c'est être coupable : il faut nécessairement y résister, le
combattre, le mortifier. Voltaire est forcé
d'en convenir :

Je suis loin d'en conclure, orateur *dangereux*,
Qu'il faut lâcher la *bride* aux *passions* humaines.
De ce coursier *fougueux* je veux tenir les *rênes* :
Je veux que ce *torrent* par un heureux secours,
Sans *inonder* nos champs, les abreuve en son cours.

> Cinquième disc. p. 80.

Vous voilà revenu à l'Evangile, de quelque
côté que vous vous tourniez. Voltaire est
perdu dans un *labyrinthe* qu'il ne connoif-
soit pas, malgré lui l'homme est une *énigme* qu'il ne peut deviner ; un *problême*
qu'il ne peut résoudre, soit qu'il s'agisse
de montrer la cause du *mal* qui est dans

E ſ

l'homme , foit qu'il s'agiffe de trouver le
reméde au mal.

Pour finir , rappellons en peu de mots le
bel accord des parties de leur fyftême.

1. Les *paffions* toutes renfermées dans
l'amour-propre , dont elles ne font que des
modifications différentes , font *corrompues* : leur *influence eft maligne* , *&c.* Et
cependant elles font bonnes : elles ont été
données par l'Auteur de la nature.

2. Eft-ce Dieu qui les a remplies de
malignité ? Oui. Ce blafphême eft une
fuite néceffaire des loix génerales du mouvement qu'il ne peut pas s'empêcher de
fuivre.

3. Les *Paffions* n'ont pas été données
pour régler nos mœurs , mais pour nous
mettre en action, en mouvement. La *Raifon* a été donnée pour régler l'action. Mais
la violence des paffions l'emporte ; laiffons
donc-là la *Raifon* qui doit nous conduire ,
& fuivons nos paffions que nous ne devons
pas fuivre.

4. Il les faut combattre : *L'homme eft
toujours en guerre avec fon propre cœur* ;
& il les faut fuivre : *c'eft la route la plus
fûre.*

5. Il les faut fuivre ; & cependant elles
conduifent de travers ; elles ont befoin d'ê-
tre *dirigées* par la *Raifon*.

6. Il les faut diriger par la Raifon : *Et
toute la Raifon n'eft prefque qu'un délire ,*
ou bien elle eft complice du crime : *Son
but n'eft pas de nous guider.*

7. La Raifon n'eſt preſque qu'un *délire*, où puiſera-t-elle ſa régle pour conduire & régler les paſſions ?

Répondez. Dans la Foi. Et dans le moment vous ſortez du labyrinthe. Elle vous montrera que le péché *originel* eſt la cauſe de tout ce déſordre. Elle vous donnera des lumiéres pures pour diſſiper les ténébres de l'ignorance dont la raiſon eſt obſcurcie. Elle vous donnera le ſecours d'une grace victorieuſe de vos paſſions. Et tout rentrera dans l'ordre. Mais vous ne voulez pas de la foi : vous ne pouvez pas ſortir du labyrinthe, vous y êtes perdu, vous y périrez.

A Louvain, ce 10. *Février* 1752.

E 6.

ONZIEME LETTRE.

AMOUR-PROPRE.

Loi Naturelle.

I. IL n'a pas été poffible, M. de faire entrer dans la Lettre précédente, déja trop longue, toutes les réflexions que les nouveaux fyftêmes m'ont donné occafion de faire, fur ce qu'ils enfeignent touchant les paffions ou amour-propre, ou penchant naturel. Il a fallu en réferver une partie pour celle-ci; & ce ne font pas les moins importantes.

II. J'ai pouffé Voltaire dans un fâcheux détroit. L'homme n'eft point une énigme? c'eft un compofé de *bien* & de *mal*, par une fuite néceffaire des loix générales du mouvement que Dieu a été obligé de fuivre, afin de produire le monde le plus parfait. Il faut en conféquence que l'homme ait des défauts pour que le monde foit fans *défauts*. Je ne veux pas répéter ce que j'ai dit fur ce fujet. Je lui demande feulement une chofe. L'homme fait-il bien de fuivre le mal, c'eft-à-dire le mauvais penchant qui eft en lui, ou s'il ne le doit pas fuivre? S'il ne le doit pas fuivre; nous voilà revenus à l'Evangile qui nous

commande de combattre contre nous-mêmes, contre un penchant vicieux que nous
apportons en naiffant, & qui nous rend
criminels & corrompus dès notre origine :
dogme du péché originel. Si ce penchant
eft l'ouvrage de Dieu, nous ferons donc
obligés de combattre contre l'ouvrage de
Dieu ; ce qui eft horrible à penfer. Oui
cela eft horrible : auffi n'eft-il pas permis
de le combattre. Il ne faut donc pas réfifter
à ce *mal*, à ce mauvais penchant ; il le
faut fuivre. Et voici les horreurs où ce
principe nous entraîne. On ne fortira pas
du labyrinthe par cet endroit : on s'y per-
dra encore davantage.

III. La *nature*, difent ces Meffieurs,
eft l'ordre que Dieu a donné, qu'il a établi, & qui ne peut jamais être mauvais.
Si l'on cherchoit à réformer l'homme, il
faudroit réformer la nature. Ce que nous
trouvons *mal*, eft bon & très-fagement
ordonné. Ce prétendu *mal* n'eft autre chofe que l'*amour-propre*, qui, felon Pope,
Voltaire, Spinofa, &c. *eft l'éternel bien
des hommes* ; & les paffions ne font autre
chofe que cet amour-propre, qui prend
différentes formes. Voilà donc ce qu'il faut
fuivre ; mais fi cela eft, pourquoi nous
difent-ils que la *Raifon* doit les *régler*, les
gouverner ? Elle le doit afin de prévenir
ou d'arrêter les *excès* qui les rendroient
vicieufes. Je demande : fur quel principe
la raifon jugera-t-elle qu'il y a de l'excès
ou non ? Le voici.

Lorsque *sans offenser* les *intérêts des autres*,
Leur mouvement se *borne à contenter les nôtres* ;
La *raison les adopte*, & leur donnant ses soins
Emprunte leurs secours dans leurs *justes* besoins.

Pope, p. 89.

Blesser les intérêts des autres pour se procurer les siens, voilà l'excès blâmable. Mais les passions peuvent-elles se porter à des excès vicieux ? Ces *mouvemens* que vous appellez *excessifs*, ne sont-ils pas une portion de l'*inclination naturelle* aussi-bien que les *mouvemens* les plus *légers* ? Les derniéres impressions qu'elles font, ne sont-elles pas des mouvemens *naturels* aussi-bien que leurs premiéres impressions ? Depuis le plus petit dégré jusqu'au dégré le plus violent, tout n'appartient-il pas à la même passion ? Dès-lors c'est l'ouvrage de Dieu, selon le système. A quoi pensez-vous de vouloir corriger son ouvrage, de vouloir *arrêter*, *retenir*, *réprimer* la *nature !* Non. Il n'est plus possible de pécher en suivant les inclinations naturelles, à quelque extrémité qu'elles se portent ; parce qu'en suivant la cupidité qui est l'amour-propre, on ne fait que suivre un penchant que Dieu nous a donné.

IV. Ce ne sont pas ici des conséquences tirées avec violence & injustement imputées ; ce sont des choses avouées, approuvées, expressément enseignées. N'est-ce pas ce que veut dire Pope, lors qu'après

avoir fait monter la *Paffion regnante* jufqu'aux plus grands excès où elle fe mocque
de toutes les *leçons* & de *toutes les Loix
de la Raifon*, il conclut qu'il faut abandonner la Raifon pour fuivre le penchant
exceffif de cette paffion qui fait la loi de la
nature :

Cedons, conformons-nous aux loix de la nature ;

La route qu'elle trace, eft toujours la plus sûre.

Le but de la Raifon n'eft pas de nous guider...

Voilà le moyen de devenir impeccables. Il
n'y a plus que les gens *raifonnables* qui
puiffent pécher ; parce que la Raifon les
porte à combattre les paffions déréglées : ce
font-là les criminels, les fcélérats, les
impies Capanées, les tyrans facriléges, qui
fe révoltent contre Dieu en voulant détruire fon ouvrage.

V. Spinofa l'avoit dit. La *convoitife* eft
felon lui *la loi de la nature*, le *droit naturel*, qui ne peut rendre coupable celui
qui y obéit : "*Sous la nature les hommes
,, ne fauroient pécher*, dit-il, * ce n'eft
,, donc point à la *Raifon* à régler le droit
,, *naturel*, mais à la *convoitife* & aux for-
,, ces de chacun en particulier.... Dans
,, l'état purement *naturel* nous avons droit
,, légitime *fur toutes chofes fans diftinc-
,, tion*, & pouvons en ufer *fans crime*, fi
,, nous les pouvons obtenir foit par *force*,

* Tr. th. pol. cap. 16.

,, par *rufes* ou par *prieres* ; jufqu'à ten:
,, pour *ennemi* quiconque nous empêch.:
,, de contenter *notre appétit*. Donc le droit
,, naturel, fous lequel *tous les hommes naif-*
,, *fent*, & *vivent pour la plûpart*, ne leur
,, *défend* que ce *qu'aucun d'eux ne con-*
,, *voite*, & qui n'eft point en leur pouvoir ;
,, il *n'interdit* ni la *difcorde*, ni la *haine*,
,, ni la *colére*, ni la *fraude*, *ni rien enfin*
,, *de tout ce que veut l'appétit.* ,, Pope parle
de même, *pag.* 97.

Tous fans diftinction, le fou comme *le fage*
Ne connoiffent de Loi que leur propre avantage.

Voilà le renverfement de la fociété. Et
Voltaire viendra nous dire, (*Lettre* 25.
pag. 297.) que fans cet amour-propre *il n'y*
auroit pas eu un art inventé, ni une fo-
ciété de dix perfonnes formées. Vous voyez
ici comment cet amour-propre réunit les
hommes.

VI. Pope prétend remédier à cela en difant, que par la crainte des repréfailles
l'amour-propre a trouvé plus à propos de
renoncer à ce droit pour fon propre avantage. C'eft-à-dire, que s'il n'y avoit point
de vengeances, de cordes, de potences à
craindre pour ces honnêtes gens, nous
ferions légitimement volés, pillés, egor-
gés dans nos maifons. Il faut avouer que
la Religion naturelle eft tout-à-fait favorable au repos public. Ecoutons-le parler
lui-même.

Si l'objet que je cherche avec empreſſement,
Les autres comme moi l'aiment uniquement ;
D'un bien dont *cent rivaux* veulent la *jouiſſance*
Je voudrois *vainement* flatter mon *eſpérance*.

Pourquoi ne pourrois-je eſpérer de m'en
mettre en poſſeſſion ? Je ne ſerois pas *injuſte* ſi je pouvois y réuſſir ; mais en me les
appropriant ces biens , je vais m'attirer
cent ennemis à qui je ne pourrai point
échapper :

Des *priéres*, des *pleurs*, un *impuiſſant courroux*,
Pourront-ils *me ſauver* de leurs efforts *jaloux* ?

Si je ſuis plus fort qu'eux pour me mainte-
nir ; ils me les enleveront par adreſſe.

Au *défaut de la force* une coupable *adreſſe*
Pour enlever mes biens emploira la *fineſſe*.
Ainſi la *Raiſon* veut que pour ma *ſûreté*
Je *ſouffre* que la *Loi* gêne ma *liberté*.

Je *ſouffre* , je permets, je conſens pour ma
ſûreté que la *Loi* , une loi civile, poſitive ,
arbitraire , d'inſtitution purement humaine , *gêne* ma *liberté* ; une *liberté* au reſte
qui eſt *juſte* , dont j'ai *droit d'uſer*. Mais je
veux bien y renoncer par *intérêt*.

L'*intérêt* eſt *égal* ; alors chacun conſpire
A garder de *concert* ce que chacun déſire. . . .

Et l'amour-propre fit un habile trafic
Du bien particulier contre le bien public.

Mais des millions de gens réduits à gagner leur pain à la sueur de leur visage, ont-ils un *égal intérêt* de conserver aux autres tant de richesses qu'ils *désirent* pour eux-mêmes, & que leur *amour - propre* aimeroit bien mieux voir dans leurs mains que dans celles qui les tiennent ? De riches à riches, j'avoue que l'*intérêt* est égal ; mais l'est-il ici ? Si l'on eût consulté le menu peuple pour suivre cet *habile trafic du bien particulier contre le bien public* ; auroit-il *souffert*, auroit-il permis, auroit-il consenti qu'on gênât par une *Loi* qui n'est pas *naturelle*, mais purement *politique* selon les nouveaux systêmes, sa *liberté* qui est une Loi *naturelle* ? Auroit-il désiré qu'on gênât cette liberté ; auroit-il trouvé que cette gêne faisoit *sa sûreté* ? Auroit-il été bien persuadé que c'étoit faire *un habile trafic du bien particulier contre le bien public*, à moins que de faire auparavant un partage égal de tous les biens ? Si l'on avoit été aux voix, n'auroit-il pas dit : Nous faisons le plus grand nombre, c'est à nous à décider. Nous ne voulons pas d'une Loi qui nous prive de notre *droit naturel*, pour l'avantage d'un petit nombre : c'est sacrifier *le bien public* au *bien de quelque particulier*. Notre *sûreté* d'ailleurs ne demande point une telle Loi : nous n'avons rien à craindre, parce que nous n'avons rien à perdre. Mettons-nous en poſſeſſion de ce que nous déſirons, & qui nous appartient par le droit de la *nature*. Si l'on veut nous troubler dans notre poſſeſſion, nous ſaurons nous défendre, nous valons bien ceux qui voudroient nous attaquer. Quoi qu'il en puiſſe arriver, nous aurons toujours plus de biens que nous n'en poſſédons depuis que, ſans nous conſulter, on a gêné notre *liberté naturelle* par une Loi arbitraire, & qui certainement eſt *injuſte*, même *impie* en ce qu'elle combat, qu'elle *gêne* la *nature*, laquelle eſt une Loi divine. Perſuadez une fois au menu peuple qu'il a ce droit : & vous verrez par expérience ſi vous pourrez le faire conſentir à y renoncer, pour établir une ſi grande inégalité à ſon préjudice. Il eſt donc vrai, & la choſe ſaute aux yeux, que l'*intérêt* n'eſt pas *égal*. Commment donc oſe-t-on avancer que l'intérêt de *l'amour-propre* a engagé tout le monde à porter une Loi qui eſt contraire aux *intérêts* de plus des trois quarts du monde, s'il eſt vrai, comme on l'avance dans les nouveaux ſyſtêmes, qu'ils ont un *droit naturel* aux biens immenſes qu'ils voyent dans les maiſons des grands, & que ce n'eſt que par complaiſance, qu'ils renoncent à ces grandes richeſſes, ou par l'*intérêt* qu'ils ont de conſerver quelques mauvais meubles & uſtenciles à leur uſage, ſans qu'on puiſſe leur en diſputer la poſſeſſion.

VII. Quels Caſuiſtes que ces Meſſieurs ! Toutes les fois qu'on pourra prendre le

bien d'autrui par adresse, sans être apperçu
& par conséquent sans péril pour sa *sûreté*
personnelle ; il sera permis de le faire en
conscience. Toutes les fraudes seront légitimes. Confiez un riche dépôt à des hommes tels que nos faiseurs de systêmes ; ils
ne courent aucun risque , ils n'ont qu'à
nier le dépôt , & ce bien leur appartient
par la Loi naturelle. Tout ce qu'ils trouveront sous leurs mains, & qu'ils pourront
garder sans s'exposer au supplice ou à une
vengeance cruelle du côté de la partie lé-
zée , ils peuvent s'en emparer justement &
en toute conscience. On ne sera plus obligé à restituer un bien trouvé ou mal acquis.
La preuve, c'est que tout ce que je *désire*,
m'appartient ; parce que ce *désir* est un *penchant naturel* , une *Loi naturelle*, qui me
donne un *droit naturel* & essentiellement
juste sur tous les biens du monde. Oppri-
mez les pauvres, la veuve & l'orphelin ;
dépouillez tous ces gens qui sont hors d'é-
tat de se venger, vous faites bien , vous
suivez votre *penchant naturel*. Que les Loix
civiles le condamnent ; dans la conscience
vous n'êtes pas coupable du moindre péché.

VIII. Ces Messieurs ont puisé ce systême
dans Spinosa, cet homme si détestable & si
universellement détesté jusqu'aujourd'hui.
Pour donner quelques bornes aux suites de
ses maximes exécrables , il conseille aux
hommes de faire par *amour-propre* ce qu'ils
ne sont pas obligés de faire par le *droit na-*

turel. Il tâche de porter les hommes à se dépouiller de ce droit. "Non-obstant, dit-il, „ ces grands avantages, & cette vaste *liberté* „ que donne la *nature* ; le plus *sûr* est de „ ne suivre que la *Raison* , & de vivre suivant les Loix qui ne regardent que ce qui „ nous est véritablement utile.

Vous remarquerez , s'il vous plaît , que Pope a fait entrer dans ses vers jusqu'aux expressions mêmes de Spinosa , l'*amour-propre* , la *liberté* que l'on permet de gêner , notre *sûreté.* Revenons à Spinosa.

„ D'ailleurs, il n'est personne qui ne souhaite de mener une vie *paisible* & *tran-* „ *quille* , autant qu'il est possible : chose „ néanmoins *inconcevable* tant que le *dés-* „ *ordre* regne , & que la haine & la colére „ sont plus en vogue que la *Raison* , nul „ ne pouvant vivre en *repos* & sans *inquié-* „ *tude* parmi la *violence* & les *fourbes* , que „ chacun tâche d'éviter par toutes sortes „ de moyens.

Spinosa pouvoit-il mieux dépeindre les horreurs qui suivent de ses principes ? Et cependant il prétend que ces principes sont la nature même , l'institution & l'ordre de Dieu. Vous voyez que les contradictions ne lui siéent pas moins qu'à ses disciples. Il continuera encore à honorer ses principes de la belle qualité *de droit naturel* , & en même-tems à déclamer contre eux. Ecoutez :

„ Ajoutez à cela, que n'y ayant rien de „ plus triste que notre vie destituée d'un

„ fecours mutuel ; il falloit de néceffité
„ pour nous mettre à couvert de tant d'in-
„ fultes, à quoi nous fommes trop fujets,
„ que nous confpiraffions *unanimement* a
„ nous *défaire* de notre *droit naturel*, pour
„ le poffëder en commun ; & à *renoncer à*
„ *notre appétit*, pour le foumettre à la
„ *puiffance* & *aux édits* de toute une com-
„ munauté.

IX. C'eft-à-dire en bon françois qu'il a
fallu de néceffité corriger la *nature :* tant
elle eft *corrompue*, tant fon appétit eft
vicieux, la fource de toutes fortes d'*inful-*
tes, ennemi de la *paix* & de la *tranquillité*,
ami du *défordre*, de la *haine*, de la *colére ;*
caufe des *inquiétudes*, de la *violence*, des
fourbes. Pourquoi le *penchant naturel* n'eft-
il pas auffi *jufte*, auffi *raifonnable* que les
Loix civiles ? Il n'auroit pas befoin de ces
Loix, s'il étoit innocent, s'il n'étoit pas
corrompu ; comme l'homme jufte n'a pas
befoin de Loi : il eft lui-même fa loi, il fe
préfcrit a lui-même par inclination & avec
plaifir ce que la Loi pourroit ordonner.
Voilà ce qui s'appelle de l'équité, de la droiture, une nature faine & non corrompue.
Mais le befoin de la Loi eft une preuve, &
une atteftation de corruption dans la *na-*
ture qui en a befoin. On fent donc par expérience, on déclare, on démontre cette
corruption ; & on refufe de la *croire* de peur
de croire à l'*Evangile*, qui eft trop conforme à la *Raifon* & a l'expérience. Encore un
mot de Spinofa au même endroit.

X. " Ce que l'on eût néanmoins tenté
,, vainement, fi chacun eût voulu demeu-
,, rer ferme dans la réfolution de tout fa-
,, crifier à la *convoitife*, (à quoi pourtant
,, il a droit,) & c'eſt pourquoi il falloit
,, demeurer d'accord de n'écouter que la
,, *Raiſon*, ,, (contre laquelle il a déclamé
lui-même un peu auparavant. Encore une
fois, la Raiſon eſt donc contraire à l'*appé-*
tit, à la convoitife ; donc la *convoitife* eſt
déraiſonnable, vicieuſe, corrompue :)
,, & confentir en même-tems à tenir l'*appé-*
,, *tit* en bride, & à le *gourmander* en tant
,, qu'il *veut nuire* au prochain : il falloit
,, fe réſoudre à ne traiter les autres, que
,, comme on veut être traité ; & enfin à dé-
,, fendre l'intérêt & le bien d'autrui, auſſi
,, ardemment que le fien propre. ,,

XI. Reprenons les principes. 1°. La nature n'eſt point corrompue, tous fes penchans, tous fes défirs font bons ; c'eſt elle
feule qu'il faut fuivre. 2°. Tous nos penchans font naturels, donc ils font bons ;
il faut s'y livrer, il eſt impoſſible de pécher en les fuivant. 3°. Tout ce que notre
penchant défire, nous appartient, nous y
avons droit, nous pouvons nous en emparer légitimement & en confcience. 4°. Nous
ne fommes point obligés de fuivre la *Rai-*
fon. "Tant s'en faut que la *nature* nous
,, ait déterminés à vivre felon les *Loix* &
,, les *Régles* de la *Raiſon*, ,, qu'au contraire nous naiſſons tous dans une profonde ignorance, dit Spinoſa au même en-

droit. Et à la fin il vient dire *qu'il a fallu démeurer d'accord de n'écouter que la Raison*. Pourquoi chanter la palinodie ? C'est qu'en disant que nous ne sommes pas obligés de suivre la Raison, mais seulement notre *convoitise* ; il avoit mis le poignard dans la main de tous les hommes, il avoit détruit toute société sans qu'il pût seulement se trouver dix personnes unies. Effrayé de cet horrible désordre, il comprit que la justice avoit droit de le faire arrêter & punir comme un séditieux, un criminel d'état. Pour éviter le supplice, il appelle la *Raison* à son secours, mais contre ses principes. Et par pure complaisance il lui fait régler la société, en laissant néanmoins en même-tems subsister le droit de la *convoitise* en faveur de tous ceux qui voudront frauder, & qui le pourront faire sans s'exposer aux châtimens ; ou qui même, se mocquant des supplices, voudront se faire en sûreté de conscience les compagnons de ceux qui finissent leurs jours sur les échaffauts.

XII. On est donc convenu qu'on ne feroit point usage d'une chose si *bonne*, de peur qu'elle ne bouleversât tout : cette bonne chose, c'est l'*amour-propre* qui, selon Pope, est un des chaînons de cette grande chaîne, qui lie invisiblement tous les êtres : chaînon si lié avec tous les autres, que lui, ou quelqu'autre, même le plus petit de tous étant dérangé, toute la vaste machine de l'univers seroit bouleversée,

verſée, & porteroit l'épouvante juſqu'au trône de Dieu même. Ici on le dérange ce chaînon par le moyen des Loix civiles & politiques, on le déplace ; & cependant le Tout ne périt pas ; il périroit au contraire ſi on le laiſſoit ſubſiſter ce chaînon d'amour-propre ; ce ne ſeroit que volerie, brigandage, meurtres, &c.

XIII. Autres réflexions. Les hommes ont fait des *Loix* pour *gêner*, *réprimer gourmander* la *nature* ; & cela eſt raiſonnable. Dieu n'a pas droit d'en faire. On a rejetté les ſiennes par cette raiſon que *tout eſt bien comme il eſt.*

XIV. Mais où a-t-on puiſé ces Loix ? Ce n'eſt point dans le *penchant naturel* ; c'eſt contre lui qu'elles ſont faites. C'eſt dans la *Raiſon*, de l'aveu de Spinoſa, de l'aveu de Pope.

Ainſi la *Raiſon* veut que pour ma ſûreté
Je ſouffre que la *Loi gêne ma liberté.*

Elle nous *guide* donc ici la Raiſon ? Mais cela ne lui appartient pas : *La nature ne nous a pas déterminés à vivre ſelon les loix de la Raiſon*, diſoit Spinoſa. *Le but de la Raiſon n'eſt-pas de nous guider*, diſoit Pope. * " C'eſt le *penchant naturel* qui „ nous a été donné pour nous *conduire.* „ *N'accuſons point l'inſtinct que Dieu nous* „ *donne ;* „ & faiſons-en l'uſage qu'il

* Rép. à une Dame, p. 298.

F

commande, difoit Voltaire. Et voilà qu'il
nous *conduit* fi mal cet inftinct, qu'il n'eft
pas permis de le fuivre, & qu'il le faut
conduire lui-même ! " Que dira-t-on de
„ l'auteur de la nature, dit un autre, de
„ nous avoir donné lui-même un *penchant*,
„ qu'il devoit un jour *condamner* & *pu-*
„ *nir* ? „ Ils le condamnent eux-mêmes,
ils ont établi des Juges & des gibets pour
le *punir* !

XV. Vous admirerez dans tout ceci un
accord, une harmonie ravissante. Les hommes réussissent merveilleusement à composer des fyftêmes & à contrôler celui de
Dieu. Peut-être que ce font-là de ces *heu-*
reuses foibleffes que Dieu ou les Loix géné-
rales ont placés dans chaque homme. (Pope, pag. 97.) Peut-être que le fyftême a
été formé, comme le monde, d'une maniére toute matiérelle, fans intelligence,
par une aveugle combinaifon des Loix générales ; & que c'eft pour cela qu'il s'y
trouve tant d'heureufes contradictions, *une*
éternelle difcorde, qui fait qu'ils s'accor-
dent (pag. 74.) *ainfi que le plan du mon-*
de ; que de ces combats divers réfultent des
accords qui forment l'union de toutes les
parties ; que fes principes contraires les
uns aux autres font des vents néceffaires au
fyftême, *qui loin qu'un trouble naiffant*
l'épouvante & l'arrête, fans mettre à profit
une utile tempête ; qu'en un mot, tant de
défordres ne font que ramener *un plus bel*
ordre. (pag. 90.)

XVI. Si la *Raison* ne nous est pas donnée pour nous *guider*; vous en deviez conclure qu'elle nous est encore moins donnée pour bâtir des systèmes du monde & des systèmes de Religion. Vous lui ôtez ses propres fonctions, pour lui en donner qu'elle n'a pas: faut-il s'étonner si elle vous sert si bien !

A Louvain, ce 20. Février 1752.

DOUXIÈME LETTRE.

LA FOI DE POPE.

AVant mon départ de Louvain pour la Cour de Bruxelles, j'ai été témoin, M. de la douleur & de l'indignation universelle qu'a causée la Thèse impie soutenue en Sorbonne, au grand déshonneur de la célèbre Faculté de Paris. Le Soutenant mérite d'être dégradé du Sacerdoce & nommément excommunié, tant à cause de l'énormité de son crime, qu'à cause qu'il s'est déja dégradé lui-même: des Déistes, des Matérialistes reconnoissent-ils Jesus-Christ & son Sacerdoce? Le Syndic, ceux qui ont signé la Thèse, celui qui y a présidé, ont-ils une foi plus saine? Ils ont lu tant de propositions hérétiques, manifestement blasphématoires & impies; & la *foi* de ces

F 2

Docteurs n'en a pas été révoltée; elle ne s'en est pas même apperçue, ils les ont signées, elles sont entrées chez eux sans résistance & comme par la grande porte, si l'on peut ainsi parler. *Quelle Foi!* Ne sont-ils pas indignes du Sacerdoce; & ne seroit-ce pas les traiter favorablement que de leur accorder la communion laïque, en considération du désaveu qu'ils en ont donné? S'ils ont signé la Thèse sans la lire, trop favorablement prévenus en faveur du Soutenant; une telle négligence les rend indignes de jamais travailler pour l'Eglise. Elle se repose sur leur vigilance, elle les charge de faire en son nom l'examen de la doctrine que l'on enseigne; elle leur fait l'honneur de leur confier la garde d'Israël, & les gardes s'endorment! *Filii mortis estis vos.* Heureuse la Faculté de Louvain, qui par la grace de Dieu s'est préservée de cette contagion!

On se souvient encore à la Cour de Bruxelles de la belle Epître de Rousseau à Monsieur Racine, contre les esprits forts; & l'on en est toujours édifié. C'est un grand exemple pour M. Pope, qui doit donner un jour un Poëme sur la Religion, à l'imitation de M. Racine; du moins M. le Chevalier de Ramsay, son compatriote & son ami, nous flatte-t-il de cette espérance. J'ose dire que c'est pour M. Pope une obligation indispensable de détruire le faux système de son *essai sur l'homme*, afin de réparer le scandale qu'il a causé. Monsieur de Ramfay nous dit que Pope est bon Catholique : s'il l'est en effet, voilà la preuve qu'il en doit donner. Il n'est pas possible de l'excuser, en rejettant les impiétés de son Poëme ou sur les traducteurs qui n'en auroient pas pris le sens, ou sur des Spinosistes & des incrédules qui auroient pris plaisir à lui donner un sens impie. Non. Il faut que M. Pope parle lui-même : il faut qu'il reléve en détail les bévues de ses traducteurs, & qu'il rétablisse le vrai sens de son ouvrage. Ses traducteurs ne sont pas sans conséquence, & du nombre de ceux que l'on peut méprifer ; & d'un autre côté, la matiére est assez importante pour mériter qu'il en prenne la peine. Qu'il choisisse, ou de donner lui-même une traduction fidéle, ou d'en faire faire une dirigée par ses soins. Mais il ne paroît pas que les traducteurs se soient trompés, ni que les Déistes ayent pû lui prêter un sens qu'il n'a pas. Ce ne sont pas seulement quelques termes peu exacts, échappés de loin en loin, que l'on pourroit avoir mal pris. Ce que j'ai écrit, suffit pour montrer que tout le corps de l'ouvrage ne prêche que l'erreur, que toutes les parties du systême sont d'accord pour annoncer l'impiété. Ce n'est pas un ouvrage qui se puisse corriger : c'est un ouvrage à refondre entiérement. Il est vrai qu'il parle encore des *arrêts infaillibles de la Foi* ; mais qu'en a-t-il retenu ? Je demande quelle espéce de Catholique c'est qu'un

F 3

homme qui refuse de croire que Dieu veuille faire des miracles en faveur de ſes élus ;

Ne penſez pas que Dieu comme un timide Roi
Changeant à votre gré ſa primitive Loi,
Pour quelques favoris qu'il adopte & qu'il aime,
De ce vaſte univers dérange le ſyſtême..... P. 134.

Qui nous montre un Dieu qui n'eſt point libre de faire ce qu'il veut pour quelques particuliers, ou qui ne peut pas avoir pour eux une volonté, une bonté ſpéciale, un Dieu toujours *déterminé* par des *Loix générales* ;

Mortels, je le répéte, une *Loi générale*
Détermine toujours la cauſe principale. P. 127.

Qui répéte pluſieurs fois que l'homme n'eſt né *que pour mourir*, ſans parler de la réſurrection, & ſans avertir que la mort eſt un effet du péché ; qu'il faut ſe conformer *aux Loix de la nature qui ſont la route la plus ſûre ?* Et où eſt la Loi de l'Evangile, & la voie de la Foi ? C'eſt la *Raiſon*, dit-il, qui eſt notre *bouſſole*, la raiſon ſeule peut nous guider à travers les écueils. Un Catholique diroit que c'eſt la Foi.

Dieu lui-même, ſelon Pope, eſt ſujet aux paſſions :

Mais de nos *paſſions* les mouvemens contraires
Sur ce vaſte océan ſont des vents néceſſaires.

Dieu lui-même, Dieu sort de son repos ;
Il monte sur les vents, il marche sur les flots.

P. 90.

Le *plaisir*, la *crainte*, le *soupçon*, la *haine*, & le *chagrin* ont été *destinés au bonheur des hommes*. Nous avons tort de désirer que l'homme ne soit point *combattu par des désirs vicieux*, & que son cœur soit conduit *par la loi du devoir*, sans sentir le pouvoir des passions contraires (pag. 94.) Pope voit sortir les *vertus* les plus solides du sein de l'*orgueil*, de la *haine*, de l'*amour* impur, de la *colère*, de l'*avarice*, de la paresse & de l'*envie*; en un mot, des sept péchés capitaux. Chez les Catholiques, ils sont la source d'une infinité de péchés. Chez Pope, ils sont la source d'une infinité de vertus. Selon lui, nos vices viennent de Dieu.

Dieu dans sa sagesse
En chaque homme a placé quelque heureuse foiblesse.

P. 97.

comme la *fierté sévère*, la *témérité*, la *vanité*.

Pope soutient que l'homme n'est point *imparfait* ; que le *Ciel* l'a formé *tel* qu'il doit être, & qu'un *état plus parfait ne lui conviendroit pas*, ni dans l'état d'innocence, ni aujourd'hui par une vie vraiment & constamment sainte, ni par exemption de toute concupiscence, comme les

F 4

Catholiques le croyent de la Vierge mere
de Dieu. Selon lui, *l'homme ne connoît pas
pourquoi il est l'esclave & le maître de ses
penchans* ; mais celui qui a la *Foi* le connoît : il sait que tout le désordre qui est
dans l'homme vient de sa chûte dans le
péché. Voyez si Pope a la *Foi*. Un reste, un
débris de son ancienne Foi a conservé dans
son esprit l'idée des Anges & de leur chûte :
mais pour la chûte de l'homme, il ne la
connoît pas.... (pag. 72.)

Est-ce dans la Foi Catholique qu'il a appris à parler du *regne* innocent de l'*amour-
propre*, au lieu du *regne* de l'amour de
Dieu ? Est-ce dans cette *Foi* qu'il a appris
que la *fiévre*, la *douleur, une foule de maux
sortirent à l'envi du sang des animaux*,
quand les hommes commencerent à man-
ger de la chair ? Elle ne lui a point appris
que tout cela vient du péché de l'homme ?
Il n'a pas lû dans l'Ecriture que Dieu a
donné aux hommes la chair des animaux
pour nourriture, aussi-bien que les légu-
mes ?

Où est-ce qu'il a appris que la Religion
fut rétablie par le moyen d'*hommes magnanimes, Poëtes, Orateurs, Philosophes sublimes*, & que ce furent ces payens qui
*trouverent cette Foi, cette morale pure que
leurs premiers auteurs tenoient de la nature* ?
(pag. 119.) Quoi ! La *Foi* nous vient de
la *nature* ! Quelle *Foi* que celle que les
Poëtes, les Orateurs, les Philosophes
payens ont trouvée ou ramenée ! Voilà la

Foi de Pope. Croire les rêveries du pagá-
nisme, est plus sage que de croire les merveilles de l'Ecriture. Les *Poëtes*, les *Orateurs*, les *Philosophes*; voilà les Sauveurs
du monde : ne nous parlez point des *Patriarches*, des *Prophètes*, des *Apôtres*, ni
même de Jesus-Christ.

   L'Evangile lui a-t-il enseigné à se repaî-
tre d'*aimables chiméres*, & de *plaisirs imposteurs*; à parler avec estime d'un *orgueil
secourable* & consolant ?

Regardez des humains le *grand consolateur*
L'*orgueil* leur présenter son secours enchanteur...]
                                P. 99.

Est-ce la Foi Catholique qui lui a dit qu'on
ne sait pas ce que devient l'homme au sortir de ce monde; mais qu'au reste il *n'y a
rien à craindre pour lui* : ne *crains point
pour ton sort; que soit dans ce monde ou
dans quelque autre sphère* il sera heureux.
Cet Anglois prétend faire briller sur nous
un *jour nouveau*, (celui de l'Evangile n'é-
toit pas un jour pour lui,) & confondre
l'orgueil humain, en lui *apprenant que tout
est bien dans toute la nature*. (pag. 152.)
S'il nous a appris quelque chose, c'est que
tout est mal chez lui, & qu'il a fait naufrage dans la Foi. J'en rapporterois un
plus grand nombre des preuves, si ceci
n'étoit pas plus que suffisant, & si en s'é-
tendant davantage on ne s'exposoit pas à
ennuyer : c'est ce que je veux éviter.

Quand j'ai été plus long, c'est qu'il ne m'a
pas été poſſible d'être plus court.

Adieu.

A Bruxelles, ce 22. Février 1752.

TREIZIEME LETTRE.

CULTE RELIGIEUX.

I. **D**Ans les ſyſtêmes que nous combat-
tons, M. on ne veut point de culte de Religion, ſous prétexte que Dieu n'en a pas
beſoin. *Un Dieu n'a pas beſoin de nos vœux
aſſidus ;* * & l'on regarde ceux qui par état
ſont ſpécialement deſtinés à lui rendre ce
culte, comme des hommes inutiles, folle-
ment occupés à parler à rien, & à réciter
tous les jours quelques milliers de mots.
Voyons ſi le ridicule qu'on prétend nous
donner, ne retombe pas ſur la Religion
naturelle, & ſi elle ne nous donnera pas
des armes contre elle-même ſur ce point
comme ſur les autres.

II. Voltaire affligé de ce qu'on avoit
refuſé la ſépulture Eccléſiaſtique à Made-
moiſelle Lecouvreur, qui fut enterrée ſur
les bords de la Seine, lui adreſſe ces vers :

---

* Ep. à Uranie.

Non, ces bords déformais ne seront plus *profanes* :
Ils contiennent ta *cendre* ; & ce triste *tombeau*,
Honoré par nos *chants*, consacré par tes *manes*,
  Est pour nous un *temple* nouveau ;
Voilà *mon saint Denis* : Oui, c'est-là que j'adore
Ton esprit, tes talens, tes graces, tes appas ;
Je les *aimai* vivans, je les encense encore
  Malgré les horreurs du trépas,
  Malgré l'erreur & les ingrats,
Que seuls de ce tombeau l'opprobre déshonore.
Ah ! verrai-je toujours ma foible nation,
Incertaine en ses vœux, flétrir ce qu'elle admire ;
Nos mœurs avec nos Loix toujours se contredire,
Et le François volage endormi sous l'empire
  De la superstition !
  Quoi ! n'est-ce donc qu'en *Angleterre*
  Que les mortels *ôsent penser !*

Voltaire adore la Demoiselle Lecouvreur ;
il *chante* des pseaumes sur son *tombeau :
honoré par nos chants.* Les *cendres* de cette
Actrice sont des reliques *sacrées*, qui san-
ctifient une terre *profane* ; il pleure, il se
lamente sur le traitement qu'on lui a fait.
Que cela est beau, qu'il est raisonnable,
quand il a une Comédienne pour objet !
Mais qu'il est ridicule, qu'il est insensé,
quand il a pour objet la Divinité ! à quoi
pense Voltaire ? Voilà *adoration, canti-
ques, louanges, admirations, actions de*

graces, *lamentations* même ; c'est-à-dire un culte Religieux tout formé. Tant il est *naturel* à l'homme d'adorer un Dieu, & de lui rendre un culte extérieur, qui procéde des inclinations & du fond du cœur, & qui n'est que l'expression des sentimens intimes & sincéres de l'ame ! Oui, mais c'est qu'il s'agit *d'adorer* une Actrice ; la *Raison* l'approuve. Quand il s'agit d'adorer Dieu, la *Raison* le condamne & le juge insensé.

III. Voilà même le culte des Saints autorisé par la Religion naturelle dans la personne de sainte Lecouvreur ; la sainteté des reliques reconnue & respectée : la *cendre* & ses *mânes* ont *consacré*, sanctifié une terre *profane*. Voltaire me transporte de merveilles en merveilles : une *terre profane* sanctifiée ! Mais peut-il y avoir dans ce systême *une terre profane* ? Qu'est-ce qu'une terre profane ? Vous croiriez que tous les discours de ces génies sont pesés au poids de la Raison. Ils le disent, & vous le voyez.

IV. Ce n'est pas tout. Voltaire adore la Demoiselle Lecouvreur. Vous ne pouvez pas douter qu'en cela il ne suive la Raison toute pure, & que ce ne soit ici un acte de la Religion naturelle. C'est néanmoins selon les principes de cette Religion comme s'il adoroit un oignon, ou si vous voulez, une *taupe* ; puisque selon Voltaire *Archi-méde*, la Demoiselle Lecouvreur, & *une taupe peuvent être de la même espéce.* Les anciens Egyptiens ne blessoient pas plus

la Raison en adorant des oignons & les
plus vils animaux, que Voltaire en adorant
la Demoiselle Lecouvreur. Après avoir renoncé à l'Evangile, qui a renversé toutes
les idoles, c'est une suite toute *naturelle*
& raisonnable de relever l'idolatrie la plus
insensée. Tels sont les prodiges qu'enfante
le raisonnement d'un homme qui veut quitter la lumiére de la Foi, pour se conduire
par sa propre lumiére.

V. Enfin Voltaire fait du tombeau de
cette fille son Saint-Denis. Suivons-le par-
tout où il nous veut mener, & admirons
sa raison jusqu'au bout. Il juge que cette
Comédienne méritoit d'avoir une place
parmi les tombeaux de nos Rois ; comme
si pour avoir servi aux plaisirs de Voltaire,
elle avoit acquis pour le moins autant de
mérite que Turenne pour avoir soutenu la
couronne ! Elle mérite plus : son tombeau
est lui-même un Saint-Denis, un temple
où elle est adorée par Voltaire. Tout cela
n'est-il pas raisonnable ? Et peut-on douter
désormais que Voltaire & la Raison ne
soient une même chose ?

VI. Je finis en prenant la liberté de lui
faire une demande. Quel besoin avoit la
Demoiselle Lecouvreur des hommages que
Voltaire lui rend après sa mort ? Il conçoit
donc que ce n'est pas une chose insensée,
que de rendre à Dieu un culte dont il n'a
pas besoin. Dieu le mérite, & cela suffit ;
Voltaire en a besoin, & cela suffit. La Demoiselle Lecouvreur étoit digne des hom-

mages de Voltaire, & Voltaire n'eût pas
été heureux s'il eût manqué à ce devoir.
La *nature* a parlé ; & les disciples de la
Religion *naturelle* n'entendent que son
langage.

A Lille, ce 3. Janvier 1752.

QUATORZIEME LETTRE.

INCERTITUDE DES DEISTES.

PErmettez-moi, M. de relever encore
un mot important de M. de Voltaire. Il se
trouve dans quelques vers adressés aux manes de M. de Genonville.

Si tout n'est pas détruit, si sur les sombres bords
Ce souffle si caché, cette foible étincelle,
Cet esprit, le moteur & l'esclave du corps,
Ce je ne sai quel sens, qu'on nomme ame immortelle,
Reste inconnu de nous, est vivant chez les morts ;
S'il est vrai que tu sois, & si tu peux m'entendre,
O ! mon cher Genonville, avec plaisir reçoi
Ces vers & ces soupirs, que je donne à ta cendre.

Monument d'un amour immortel comme
toi. Si. Quel doute ! Ce seroit dommage
en effet qu'une créature si parfaite fut pri-
vée de tout sentiment après sa mort. Le

défir de la *nature* eſt qu'elle ſoit *immortelle* & *ſpirituelle*. Et ce ſentiment de la *nature* eſt ſi puiſſant, qu'il n'a pas pu être étouffé par ce ſyſtême.

Si. Vous n'en ſavez donc rien poſitivement ? la Religion naturelle n'a rien de certain ſur ce point fondamental. Car *ſi* Genonville ſent encore après ſa mort, il ſent du bien ou du mal, point de milieu ; il eſt heureux ou malheureux, & il l'eſt éternellement ; parce que les natures ne changent point, & que rien ne s'anéantit. Il ſe peut donc faire qu'il y ait véritablement un bonheur & un malheur éternels. C'eſt une choſe douteuſe pour la nouvelle Religion : *ſi*, peut-être que oui, peut-être que non. Cette Religion n'a rien de fixe & de décidé ſur ce point, qui eſt de la derniére importance. Et cependant, dans cette incertitude, ſes partiſans prennent le parti de ſe conduire comme s'il étoit décidé que certainement il n'y eût aucun ſentiment, aucune reconnoiſſance après la mort. Où eſt la raiſon *!* Ils prétendent ne ſuivre qu'elle, mais la ſuivent-ils ? Bien plus, dans cette incertitude, ils choiſiſſent préciſément ce qui doit les conduire au ſupplice éternel, s'il y en a un ; ils s'y expoſent volontairement. N'eſtce pas fureur ? Dans le *doute*, la *Raiſon* veut que l'on prenne le parti le plus ſûr. Ici M. Paſcal vous bat en ruine. Voltaire, qui a voulu le faire mépriſer, vient imprudemment ſe mettre ſous les coups aſſommans qu'il lui porte. Vous pouvez le lire.

Voyez l'article premier, *Contre l'indiffé-rence des athées :* & l'article, *Qu'il eſt plus avantageux de croire que de ne pas croire ce qu'enſeigne la Religion Chrétienne.*

J'ai encore une infinité de choſes à vous écrire ſur ce ſujet. Autant que ce commerce de Lettres vous ſera agréable, il me le ſera à moi-même ; & je m'acquitterai avec plai-ſir des devoirs de la plus parfaite amitié, avec laquelle je ſuis, &c.

A Lille, ce 10. *Mars* 1752.

FIN.

LETTRES FLAMANDES,

OU

HISTOIRE

Des variations & contradictions

DE LA PRÉTENDUE

RELIGION NATURELLE.

SUITE.

A MONS,

Chez GASPARD MIGEOT, Libraire,
près du Collège.

1754.

QUINZIEME LETTRE.

CARACTERE DE L'APOLOGIE DE M. DE PRADES.

VOus me priez, M. vous pouviez commander, de vous entretenir sur la Thèse de M. de Prades, dont j'avois dit un mot dans la douziéme des Lettres qui ont été imprimées. Je vous satisferai d'autant plus volontiers que ce n'est pas à un incrédule, mais à une personne remplie de Religion, que j'ai le bonheur d'écrire cette fois-ci. Vous avez entendu parler de l'Apologie du Bachelier de Sorbonne; vous avez été touché des protestations qu'il fait, d'attachement à la Religion chrétienne; & vous craignez qu'on n'ait été trop loin dans les Censures qu'on a faites de sa Thèse. Que ses protestations soient sincères ou non, il ne sera pas difficile de vous rassurer & & de dissiper les allarmes d'une conscience délicate & timorée.

On peut avec de bonnes intentions tomber dans des erreurs réelles; on peut s'exprimer imprudemment de façon que la plume enfante une erreur qui n'est point dans l'esprit; on peut en croyant défendre la Religion chrétienne, donner des armes contre elle, sur-tout quand on ne prend point conseil, ou que l'on donne sa confiance à des hommes ennemis de la Religion & que l'on

G 2

croit meilleurs qu'ils ne font : c'eſt bien pis
quand on les connoît , & qu'on ſe livre à eux.
On peut faire des proteſtations d'attachement à la Religion de J. C. qui ne ſoient
point ſincères ; on peut être chrétien comme
le ſont les Sociniens, qui ne veulent point
de myſteres , & qui interprétent l'Ecriture
ſainte par la ſeule raiſon humaine. Dans
quelle claſſe voulez - vous placer l'Abbé de
Prades ? Choiſiſſez celle qu'il vous plaira ;
par-tout il ſera condamné. Suppoſez, ſi vous
le voulez , qu'il n'a point d'erreur perſon-
nelle à purger, il faut qu'il abjure les erreurs de ſa Thèſe. Mais non ; il n'a tort
nulle part ; il prétend ſe juſtifier ſur tout.
Vous verrez comment il y réuſſit.

Ces ſortes de diſcuſſions n'entrent pas di-
rectement dans le plan des Lettres que vous
avez lues. Mon deſſein étoit de confondre
les incrédules par eux-mêmes , par leurs propres contradictions , par leurs variations,
par les arrêts de la Raiſon , qu'ils prennent
pour le ſeul Juge. Je me propoſois d'établir enſuite pluſieurs vérités fondamentales
qu'ils tâchent d'ébranler ; non d'examiner
ſi tel homme eſt incrédule ou non , ſi ce qu'il
dit pour ſe juſtifier eſt fondé ou frivole.
Mais il n'y a rien que je ne faſſe pour répondre à votre déſir , qui ſera toujours pour
moi une loi reſpectable.

Vous ne pouvez, M. lire ſon Apologie,
ſur - tout la troiſiéme partie, ſans le trouver
plus coupable encore qu'auparavant. Si dans
les deux premieres il parle avec quelque mo-

dération, s'il y garde quelques bienséan-
ces ; on ne peut mieux comparer les empor-
remens de la troisiéme partie, qu'à la rage
d'une bête féroce, qui se sent percée d'un fer
mortel. Il déchire tout ce qu'il rencontre,
les Ecclésiastiques qui ont répandu l'allarme contre lui, la Sorbonne, M. l'Archevêque
de Paris, MM. les Evêques de Montauban
& d'Auxerre, le Parlement. Un tel procédé
lui fait plus de tort qu'à ceux qu'il maltraite. Pour ceux - ci on peut dire que c'est la
récompense d'une bonne œuvre. On ne prêche point l'Evangile impunément. Dans un
combat on ne porte point sur l'ennemi des
coups multipliés, sans en recevoir quelques-
uns. La victoire ne seroit point glorieuse si
elle ne coutoit rien.

Les Auteurs de pareils écrits ne méritent
pas qu'on leur réponde. Ce seroit se com-
promettre avec des personnes, qui paroîs-
sent aussi peu connoître les régles de la bien-
séance & de la subordination que celles de
la Raison & de la Foi. Une troupe d'enfans
au sortir du Collége après la classe s'ameute
dans la rue autour d'un honnête homme
pour l'insulter. Telle est l'idée que vous devez avoir de cette Apologie ; ce ne sont proprement que huées, ce ne sont que sarcas-
mes. Celui qui y parle est encore *écolier* *
cela passera avec l'âge.

Il a l'insolence de féliciter M. l'Evêque

* M. de Prades se reconnoît pour un *simple écolier*
dans sa Lettre à M. l'Archevêque de Paris.

G 3

d'Auxerre, de ce qu'il n'eſt pas tombé entre les mains du ſieur d'Alembert qu'il compare à Dioméde. ,, On pourroit bien, dit-il, ap-
,, pliquer à cet illuſtre & redoutable Athléte
,, ce que Dioméde dit à Glaucus : *Inſenſé,*
,, *tu ne ſçais pas que c'eſt contre moi que le ciel*
,, *envoie les enfans des peres infortunés.* ,,
Idée burleſque ! S'il avoit comparé le ſieur d'Alembert aux enfans des peres infortunés, & M. d'Auxerre à Dioméde, la comparaï-
ſon eût été plus juſte : le ſieur d'Alembert eſt un jeune homme ; & le Prélat eſt ainſi que l'ancien Dioméde d'un âge avancé, & comme lui un illuſtre & redoutable Athléte. Cet Auteur eſt heureux en parallélés.

Si l'Abbé de Prades, à qui ſa robe ne per-
met pas comme à l'autre de porter un ſabre redoutable, ne peut aſpirer à l'avantage d'être un Dioméde ; il ne manquera pas, ſans doute, de choiſir un autre perſonnage. Un Prêtre profane, qui ſe promene avec tant de ſatisfaction dans le camp des Grecs, au milieu des héros de Troye, peut y ramaſſer quelque maſque de théâtre qui convienne à ſon eſprit romaneſque. Peut-être aimeroit-
il mieux être un Calchas qu'un S. Pierre. Un mot d'Horace ſert de texte à ſon Ouvrage ; un mot de l'Ecriture le dépareroit.

Le ſieur de Pradés a - t - il compoſé cette partie de ſon Apologie, qui ne reſſemble guère aux deux précédentes ? En a-t-il donné la commiſſion à d'autres ? Avoue-t-il l'Ouvrage ? Condamne-t-il l'emportement & la fureur qui y regne par-tout ? C'eſt à lui à nous

inftruire fur tous ces points. Il ne le peut faire à fa décharge que par un défaveu public. En attendant, le crime demeure fur fa tête : l'attentat a été commis fous fon nom. Il ne peut fe plaindre fi nous le prenons quelquefois pour le coupable, nous tâcherons cependant de détourner la faute fur d'autres autant qu'il fera poffible.

L'ordinaire prochain, nous viendrons au fond de l'Apologie. J'ai l'honneur d'être, Monfieur, &c.

A Mons, ce 7. Janvier 1753.

P. S. Depuis ma lettre écrite, je trouve fous ma main un autre trait qui revient affez à notre fujet. M. d'Auxerre fe plaint de ce que la Sorbonne & M. l'Archevêque de Paris n'ont pas joint l'inftruction à leur Cenfure. Le fieur de Prades trouve cela déplacé. "Ne fuffifoit-il pas à M. d'Auxerre, ,, dit-il, (*Apol. 3. part p. 9.*) de faire fon ,, devoir fans accufer la Faculté & M. l'Ar- ,, chevêque de Paris d'avoir manqué au leur ? ,, Mon accufateur n'a-t-il pas ici l'air d'un ,, homme qui craint qu'on ne remarque ,, pas affez le mérite de fon zéle & de fa ,, vigilance? ,, Nullement. : l'Apologifte trop jeune Théologien, ne fait pas encore que les Evêques ont droit de s'avertir mutuellement, de s'exhorter, de s'animer les uns les autres, &c. C'eft un *devoir*, non une *oftentation*. Ceux que la fidélité à ce devoir incommode, prennent le parti, pour le ren-

G 4.

dre odieux, de travestir les vertus en vices.
Un brave Capitaine dans la chaleur du combat se plaint de n'être pas soutenu par les autres officiers de son corps ou des corps voisins, il les anime, il leur fait de vifs reproches en même tems qu'il charge l'ennemi. Un sieur de Prades en est piqué : ,, ne suffi-
,, soit-il pas à cet Officier, répond-il, de
,, faire son devoir, sans accuser les autres
,, d'avoir manqué au leur ? N'a-t-il pas l'air
,, d'un homme qui craint qu'on ne remarque
,, pas assez le mérite de sa bravoure ? Non ;
il a l'air d'un homme qui sent le poids des ennemis, qui veut les renverser, qui crie au secours pour mettre la victoire du côté de son Prince & de sa Patrie ; & le sieur de Prades a l'air d'un homme qui veut insulter, mais qui a oublié de prendre avec lui la Raison, le bon sens, l'expérience de tous les jours.

SEIZIEME LETTRE.

COMPLOT CONTRE LA RELIGION.

PLus M. de Prades travaille à se laver, plus il se noircit. Sans effacer les premiers crimes, il y en ajoute de nouveaux. La Sorbonne premièrement, ensuite M. l'Archevêque de Paris, & MM. les Evêques de Montauban & d'Auxerre ont cru avec un

grand nombre d'autres personnes, que la
Thèse de ce Bachelier étoit le fruit d'un complot formé contre la Religion. Il se récrie
à la calomnie : c'est lui seul qui a fait sa
Thèse, il n'en faut blâmer ou louer que lui.
Il n'apporte pour preuve (3. *part. p.* 14.)
que ses connoissances, ses amis, une multitude d'indifférens, témoins inconnus, dont
aucun ne se montre, aucun n'est nommé, &
qui sans doute ne lui sont point favorables,
puisque la Sorbonne, qui la premiere a
avancé ce fait, est remplie de ses connoissances, de ses amis, & qu'elle ne peut igno-
rer les allures & la conduite de ses Candi-
dats.

Après avoir essayé en vain de dissiper
l'idée du complot, il tâche d'allarmer par
des conséquences fâcheuses. Il voudroit persuader que si on ne rétracte point cette accu-
sation, on ne peut plus rien croire avec sûreté & sans crainte de se tromper : la Religion par conséquent périt, si l'Abbé de Prades n'est pas sauvé. Voici l'argument qu'il
prête aux incrédules pour nous montrer que
tout est perdu, si l'on persiste à croire ce
complot. ,, Si parmi ceux qui sont instruits
,, de la fausseté du complot supposé par la
,, Sorbonne & par les Prélats, il s'en trou-
,, voit quelques-uns, qui eussent malheu-
,, reusement du penchant à l'incrédulité, ne
,, pouvant s'imaginer que vous n'avez fait
,, aucun usage des régles par lesquelles vous
,, jugez de la certitude des faits, ne seroient-
,, ils pas tentés de croire que ces régles sont

,, mauvaises ? Qui les empêcheroit de dire:
,, il en est de la plûpart des faits qu'on nous
,, oppose, comme du complot du Bache-
,, lier de Prades ? Y a-t-il dans l'antiquité
,, quelque transaction dont il fût plus aisé
,, de découvrir la fausseté ? Qu'on vienne
,, après cela nous citer *le témoignage des*
,, *Contemporains & les ouvrages des hommes*
,, *les plus sages & les plus éclairés* ? Nous sa-
,, vons tous combien la conspiration dont
,, on l'accuse est chimérique ; la voilà ce-
,, pendant constatée par des Ecrivains du
,, temps-même, & du rang le plus distingué,
,, & transmise à la postérité avec un cortége
,, de preuves & de circonstances auxquelles
,, il ne sera guère possible de résister sans en-
,, courir le reproche de pirrhonisme.

Il avoue que les incrédules n'ont point
fait cet argument, il prétend qu'ils le pourroient faire : *Qui les empêcheroit de dire ?*
Ils ne l'ont point dit, & celui-ci leur apprend
à le dire, & à ne pas manquer l'occasion de
faire un raisonnement victorieux, tant il
est pressé par l'intérêt qu'il a & qu'il aura
toujours à la propagation du nom Chrétien.
(p. 14.)

Il n'y trouve qu'un reméde, c'est que ses
accusateurs se rétractent de ce qu'ils ont
avancé sur ce complot ; *je vous conjure de*
vous rétracter incessamment. (p. 16.) Mais il
sait bien qu'ils n'en feront rien. Ainsi c'en
est fait. Le raisonnement des incrédules est
victorieux, la force du témoignage est détruite, la Religion chrétienne est ruinée, &

c'est l'Auteur de l'Apologie qui a fait ce bel ouvrage en y mettant toutes les clauses nécessaires pour rendre le mal sans remède. „ J'aurois beau faire, dit-il, (p. 106.) la „ Sorbonne ne *reviendra* jamais de ses in- „ justices ; M. l'Archevêque de Paris ne *ré-* „*tractera* point son Mandement, le Parle- „ ment ne *rougira* pas de son Décret ; M. „ l'Evêque d'Auxerre mourra dans ses pré- „ jugés ; aucun de ces fougueux Ecclésiasti- „ ques qui ont porté l'allarme & le scan- „ dale de toutes parts, ne confessera son „ ignorance & son indiscrétion : & les Jé- „ suites quitteront-ils pour moi ce masque „ de fer qu'ils portent depuis si long-tems, „ qu'il s'est, pour ainsi dire, identifié avec „ leur visage? J'ai vu que *l'état de tous ces* „*gens étoit désespéré.* „ Encore une fois c'en est fait de la Religion chrétienne & de la force du témoignage, qui lui sert de fondement. L'Apologie n'a rien oublié pour rendre complet le naufrage du nom chrétien, dont la propagation l'intéresse si fort.

Mais qu'il ne triomphe pas si tôt. Son histoire & son raisonnement ne donneront jamais atteinte à la certitude des faits, & à l'autorité du témoignage, qui les atteste : 1°. parce qu'il n'est pas démontré qu'il n'y a point eu de complot, & que le témoignage qui dépose sur ce fait soit faux. Lui-même en fournit trop de preuves. „ La Thèse du „ sieur de Prades, dit M. d'Auxerre, se rend „ suspecte, non-seulement par la maniere „ dont elle s'exprime, mais encore par les

,, *liaisons* très-connues du Soutenant avec
,, les Auteurs de l'Encyclopédie. ,,   Ce ré-
moignage est-il faux ? Ces *liaisons* ne sont-
elles pas réelles ? Il avoue lui-même qu'il a
pris dans ce Dictionnaire plusieurs de ses
positions : on le lui avoit déja réproché. Il
dit dans un Avertissement: ,, que la troisié-
,, me partie de son Apologie est *autant la*
,, *défense du Discours préliminaire de l'En-*
,, *cyclopédie* . . . *que la défense de sa Thèse.* ,,
il va plus loin , il reconnoît dans sa premiere
partie. (p. v.) qu'il a *travaillé à l'Encyclo-*
pédie : il étoit membre de la Société des gens
de Lettres qui ont entrepris cet Ouvrage ; *il*
y a inséré une dissertation sur la certitude des
faits historiques. p. viij. *Ceux qui étoient à la*
tête de l'Ouvrage l'avoient engagé à leur
fournir tout ce qu'il croiroit de plus favora-
ble à la Religion. p. vij. Ceci dit plus qu'une
simple *liaison.* Ne nous arrêtons pas à ces
mots : *ce qu'il croiroit de plus favorable à la*
Religion : on connoît la Religion des Auteurs de l'Encyclopédie. Après cela il nous
viendra dire ,, qu'ils n'ont connu l'existence
,, de sa Thèse que quinze jours après qu'elle
,, eut été soutenue ! ,, Qui le pourroit croire,
quand on ne sçauroit pas d'ailleurs que trois
jours avant qu'elle eût été soutenue , on en
triomphoit dans un des plus fameux Caffés
de Paris!

   Tout se dévoile. Chez qui s'est-il réfugié
dans l'Eglise ? A qui a-t-il donné sa confiance ? Il a écrit au Pape ; il est vrai , j'ai vu la
lettre ; & en même tems il est allé se jetter

entre les bras des Déistes, des Matérialistes,
des Athées. Il a été accueilli comme un
de leurs enfans : ils ont vu que sa These leur
étoit favorable, & leur jugement se rencontre avec celui de la Sorbonne & des Prélats,
qui l'ont censurée, & des Théologiens qui
l'ont discutée & combattue. Tout se réunit
contre elle & contre le Soutenant, les uns
en le condamnant, les autres en le prote-
geant, lui-même en choisissant ses protec-
teurs : tout forme un même témoignage.
Avec quel empressement MM. d'Argens &
de Voltaire l'ont-il reçu ? Les voitures les
plus vîtes étoient trop lentes pour leur ame-
ner le cher Bachelier jusqu'à Berlin. On mande (1) que *le nom & l'amitié de M. d'Alembert
leur ont été tres-utiles* (à l'Abbé de Prades &
à l'Abbé Yvon ;) *qu'il avoit écrit pour les re-
commander, & qu'il alloit encore écrire à . . . .
& à Voltaire pour les remercier tous deux au
nom des Philosophes François ;* c'est la qualité
que prennent aujourd'hui les incrédules. Le
sieur de Prades a donné sa *confiance* à Voltaire, & par un juste retour Voltaire lui donne la sienne : ,, *Je peux, M. m'expliquer avec*
,, *vous en liberté* (2), dit Voltaire en lui écri-
,, vant de Postdam, *& répondre à la con-*
,, *fiance que vous avez bien voulu me témoi-*
,, *gner. Vous savez combien les ennemis de*
,, *la Raison abusent des armes de la Reli-*
,, gion, pour se déchaîner contre les Philo-

(1) Lettre du 12 Août 1752.
(2) Lettre du 18 Juillet 1752.

„ fophes , & contre ceux qui leur rendent
„ fervice.

Le Bachelier de Sorbonne a été défiré &
bien reçu par des gens qui penfent que *de*
fages Loix , la difcipline militaire, un gou-
vernement équitable , & des exemples ver-
tueux peuvent fuffire pour gouverner les hom-
mes en laiffant à Dieu le foin de gouverner les
confciences ; (1) & qui méconnoiffent la fouveraine Majefté , de qui vient l'autorité des
Rois : *Per me Reges regnant* ; (2) de qui viennent la fageffe de leurs Loix & un gouvernement équitable : *Per me legum condi-*
tores jufta decernunt ; de qui viennent la difcipline militaire & la victoire, auffi-bien
que les vertus morales , parce qu'il eft le
Dieu des armées , comme il eft le maître des
cœurs qu'il a formés lui-même. Il feroit fâcheux de ne reconnoître ces vérités que quand
il fera trop tard. Je fouhaite de tout mon
cœur que Dieu leur faffe fentir fon exiftence
par un coup d'une miféricorde toute puif-
fante.

Voilà où l'Abbé de Prades s'eft réfugié ;
voilà où l'a porté fon inclination ; tel eft le
fruit de fes *liaifons* : les premieres ont produit les fecondes. Il a l'air d'un enfant perdu lâché par l'armée ennemie , qui après
avoir manqué fon coup , voudroit fe retirer
fans en recevoir, en tâchant de perfuader
qu'il n'avoit aucun mauvais deffein : „ Je

---

(1) Voltaire.
(2) Prov. c. 8. v. 15.

„ puis dire, c'eſt lui qui parle, (2. *part. p.* 3.)
„ avec vérité que cette Apologie a été moins
„ faite pour *juſtifier* les propoſitions con-
„ damnées, que pour montrer que je les ai
„ ſoutenues *ſans avoir des deſſeins impies.*„
Mais on le ſerre de près, & toute l'armée ac-
court pour le dégager, elle ouvre ſes batail-
lons pour le recevoir.

Tout ce qui précede, tout ce qui ſuit la
Thèſe, porte des marques de cette union avec
les incrédules. Il s'eſt rempli de leurs ouvrages: il a pris leur maniere, leur eſprit qui
eſt celui des Philoſophes du Paganiſme,
l'enflure de la ſcience, le ton déciſif, la
hauteur, la bonne opinion de leur vertu, la
fierté, le mépris ſouverain pour tout homme
qui penſe autrement qu'eux, l'affectation de
mettre à la tête de leurs écrits & ſouvent à
la fin un texte tiré des Auteurs profanes,
plutôt qu'un texte de l'Ecriture, de citer avec
admiration & une eſpèce d'entouſiaſme des
Auteurs payens, & marquer beaucoup de
mépris pour les Auteurs Eccléſiaſtiques. Il
viendra nous dire qu'il n'eſt pas enrôlé dans
leurs troupes; il en porte l'uniforme. Plai-
gnons-le. Que deviendra ce qui lui reſte
encore d'attachement pour la Religion chrétienne? Ses amis craignent pour lui, & avec
raiſon. D'autres veulent les raſſurer par ſes
proteſtations; mais y a-t-il ſi long-temps
(*en* 1746.) qu'on a vu Voltaire aller ſe ré-
fugier ſous le manteau du Pere de la Tour,
Jéſuite, Principal du Collége de Louis le
Grand, qui trouva même beaucoup d'onction

dans la lettre de ce fameux Poëte, où entre autres traits, *il soumet ses écrits au jugement de l'Eglise*, & proteste qu'il *veut vivre & mourir dans le sein de l'Eglise Catholique, Apostolique & Romaine?*

Rien de plus ressemblant aux protestations de M. de P. Et cependant Voltaire est aujourd'hui un impie déclaré. Ce qui est certain, c'est que le jeune Abbé ne trouvera pas dans de telles liaisons des secours capables de le fortifier contre l'incrédulité.

Quoi qu'il en puisse arriver, faut-il s'étonner que la Sorbonne ait dit que *l'impiété a essayé de se glisser dans le Sanctuaire même de la Religion ;* que M. l'Archevêque de Paris ait dit, que *d'audacieux Ecrivains ont consacré comme de concert, leurs talens & leurs veilles à préparer ces poisons ;* que M. de Montauban ait dit, *qu'un de ses Diocésains s'est livré aux ouvriers d'iniquité, & leur a servi d'organe ;* que M. d'Auxerre ait dit, *que le sieur de Prades leur a prêté son nom ;* c'est-à-dire, que la Thèse est l'ouvrage d'un complot? Ce témoignage est-il faux? Il est donc vrai que l'histoire de cet Abbé & son raisonnement, ne seront jamais capables d'affoiblir la certitude des faits & l'autorité du témoignage qui les atteste, 1°. parce qu'ici le témoignage est vrai.

2°. Parce que son raisonnement suppose bien qu'il n'y a point eu de complot ; mais il ne le prouve pas. Il ne fait donc rien à sa justification, & dès ce moment il frappe sur son auteur. Dès qu'il ne peut pas montrer que le sieur de Prades ne favorise point les incrédules, il montre qu'il en est le fauteur, & que cet argument lui fait plaisir. Par là il détruit son Apologie, & il rétablit la force du témoignage, en faisant voir que même dans cette occasion il n'est pas faux. En deux mots, cet argument n'étoit point *nécessaire* à la justification ; ce n'est donc pas la *néces-sité*, c'est le *plaisir* qui l'a fait faire. Dans sa déroute il combat encore pour l'impiété.

3°. Parce que la Sorbonne & les Evêques de Montauban, de Paris, d'Auxerre, quelque respectable & considérable que tout cela soit, ne forment qu'un témoignage borné qu'on ne peut comparer à une notoriété publique, telle que celle qui atteste les faits qui sont le fondement de la Religion chrétienne.

4°. Quand tout le monde se seroit trompé sur le complot du Bachelier, son argument seroit encore faux ; parce que ce n'est ici qu'un témoignage rendu sur un fait particulier, un fait domestique, caché dans l'obscurité commune à tous les complots. Quelle différence, entre cette sorte de témoignage & celui qu'on rend sur des faits publics, qui frappent les yeux de tout le monde, & tous les sens de l'homme, tels que sont tous les faits de la Religion chrétienne depuis Moyse, & même avant lui jusqu'aujourd'hui.

5°. Après tout, si M. de Prades est persuadé que le *Témoignage* ne peut plus avoir une force, une autorité décisive, même in-

faillible, il peut se tranquilliser & s'épargner la peine de composer des Apologies.
La postérité ne croira pas les accusations
formées contre lui, ni qu'il se soit élevé aucun cri, ni qu'il se soit fait aucun mouvement contre sa Thèse ; elle ne croira pas même qu'il y ait jamais eu ni une Thèse ni une
Apologie, ni même un Abbé de Prades existant ; elle traitera tout cela de *bille-vesée*,
parce qu'elle ne l'apprendra que par le *Témoignage*. Elle croira avec le même fondement, qu'il n'y a jamais eu ni de Sorbonne,
ni d'Evêques de Montauban, de Paris, d'Auxerre, ni peut-être de Villes de ce nom ;
justement persuadée que toute cette histoire
n'est qu'un Roman, comme les incrédules
regardent l'histoire de l'Evangile, celle de
Moyse, celle de l'ancien Testament. Je vous
laisse dans l'admiration du bon sens des incrédules, & suis, &c.

A Mons, *ce* 10 *Janvier* 1753.

DIX-SEPTIÉME LETTRE.

IMPIETÉ DE LA THESE.

VOus avez vû, M. dans ma dernière,
quelles armes le Bachelier de Sorbonne
prend plaisir, ce semble, à fournir aux ennemis de la Religion chrétienne. Ce ne sont
pas les seules ; en voici d'autres encore. En

voulant montrer que ce sont les Appellans & non la Bulle, qui ont inspiré de l'audace & de l'insolence aux *impies* ; il prête à ceux-ci un raisonnement, qui montre son inclination pour eux. Le voici : *Un Martyr ne prouve rien ; il ne suppose qu'un insensé qui veut mourir, & que des inhumains qui le tuent* (3. part. p. 103.) Autre raisonnement : *Un miracle ne prouve rien ; il ne suppose que des fourbes adroits, & des témoins imbéciles.* (p. 104.) Il veut faire entendre que ce n'est pas lui qui raisonne ainsi en faveur de l'impiété, il parle historiquement ; il raconte ce que la résistance des Appellans, & les mauvais traitemens qu'ils ont souffert, ont fait dire aux incrédules. Il raconte, mais voudroit-il bien citer ses auteurs ? Il n'en nomme pas un seul. Mais nous en avons trouvé un qui ne peut pas s'en dédire, c'est lui-même : l'Abbé de Prades, qui dans sa quatriéme Proposition condamnée, a osé dire, que ,, toutes les Religions *vantent* avec trop ,, d'*ostentation* leurs *miracles*, leurs oracles, ,, leurs *martyrs* : ,, qui dans la neuviéme Proposition condamnée, a dit, que *toutes les guérisons miraculeuses que J. C. a faites, sont par elles-mêmes des miracles équivoques qui n'ont point pour nous persuader la force des miracles, parce qu'elles ont quelque* RESSEMBLANCE *avec les guérisons opérées par Esculape.* Quel cas un tel homme fait-il des *Miracles* & des *Martyrs*? Il nous permettra de faire contre lui un raisonnement très-simple, qui sera pour lui néanmoins, s'il en veut profiter.

De son aveu c'est l'*impiété* qui prétend qu'un *martyr* ne prouve rien, parce qu'il a de la *ressemblance* avec de faux Martyrs ; qu'un *miracle* ne prouve rien, parce qu'il a de la *ressemblance* avec les *faux miracles* d'un *fourbe*. Ce que l'impiété dit, M. de Prades le dit dans les Propositions que vous venez de lire. Les guérisons miraculeuses que J. C. a faites..... ,, n'ont point de force ,, pour nous persuader, parce qu'elles ont ,, quelque *ressemblance* avec les guérisons ,, opérées par Esculape. De son aveu elles sont donc *impies*. Après cela il viendra nous faire des Apologies contre ceux qui les ont condamnées comme *impies*.

Je n'examinerai pas, M. quelle force peut avoir contre les Appellans, l'argument que fait l'Abbé de Prades, pour montrer qu'ils ont par leur conduite affermi les incrédules dans l'impiété ; cela ne fait rien à mon sujet. Mais je trouve des écrits qui mettent au contraire sur le compte de la Bulle les progrès trop rapides que l'impiété a faits depuis quelque tems. Voilà une nouvelle dispute qui s'engage avec lui. L'Auteur des *Observations* sur sa Thèse, est un des tenans, & je vous auoue que je ne vois pas comment le Bachelier de Sorbonne pourra se débarasser de cet antagoniste.

Ce Bachelier a encore cela de commun avec les incrédules, qu'il ne souffre pas fort patiemment qu'on entreprenne de donner des loix à la *raison*. Après avoir rapporté quelques paroles de l'Instruction Pastorale

d'Auxerre, fur l'abus de la raifon qui eft la
fource de l'incrédulité, il s'écrie (*p. 17.*) Je
„ ne connois rien de fi indécent & de fi inju-
„ rieux à la Religion, que ces déclamations
„ vagues de quelques Théologiens contre
„ la *Raifon.* „ Entendez-vous, M. un Théologien de deux jours, qui prend un ton de
maître comme un homme d'un grand poids,
dont le jugement doit faire décifion : *Je ne
connois rien de fi indécent !* „ Il me femble
„ donc, continue-t-il, que quelqu'un qui
„ fe propoferoit une inftruction folide fur
„ cette matiere, diftingueroit bien les vé-
„ rités qui forment *l'objet* de notre foi, des
„ démonftrations, qui fervent de baze à
„ notre culte.... Ce feroit être bien mau-
„ vais Théologien, que de confondre la
„ *certitude* de la Révélation, avec les *véri-
„ tés révélées.* „ A qui en veut-il ? Qui eft-
ce qui les a confondues ? L'Inftruction Paf-
torale, parle contre ceux qui veulent foumettre à des raifonnemens philofophiques,
non les preuves & la *certitude* de la Révélation, mais *les vérités divines annoncées
par la Révélation,* (Inftr. Paft. in-12. p. 20.)
comme fait tous les jours entr'autres Voltaire, le grand protecteur du fieur de Prades, & encore tout récemment dans un écrit
de cette année ; cela n'eft point vague,
mais net & précis. Le Bachelier a retranché
ces paroles de la fuite du texte, & les a rem-
placées par des points. C'eft qu'il falloit donner des leçons, & felon le ftile des incrédules, préfenter fes adverfaires comme des

hommes d'un genie étroit qui confond tous
les objets.

Son vaste génie en voulant embraffer tout,
fe confond, & laiffe échapper ici encore
une Propofition qui eft bien dans le goût &
le plan des Incrédules. ,, C'eft, dit-il,
,, (3. *part. p.* 19.) être Chrétien comme on
,, eût été Mufulman, que de ne pas confa-
,, crer à l'*étude* des preuves de la Religion
,, chrétienne une *partie confidérable de fa*
,, *vie*. Sans cette étude, c'eft entrer dans le
,, fein du Chriftianifme comme un troupeau
,, de bêtes entre dans une étable. ,, Je
prends la liberté de lui demander: Ces gens
font-ils Chrétiens, ne le font-ils pas ? S'ils
font vrais Chrétiens, à quel propos ces airs
de mépris ? Veut-il obliger tous les fimples
à cette *longue étude ?* Si cette *étude* eft abfo-
lument néceffaire ; tous ceux que les befoins
de la vie, & la nature de leurs occupations
ou la qualité de leur génie met hors d'état
de s'y appliquer, ne feront donc pas chrétiens ; le falut ne fera que pour un très-petit
nombre de Savans. Combien même d'entre
eux mourront avant la fin de cette *longue*
étude, avant de pouvoir être Chrétiens !
Pour qui fera la Religion ? Il paroît que le
fieur de Prades auroit befoin de quelques
leçons fur l'analyfe de la foi des fimples,
c'eft-à-dire, fur le développement des principes ou fondemens qui rendent leur foi raifonnable & qui la diftinguent d'une crédulité légére, aveugle, hazardée. C'eft ce que
nous pourrons entreprendre quelque jour

Je ne pousserai pas ces réflexions plus loin,
je vous donne le bon soir, & suis, M. &c.

A Mons, ce 15 Janvier 1753.

DIX-HUITIÉME LETTRE.

AME DE FEU.

Monsieur de Prades fait beaucoup de
discours dans l'article V. de la troisiéme partie, & encore plus dans la deuxiéme partie au sujet de sa premiére Proposition. Vous pourriez vous y perdre. Ce sont
des frais grands & inutiles, parce que tout
se réduit naturellement & de soi-même à un
seul point précis & décisif exposé à la page
23. de la troisiéme partie en ces termes,
„ Oui, M. je pense *très-sincerement* . . . . .
„ que l'homme n'apporte en naissant ni *con-*
„ *noissance*, ni *réflexions*, ni *idées*. Je suis
„ sûr qu'il resteroit comme une *bête brute*,
„ un *automate*, une *machine* en mouve-
„ ment, si l'usage des sens *matériels* ne met-
„ toit en exercice les facultés de son ame. „
Remarquez les facultés d'une *ame* qui n'a
ni *connoissance*, ni *réflexions*, ni *idées*, d'une
intelligence qui n'entend point, d'un esprit qui ne pense point, qui ne connoît
point, peu différent d'une taupe, selon Voltaire, & aussi facile à concevoir, aussi réel

qu'un corps fans étendue. Si l'ame n'est
qu'un peu de matière plus affinée que la matière grossière & terrestre, je conçois facilement qu'elle n'a ni *connoissance*, ni *réflexions*, ni *idées*. Cela quadre parfaitement
avec une *ame de feu*, *mens ignea*, comme il
l'appelle, semblable, & sans doute de même
nature que le *soleil* qui est aussi de *feu*, *sol
igneus*. C'est, dit-il, *le sentiment de Locke*,
c'est-à-dire, d'un homme porté à croire que
la matière peut penser. * Et moi j'ajoute,
que c'étoit aussi le sentiment de *Spinofa*,
qui regardoit l'ame comme une table rafe
fur laquelle il n'y a rien d'écrit : *Tabula
rasa*. L'abbé de Prades le dit comme Spinofa. (*p. 21.*) ,, M. d'Auxerre veut-il que
,, l'homme de ma Thèfe foit fans idées,
,, comme *une table rafe fur laquelle il n'y
,, a rien d'écrit* ? *A la bonne heure*, & il
,, protefte qu'il fe croiroit mauvais Philo-
,, fophe, s'il embraffoit une autre opinion.
(*p. 22.*) C'étoit le fentiment des Lockes,
des Prades, des Spinofa du tems de Salo-
mon. ,, L'ame, difoient-ils, (*Sap. II. 2.*) est
,, comme une *étincelle de feu*, qui remue le
,, cœur. Lorfqu'elle fera éteinte, notre corps
,, fera réduit en cendres & l'efprit fe diffi-
,, pera comme un air fubtil.
  C'eft donc le fentiment de *Locke*, c'eft celui de l'*expérience*, & de la *vérité*, dit l'Apo-

_____

* Auffi la Philofophie de Locke eft aujourd'hui fort
tombée en Angleterre, après y avoir été quelque
tems à la mode.

logifte.

logiste. De la *vérité* ? Il n'y pense pas : c'est de quoi il est question ; c'est ce qu'il s'agit de savoir ; c'est ce qu'il faut prouver & qu'on ne prouve pas en disant, c'est la vérité. Nous venons de voir l'autorité de Locke. Reste à examiner l'*expérience* : la voici. ,, J'ai montré dans ma Thèse l'hom-
,, me, tel que l'*expérience* me l'a fait con-
,, noître.... au-dessous de la *bête* dans la pas-
,, sion, dans l'yvresse & dans la folie; *sem-*
,, *blable* * à la bête dans l'imbécilité, dans
,, l'enfance & dans la caducité; & *semblable*
,, *à la bête farouche* dans les déserts, dans
,, les forêts, chez le Cannibale, & chez le
,, Hottentot. (*p. 26. 27.*) C'est justement l'*expérience* de tous les Matérialistes, dont ils font usage pour prouver que l'ame est matérielle, & que l'ame n'est qu'une machine ! M. de Prades se rencontre par-tout avec eux.

Pour faire des expériences & en tirer les conséquences qui en résultent, il faut beaucoup d'adresse & de sagacité. Presque toujours on manque d'attention pour quelque circonstance qui change tout, & met en déroute le système & le Philosophe. C'est ce qui est arrivé à notre jeune Bachelier. A l'état d'*imbécilité*, de l'*enfance*, & de la

---

L'Ecriture Sainte compare l'homme à la bête, mais par métaphore, à cause de ses vices & de ses crimes. Chez M. de Prades & les incrédules, l'homme est semblable à la bête naturellement & au pied de la lettre.

H

caducité, dans lesquels il trouve l'homme *semblable à la bête*, il devoit ajouter l'état du *sommeil*. Il y auroit trouvé plus de lumieres qu'il n'en a, lorsqu'il est éveillé. Pendant que M. de Prades dort profondément, nous nous disons les uns aux autres : Voyez ce que c'est que le plus grand homme ! quelle différence entre lui & la bête à ce moment ? Où est à présent ce génie profond ? Qu'est devenu le Philosophe expérimenté, le Théologien savant ? Son ame enrichie de tant de connoissances rares, de tant de découvertes inconnues à nos peres *& capables d'étonner les plus intrépides Théologiens*, (1. *part. p.* XXV.) a tout perdu en un instant, tout cela s'est évanoui ! Au moment que M. de Prades a fermé l'œil, son ame est devenue une table rase où il n'y a rien d'écrit, point de *connoissances*, point de *réflexions*, point d'*idées*; il ne connoît ni Dieu, ni la loi naturelle: tout est anéanti; il n'a pas plus de connoissances qu'un enfant dans le sein de sa mere. S'il connoissoit Dieu & la loi naturelle, il seroit obligé d'en remplir les devoirs, & il seroit capable de commettre des péchés actuels en y manquant. (2. *part. p.* 5.) Cependant, tout le monde en convient, dans ce profond sommeil où ce grand homme est enseveli, il n'est pas capable de commettre des péchés actuels, non plus qu'un enfant qui vient au monde. D'où il faut conclure selon sa philosophie, que M. de Prades alors n'a plus d'*idée* de Dieu, ni de la loi naturelle, comme il en conclut qu'un

enfant dans le sein de la mere n'en a point;
* Mais par un autre miracle, qui se répéte tous les jours, en un instant, en un
clin d'œil, sitôt qu'il sera éveillé, au moment qu'il ouvrira la paupiere, une multitude infinie de connoissances & d'idées viendront se graver sur la table rase de son ame;
& l'homme le plus ignorant devient tout-à-
coup l'homme le plus savant, celui qui
étoit semblable à la bête, devient semblable aux intelligences sublimes, il prend
l'essor & s'éleve jusqu'au ciel. Telle est l'expérience de M. de Prades. Que s'il répond
que pendant le sommeil ses idées ne s'é-
toient point effacées, & qu'elles étoient
habituellement dans son ame; il sait donc
ce que c'est que des connoissances *habituel-
les* & non apperçues. Qu'il comprenne
qu'elles peuvent être de même dans un enfant. Elles seront apperçues & réfléchies à
mesure qu'il sortira d'un sommeil dont on
ne s'éveille pas dans un instant, comme du
sommeil journalier, mais peu à peu pendant plusieurs années, & avec du secours.
Je pourrois en poussant ceci plus loin, entrer dans toutes les différences, & dans tous
les rapports de convenance, qui se trouvent
entre ces deux états, pour en tirer une lumiere plus abondante, & réfuter d'avance
jusqu'aux moindres répliques. Mais nous
ne voulons pas faire une dissertation, il

* C'est son grand argument contre les idées in-
nées.

ſuffit pour le préſent d'avoir montré le vrai.

Le ſieur de Prades cherche des excuſes à ſon expreſſion d'*eſprit de feu*, *mens ignea*. Depuis le bruit qu'a fait ſa Thèſe, il dit qu'il ne l'a employée, cette expreſſion, que pour marquer l'activité & la vivacité de l'ame. Ce n'eſt point là le moyen de ſe tirer d'affaire. Quand il a fait uſage de la même expreſſion en parlant du ſoleil, *ſol igneus*, c'étoit donc auſſi pour marquer l'activité & la vivacité du ſoleil ; alors tout ſeroit encore égal entre le ſoleil & l'ame, & le crime ſubſiſte.

Uſons de condeſcendance avec M. de Prades ; paſſons-lui cette expreſſion ; & quand on nous ſoutiendra que nous avons avalé l'hameçon du matérialiſme, nous ne manquerons pas de faire des Apologies pour lui comme pour nous. Nous répondrons donc que cette expreſſion ne marque rien autre choſe que l'activité de l'ame ; & nous ſerons perſifflés par tous les Matérialiſtes du monde.

En vain le Bachelier s'écrie-t-il : ,, Oui, ,, je crois & j'ai toujours cru que l'ame eſt ,, *ſpirituelle* dans toute la rigueur de ce ter- ,, me. ,, (1. *part. p.* XIV.) Il faut qu'il condamne ſa Propoſition & toutes celles qu'il y a ajoutées pour la défendre, afin de ne pas dire le pour & le contre tout à la fois ; il faut les rétracter avec ſimplicité, avec courage, avec humilité. Mais lui ſe *rétracter !* Nous n'y penſons pas. Ce n'eſt point le coupable ſur la ſelette qui doit avouer ſon

crime & en demander pardon. C'eft lui qui
condamne fes Juges à fe rétracter eux-mêmes. ,, Il faut que la Sorbonne revienne de
,, fes injuftices ; que M. l'Archevêque de
,, Paris *rétracte* fon Mandement ; que le
,, Parlement rougiffe de fon Décret ; que
,, M. l'Evêque d'Auxerre fonge à ne pas
,, mourir dans fes préjugés ; & que les au-
,, tres Eccléfiaftiques confeffent leur igno-
,, rance & leur indifcrétion. ,, (3. *part.*
p. 106.) aux pieds du fage & favant Abbé de
Prades.

Je finis, comme vous voyez, par la petite piéce ; après elle on n'attend plus rien,
on fe donne le falut & l'on s'en va.

A Maubeuge , ce 21. *Janvier* 1753.

P. S. J'ajouterai pourtant encore un petit
mot, mais qui me paroît important. L'homme, difent-ils, eft femblable à la bête dans
l'enfance & dans la *caducité.* Il commence
& finit donc de la même maniere, bête en
naiffant, bête en mourant, fans *idées* dans
l'un & dans l'autre état, fans *connoiffances*,
fans *réflexions.* N'eft-ce pas précifément ce
que difent les impies dans l'Ecriture fainte :
*L'homme & la bête font une même fin ; l'hom-
me n'a rien de plus que le cheval.* Ecclef.
c. 3. v. 19.) Une telle impiété a-t-elle befoin de Commentaire ?

H 3

DIX-NEUVIEME LETTRE.

L'HOMME FACTICE.

MONsieur de Prades avoit entrepris de faire connoître l'homme ; mais il nous a montré un homme imaginaire , que cependant il appelle l'homme naturel , au lieu de le repréfenter tel que l'Ecriture nous le dépeint créé dans l'innocence ; puis déchu & corrompu par le péché. On lui en a fait des reproches ; & il apporte des excufes : on n'en manque jamais. ,, Toute la ,, Théologie, dit-il, (*p. 28.*) a été diftri- ,, buée en plufieurs Thèfes , dont chacune ,, a fon objet. ,, On le favoit bien. ,, La ,, vérité de la Religion eft celui de la ma- ,, jeure. ,, Perfonne ne l'ignoroit. ,, Un Ba- ,, chelier s'expoferoit à quelque réprimande ,, défagréable & jufte , s'il faifoit entrer ,, dans un acte les matieres qu'il a dû fou- ,, tenir dans un autre, *au-delà de ce que les* ,, *liaifons le demandent.* ,, Les *liaifons dé- mandent* donc qu'on les rappelle en peu de mots. Le Bachelier ne s'y eft pas conformé ; Voilà de quoi on le blâme ; & cependant il en prend occafion d'infulter un Prélat , comme fi M. de Prades étoit le feul homme du monde capable de dreffer une Majeure , & que perfonne avant lui n'eût fçu faire un tel ouvrage.

Il n'a pas voulu comprendre qu'on lui demandoit de rappeller le péché originel sommairement & de la même manière qu'il le fait à l'endroit de son Apologie où nous en sommes. Pesez un peu ce qu'il dit. ,, Il étoit ,, question dans ma Thèse...... (*p. 33.*) de ,, l'homme *corrompu*, proscrit, & sortant ,, avec peine des ténébres de l'ignorance, ,, de l'homme *d'aujourd'hui*, le seul qui fût ,, connu & admis des adversaires que j'a- ,, vois à combattre. ,, Que ne le disoit-il dans sa Thèse, puisqu'*il en étoit question ?* Que n'avertissoit-il ses adversaires, que cet homme n'étoit pas l'homme *naturel*, mais l'homme *corrompu ?* Ils le pouvoient comprendre : des Payens mêmes ont connu cette corruption de l'homme.

Ce qu'il veut nous montrer ici comme impraticable, il avoue lui-même par la contradiction la plus sensible, qu'il l'a fait sur un autre sujet. ,, Quoique dans une *Majeure* ,, on ne se propose pas de défendre les *mys-* ,, *téres*, cette partie de la Théologie étant ,, *réservée aux autres Thèses*, les Conciles ,, dont j'ai parlé, m'ont fourni l'*occasion* de ,, ne laisser aucun soupçon sur ma croyance. ,, Je commence par le premier des mystéres, ,, celui de la Trinité, &c. ,, (2. *part. p. 57.*) Ce qu'il a fait sur ce mystére, il le pouvoit faire sur celui du péché originel, sans s'exposer à une réprimande désagréable.

A propos de Thèses, il éléve la Sorbonne moderne beaucoup au-dessus de l'ancienne. L'entreprise n'est pas petite. Peut-être qu'il

ne veut pas persuader. „ Il est arrivé, dit
„ l'Abbé de Prades, (3. *part. p. 3. L.*) dans
„ les Ecoles de Théologie une grande ré-
„ volution depuis que M. d'Auxerre en est
„ sorti. „ Cela n'est que trop vrai, personne
ne l'ignore, & c'est de quoi le Prélat se plai-
gnoit. „ Les Thèses nouvelles, continue-
„ t-il, sont remplies d'une infinité de ques-
„ tions, dont on n'avoit pas la moindre
„ notion il y a cinquante ans „. remplies
même de blasphèmes, qui se sont produits
enfin dans la Thèse du sieur de Prades. C'est
la preuve qu'il donne *de la supériorité de la
Faculté moderne sur l'ancienne.* Il se flatte
que si M. d'Auxerre y faisoit bien attention,
il reviendroit un peu de ce mépris qu'il témoigne pour la faculté moderne. Comment pourroit-il s'en défendre ? Rien de plus
persuasif que cette apostrophe du Bachelier : „ Docteurs de Sorbonne, répondez.
„ (*p. 6.*) S'il est vrai que ma Thèse fût un
„ tissu de *blasphèmes* horribles, comme
„ vous l'avez annoncé dans le préambule
„ de votre censure, vous avez tous applaudi
„ à mon impiété, & M. d'Auxerre a raison.
„ En effet à quel point d'*ignorance* & d'*avi-
lissement* (*p.* 14.) ce Corps ne seroit-il pas
„ descendu, si une société d'impies avoit pû
„ former avec quelque vraisemblance de
„ succès, le projet de lui faire approuver
„ ses erreurs, & qu'elle eût consommé ce
„ projet ! „ Remarquez, je vous prie, M.
trois choses dans ces paroles. 1°. La Thèse
de M. de Prades est remplie de blasphèmes.

C'eſt la Sorbonne qui l'aſſure. 2º. La Sor
bonne a applaudi à la Thèſe impie. C'eſt
l'Abbé de Prades qui l'atteſte. 3º. La Sorbonne eſt donc deſcendue, comme il le dit,
à un point d'*ignorance* & d'*aviliſſement* pro-
digieux. C'eſt ainſi qu'il démontre que la
Faculté moderne eſt ſupérieure à l'ancienne.
Ce ſont les témoignages combinés de la
Sorbonne & de ſon Bachelier qui forment
cette démonſtration. Il défend la Sorbonne
d'une maniere qui la déshonore.

Revenons à cette heure au mépris que le
Bachelier attribue à M. d'Auxerre pour la
Sorbonne moderne ; j'oſe dire que le Prélat
ne la mépriſe pas ; il la plaint, & par un
avis ſalutaire, il lui montre la cauſe & le
reméde de ſon malheur. Le premier dégré
du bonheur, c'eſt d'être ſage aux dépens des
autres : *Feliciter ſapit, qui alieno periculo.*
Le ſecond dégré, c'eſt de devenir ſage à ſes
propres dépens. M. d'Auxerre voudroit que
la Sorbonne s'inſtruisît, du moins, par ſes
propres miſéres.

Mais voici quelque choſe de curieux : ne
perdez aucune des paroles du Bachelier.
,, En attendant (*p.* 35.) que la nouvelle Sor-
,, bonne donne à M. d'Auxerre quelque *le-*
,, *çon* ſur l'état de *pure nature*, je vais, dit-
,, il, lui dire ce que c'eſt que l'*état de na-*
,, *ture* dans la nouvelle Philoſophie. ,, Cet
admirable étudiant oublie qu'il eſt écolier
de Sorbonne, de qui il vient de recevoir,
non à la vérité une *leçon* lumineuſe, mais

H 5

un châtiment * juste & humiliant. Malgré
cela il fait bonne contenance. Il dit donc
que „ dans la nouvelle Philosophie *l'état*
„ *de nature* n'est point celui d'Adam avant
„ sa chûte..... mais la condition *actuelle* de
„ ses descendans considérés en *troupeau*, **
„ & non *en société* ; condition non-seule-
„ ment possible, mais subsistante, sous la-
„ quelle vivent presque tous les Sauvages;
„ (Cela est faux & démenti par les meilleures
Relations : pas un seul peuple en cet état.)
„ dont il est *très-permis de partir*, quand
„ on se propose de découvrir philosophi-
„ quement..... l'origine & la chaîne de ses
„ connoissances ; dans laquelle on recon-
„ noît à l'homme des qualités spéciales, qui
„ l'élèvent au-dessus de la bête , d'autres
„ qui lui sont communes avec elle...... en-
„ fin des *défauts*, ou si l'on aime mieux ,
„ des *qualités moins énergiques*, qui l'abaiss-
„ sent au-dessous.
„ Une réflexion importante. L'Auteur, deux
„ pages auparavant, avoue que „ l'homme
„ *d'aujourdhui* est un homme *corrompu*,
„ proscrit & sortant avec peine des ténèbres

---

* La Sorbonne a frappé de *Censures* la Thèse de
M. de Prades ; sans donner une Instruction Doc-
trinale.

** „ J'entends , dit-il , par l'état de *troupeau*,
„ celui sous lequel les hommes sont rapprochés par
„ l'instigation simple de la nature , comme les
„ *singes*, les *cerfs*, les *corneilles*, &c. p. 36.

, de l'ignorance. ,, Il n'est donc pas dans
l'*état de nature*, mais dans l'état de la *nature*
corrompue, altérée, viciée. Dans le vrai,
l'état de nature est l'état d'intégrité, l'état
d'un être tel qu'il est par lui-même, ou tel
qu'il a été fait par l'ouvrier. Prendre l'un
pour l'autre, c'est être un très-mauvais
Philosophe. S'il est très-*permis de partir* de
cet état de corruption pour nous développer la *nature* de l'homme, il est *très-permis*
de s'égarer dès le premier pas qu'on fait en
partant ; il est très-permis pour me montrer l'art & le jeu d'une montre, pour m'en
donner une idée *naturelle* & juste, de choisir une montre dont le ressort & toutes les
roues sont endommagées, le mouvement
altéré ; c'est choisir sagement dans un Hôpi-
tal un homme dont le corps est mangé par
des ulcéres affreux, ou presque détruit par
les plus fâcheuses maladies, pour me donner l'idée de l'*état naturel* de l'homme.
Quels Philosophes ! C'est de la Philosophie
toute *nouvelle* : elle est pleine de merveilles
& de prodiges.

Voilà donc d'où M. de Prades est prudem-
ment parti ; c'est de là que sont partis quantité d'incrédules. Pouvoient-ils manquer
d'atteindre juste au but ? Qu'en est-il arrivé ? Qu'ils ont pris les maladies de l'homme
pour l'*état naturel* de l'homme. Nous n'a-
vons pas besoin, ont-ils dit, des Ecritures
de l'ancien & du nouveau Testament pour
connoître l'homme, nous l'avons sous nos
yeux, cet homme, c'est nous-mêmes ; nous

H. 6.

n'avons qu'à l'étudier & l'obferver, comme
on obferve toute la nature, & voir ce que
nous y trouverons. Ce fera là *fon état naturel.* Nous y remarquons de grandes qualités qui l'élévent au-deffus des bêtes, d'autres
qui le rabaiffent au deffous, c'eft *fa nature.*
Il a de l'ignorance : c'eft *fa nature.* Il a des
paffions, une concupifcence : c'eft *fa nature.* Erreur de croire qu'il y ait quelque
chofe à réformer dans l'homme : il eft tel
qu'il a été fait. La concupifcence eft une
qualité naturelle ; dire qu'elle eft mauvaife,
ce feroit accufer la nature & celui qui eft
l'auteur de la nature. Voilà où tous les impies font venus par ce chemin, & voilà auffi
où M. de Prades eft arrivé comme les autres. ,, Enfin, dit-il, l'homme a *des dé-
,, fauts,* ou fi l'on aime mieux, des *quali-
,, tés moins énergiques,* qui l'abaiffent *au-
,, deffous de la bête.* ,, Quelles font ces *qualités,* ces perfections *moins énergiques* qui
l'abaiffent *au-deffous de la bête ?* Il les a nom-
mées page 27. ,, L'homme eft *au-deffous de
,, la bête* dans la *paffion,* dans l'yvreffe,
,, dans la folie. ,, C'eft ici la *paffion* déréglée,
c'eft-à-dire, la concupifcence, car la paffion réglée nous éléve au-deffus de la bête.
La *Concupifcence* eft donc, felon lui, une
qualité, une perfection *moins énergique.*
Voilà où il eft arrivé en *partant* de fon principe. Heureufe rencontre de M. de Prades
avec les impies!

Je vous montrerai la fois prochaine d'autres découvertes de ces grands obfervateurs

de la nature. Ceci suffit pour aujourd'hui.
J'ai l'honneur, &c.

A Maubeuge, ce 26. Janvier 1753.

VINGTIÈME LETTRE.

LA LOI NATURELLE.

JE n'entreprens pas, M. de traiter à fond ce sujet, mais seulement de faire quelques Réflexions sur ce que dit l'Abbé de Prades : Je pourrai quelque jour lui donner plus d'étendue. Rapportons d'abord ses paroles. ,, On peut assurer *sans danger*, dit- ,, il, (3. *part. p.* 15.) qu'il n'y a aucune *no-* ,, *tion morale*, qui soit innée, & que la ,, connoissance du bien & du mal découle, ,, ainsi que toutes les autres, de l'exercice ,, de nos facultés corporelles.... Quant à la ,, manière dont cette notion de la Loi na- ,, turelle se forme, je crois que c'est une ,, induction assez immédiate du *bien & du* ,, *mal physique.* ,, *Les sensations agréables* font le bien physique. (*p.* 76.) Tous ceux qui nous procurent des sensations agréa- bles, font *bons, bienfaicteurs, justes, équi- tables* : voilà le *bien moral*, l'idée de la *ver- tu*, qui nous est venue par les sens : la *vertu* consiste à nous procurer du plaisir, des *sensations agréables.* Les sensations désa-

gréables, douloureuſes, ſont le mal phyſique. Tous ceux qui nous procurent ces ſortes de ſenſations fâcheuſes, ſont des hommes *méchans*, *malfaicteurs*, *injuſtes*, *cruels*,
voilà le *mal moral*. Le *vice*, l'*injuſtice*, c'eſt
de faire un mal phyſique à notre corps : la
vertu, la *juſtice*, c'eſt de faire un bien phyſique à notre corps. Morale de la ſenſuali-
té ; morale ſortie de l'école d'Epicure. C'eſt
en cela que conſiſte la *Loi naturelle* dans
les nouveaux ſyſtêmes. Les premières paroles de la ſeconde propoſition cenſurée dans
la Theſe de l'Abbé de Prades, ſemblent demander qu'on les rapproche de celles-ci.
„ *La nature nous fait une loi de choiſir* par-
„ mi les objets *extérieurs* ceux qui peuvent
„ nous être *utiles*. „ Voilà par où commence
l'homme.

Je vous prie, M. de remarquer l'enchaî-
nement que M. de Prades met dans nos
idées, leur ſuite, leur gradation. „ 1. de-
„ gré. Chacun cherche ſon *utilité* corpo-
„ relle. (2. *Prop. cenſurée.*) 2. dégré. De là
„ les *Loix civiles*, les *Loix politiques*, le
„ droit des gens, pour empêcher la tyran-
„ nie qui voudroit nous enlever notre *bien*
„ *utile*. 3. De-là, c'eſt-à-dire, des Loix ci-
„ viles ou du mal phyſique que nous fait la
„ tyrannie, viennent les notions de ce qui eſt
„ *juſte* ou *injuſte*, du *bien* & du *mal moral*.
„ 4. De-là, de cette notion vient la loi na-
„ turelle ou la *notion* de la *loi naturelle*,
„ régle véritable à laquelle les hommes ont
„ dû conformer leurs loix *civiles* & *politi-*

», *ques.* », Ils les y auront conformées avant
de la connoître. Car les loix civiles & politiques font au 2. dégré avant que la loi naturelle soit connue, elle ne l'est qu'au quatriéme dégré. M. d'Auxerre a fort bien relevé cette contradiction grossiere, & le Bachelier n'a pas pu y répondre un seul mot.
On peut ajouter que les hommes auront fait
les loix civiles & politiques avant que d'a-
voir les notions du vice & de la vertu, du
bien & du mal moral, connoissances qui ne
viennent qu'au troisiéme dégré. Si l'homme
est équivalent à une taupe, comme le veut
Voltaire, on conçoit comment il peut avoir
dressé les loix civiles & politiques sur le
modéle de la loi naturelle avant de la connoître.

M. de Prades fait naître les notions du
bien & du mal moral, après l'établissement
des loix civiles. C'est un morceau du plus
monstrueux de tous les systêmes de Religion. Les Déistes de la plus mauvaise espéce renversent les bornes, qui séparent le
bien & le mal moral ; ils prétendent que
Dieu ne se met pas en peine des actions
moralement bonnes ou moralement mauvaises, que les hommes peuvent faire ; ils
soutiennent qu'elles ne font bonnes ou mauvaises *qu'en vertu de l'établissement arbitraire des loix humaines.* Qu'avant la création de ces loix tout est égal ; il n'y a ni
vice, ni vertu : vice & vertu font des noms
qui ne signifient rien. C'est le sentiment de
Hobbes ce grand chef des impies avec Spi-

nota : injuriam nemini fieri, nisi ei quocum initur pactum. Hobb. de Cive.

Je sais que M. de Prades proteste hautement qu'il reconnoît une différence essentielle entre le bien & le mal, que la différence entre le vice & la vertu est naturelle & ne dépend point du caprice des hommes. Mais il rend tout cela inutile, parce qu'il établit ici le principe d'où sort nécessairement ce dogme monstrueux qui confond le vice & la vertu. Car s'il est vrai que la notion du bien & du mal n'est qu'une conséquence des *loix civiles*, il s'ensuit que la distinction du bien & du mal, du vice & de la vertu, est arbitraire & dépend du caprice des hommes, comme ces sortes de loix en dépendent ; ainsi, comme disent les Déistes, *les actions ne sont bonnes ou mauvaises qu'en vertu de l'établissement arbitraire des loix humaines.*

M. de Prades, pour éloigner cette idée, voudroit nous faire entendre que les loix civiles ne sont point arbitraires, parce que *la loi naturelle est la régle véritable à laquelle les hommes ont dû conformer leurs loix civiles & politiques.* Ils l'ont dû ; mais s'ils ne l'ont pas fait ! Ils l'ont dû ; mais s'ils ne l'ont pas pû faire ! Et en effet ils ne l'ont pas pû selon le plan de la Thèse. La preuve, vous l'avez déja vûe ; c'est qu'il fait naître la connoissance de la loi naturelle, quelque tems après l'établissement des loix civiles & politiques. Ces loix sont donc nécessairement arbitraires malgré sa belle ma-

xime de les conformer à la loi naturelle. Il
ne peut donc disconvenir que la différence
qu'elles mettent entre les choses qu'elles
commandent & celles qu'elles défendent,
est arbitraire. Ce qu'elles défendent, & ce
qu'elles ordonnent, est ce qu'on appelle le
bien & le mal moral ; la différence entre l'un
& l'autre, entre le vice & la vertu, est donc
arbitraire. Si M. de Prades ne se joue pas
de nous dans ses réponses, il a été le jouet
de son systême.

Il croit mettre à son opinion un appui inébranlable par un trait tiré des Mémoires de
l'Académie Royale des Sciences, année
1703. Un jeune homme de Chartres âgé d'en-
viron vingt-cinq ans, sourd & muet de
naissance, s'étant trouvé subitement guéri
d'une maniere naturelle, commença tout à
coup à parler, au grand étonnement de
toute la ville, après avoir écouté pendant
quatre mois sans rien dire, pour apprendre
les termes de la langue. Aussi-tôt des Théologiens habiles l'interrogèrent sur son état
passé, & leurs questions principales roulé-
rent sur *Dieu*, sur *l'ame*, sur la *bonté* ou la
malice morale des actions. Il ne parut pas
avoir *poussé ses pensées jusques-là*. Voilà
donc une expérience, qui, selon M. de Prades, nous apprend que l'homme naturellement ne connoît ni Dieu, ni l'ame, ni la
loi naturelle ; il ne sait pas distinguer le
bien & le mal, il confond ensemble le vice
& la vertu, le juste & l'injuste ; l'homme n'a
point d'idées, point de connoissances, tout

lui vient après coup par l'usage des sens
corporels.

Sans faire aucun tort à la réputation de
l'Académie des Sciences qui a inséré dans
ses Mémoires un fait curieux, rare, & très-
vrai dans toutes les circonstances physiques,
on peut se défier des talens de ceux qui exa-
minèrent le jeune homme sur la morale.
Etoient-ils aussi habiles qu'on le suppose ?
Prévenus peut-être de faux principes, ne se
sont-ils pas contentés d'un examen superfi-
ciel qui flattoit leurs préjugés ? Etoient-ils
capables de tourner un homme comme il
faut, pour le développer & en tirer tout ce
qui s'y trouve ? On a encore plus besoin
d'adresse avec une personne qui ne connoît
qu'un très-petit nombre de mots de sa langue, une personne qu'on n'a point prati-
quée, qu'on n'a vue qu'en passant, avec qui
l'on n'a point vécu ; son impossibilité de
répondre aux questions de morale, qu'on lui
fit, venoit-elle du défaut d'idées, ou du
défaut d'expressions ? Ce qui est certain,
c'est que le jeune homme n'étoit pas sur la
morale tel qu'on le représente. M. de Prades lui-même sera forcé d'en convenir plus
que personne. Vous l'allez voir.

Si ce jeune homme ne savoit pas faire la
différence du bien & du mal, du juste & de
l'injuste, du vice & de la vertu ; il faut dire
qu'il pensoit qu'on peut tuer un homme sans
aucun sujet, de gayeté de cœur, sans en
avoir été offensé, sans y être porté par aucune espérance de profit, ou par aucune

crainte de mauvais traitement ; qu'il regardoit un tel meurtre comme une action auſſi
bonne, auſſi juſte, auſſi louable que celle
de ſauver la vie à un homme & de lui faire
du bien ; que ſelon ſes idées, c'eſt une action auſſi bonne de tuer ſon propre père,
& de le faire paſſer auparavant par les tour-
mens les plus cruels, de prendre plaiſir à
une telle barbarie, d'en faire ſes délices &
d'en rire, que de lui ſauver la vie & de lui
procurer toute ſorte de bien, lors ſur-tout,
que cela ne coute rien. Il faut dire que ce
ſont-là les ſentimens de la nature ſans éducation. Cela eſt-il vrai ? Qui jamais le croira ? M. de Prades lui-même ne le croit pas.
Il faut donc qu'il convienne que ce jeune
homme mettoit de la différence entre la
juſtice ou l'injuſtice de ces deux actions, &
que par conſéquent il connoiſſoit la différence du bien & du mal moral. Le fait à
donc été mal examiné, la nature mal étu-
diée par les Théologiens, qui ont queſ-
tionné le jeune homme, & par M. de Prades lui-même qui ſe contente de leur rapport.

Oui, je dis que l'Abbé de Prades ne croit
pas lui-même que le jeune homme fût capable de confondre enſemble ces deux actions
juſqu'au point de les regarder comme également bonnes & louables. Oſeroit-il dire le
contraire ? J'avoue qu'il le dit équivalem-
ment lorſqu'il ſoutient que le jeune homme
ne connoiſſoit point *la bonté ou la malice
morale des actions*. Il le dit. Il ſera forcé de

se dédire. Trop échauffé en écrivant, il n'a pas pris garde à ce qu'il avançoit. L'entêtement à défendre une mauvaise cause l'a précipité contre son intention dans le profond abyme du systême de Hobbes. Il croit combattre ce chef des impies, il suit ses drapeaux.

Hobbes enseigne qu'il n'y a aucune distinction naturelle & nécessaire entre le bien & le mal, entre le juste & l'injuste avant l'existence des loix civiles : *Ubi nulla intercesserunt pacta, non video quid sit quod possit reprehendi.* De Cive, c. 3. Nous avons déja vû, que selon M. de Prades, ce n'est que par des loix civiles que nous connoissons le bien & le mal : *Hinc injusti notiones proindeque boni & mali moralis.* Ne le répétons pas. Concluez.

Allons plus loin. Hobbes en conséquence du principe, qui ôte à l'homme dans ce qu'il appelle l'*état de nature*, c'est-à-dire, avant l'établissement des loix civiles, toute connoissance du bien & du mal, de sorte qu'il ne voit pas plus de mal à tuer un homme sans sujet & par pur caprice, qu'à lui conserver la vie, ou à la lui sauver quand il est exposé à la perdre ; en conséquence, dis-je, de ce principe, il a vu que les hommes sont nécessairement dans une continuelle défiance les uns des autres ; guerre générale par conséquent. *Omnium adversus omnes perpetua suspiciones. Bellum omnium in omnes.* De Cive. ch. 1. Que par conséquent encore on n'a pas de moyen ni

meilleur , ni plus juste , de pourvoir à sa
conservation que de prévenir les autres &
de les opprimer ou par le meurtre ou par
toute autre voie qui les mette hors d'état de
nuire : *spes unicuique securitatis..... ut proxi-*
mum suum vel palam , vel ex insidiis praeoc-
cupare possit. M. de Prades veut combattre
cette monstrueuse morale ; il tombe dans le
même précipice ; je vais vous le montrer.

Selon lui , le jeune homme de Chartres
n'avoit point d'idée du bien & du mal moral ; c'est ainsi que nous naissons , & que
nous vivons , jusqu'à ce que nous recevions
par les sens & par le commerce avec les autres hommes , des instructions sur ce sujet.
C'est sur-tout par les loix crviles qu'on nous
donne ces enseignemens & ces lumières.
Avant ces loix les hommes sont , selon M.
de Prades , dans ce qu'il appelle d'après
Hobbes , respectable maître , *l'état de na-*
ture. Dans cet état on ne trouve pas plus
de mal à tuer son prochain qu'à lui conserver la vie. On fait l'un aussi facilement que
l'autre , avec autant de plaisir , avec autant
de droit. Or telles étoient les idées du jeune
homme en question ; elles n'alloient pas
plus loin : *il n'avoit pas poussé ses pensées*
jusqu'à la bonté & à la malice morale des
actions. De-là naît une défiance générale ,
une guerre universelle. Chacun dit en lui-
même : tout le monde a droit de me tuer
sans sujet , par caprice , par plaisir : je crains
à toute heure ; je veux pourvoir à ma sûreté ; pour n'être pas prévenu , il faut préve-

nir les autres ; j'ai droit de les tuer, il n'y
a en cela aucun mal ; je le pourrois faire
très-innocemment, quand je n'aurois rien à
craindre ; ce seroit même une œuvre aussi
bonne que celle de sauver la vie à quelqu'un.
A combien plus forte raison ai-je droit de le
faire quand j'ai un intérêt aussi pressant que
celui de conserver ma vie. Vous reconnois-
sez, M. dans cette doctrine, qui suit nécessairement des principes du sieur de Prades,
toute la perfection, toute l'excellence du
système de Hobbes. Le voyez-vous dans le
fond de ce précipice ? Je vous l'avois dit.
Cependant il crie contre Hobbes, il a raison, mais s'il ne veut pas se voir dans sa
compagnie, il faut qu'il se dédise, & qu'il
convienne 1°. que le jeune homme sourd &
muet connoissoit le bien & le mal moral ;
2°. que cette connoissance est naturelle &
innée, & qu'elle vient de celui qui est la lumiere de vérité qui éclaire tout homme qui
vient au monde ; 3°. que cette connoissance
ne lui est pas venue par les sens corporels &
qu'il est faux de dire qu'*il n'est rien dans l'in-*
telligence qui ne soit venu par les sens ;
4°. qu'enfin il y a un défaut d'exactitude
dans l'histoire du jeune homme de Chartres. Je vous l'avois promis, que je le for-
cerois à tomber d'accord de tous ces points.

Mais laissons pour un moment cette re-
lation historique, telle qu'elle est ; je dis
que dans cet état-là même, elle ruine le systême de M. de Prades par plus d'un endroit,
& que le système ruine à son tour l'histoire.

1º. Ce jeune homme avoit reçu des *sen-*
sations agréables, & des *sensations fâcheu-*
ses, d'où viennent assez immédiatement,
selon M. de Prades, la connoissance *du bien*
& *du mal moral*, (3. part. p. 76.) la connoissance du *juste*, & de l'*injuste*, la notion
de l'*injure* & du *bienfait*, notion qu'on peut
regarder comme les élémens de la loi naturelle. Il avoit donc cette notion, la connoissance du juste & de l'injuste, & l'histoire est fausse en ce point. Et cependant,
selon M. de Prades, ce jeune homme n'a-
voit pas poussé ses pensées jusques-là. Ce
n'est donc point de là que viennent nos
connoissances ; il n'est pas vrai que tout ce
qui est dans l'esprit, nous vient des sens matériels ; ancienne sentence d'Aristote qu'on
veut ressusciter : *nihil est in intellectu quod*
non prius fuerit in sensu. Voila que les sens
ont fait leurs fonctions, & cependant rien
ne suit : le jeune homme n'avoit pas poussé
ses pensées jusques-là. Vous répliquerez :
puisque ces idées ne paroissent pas, elles ne
sont donc pas en lui, elles ne sont pas nées
avec lui, comme nous le prétendons. La
réponse est toute simple. Depuis le péché,
l'homme n'aime que les choses sensibles, il
en est esclave, il s'y arrête, il s'en occupe tout
entier ; c'est pour lui un tourment de s'élever au-dessus & de tourner ses regards,
son attention vers des choses spirituelles,
qui sont en lui, & qui y sont négligées,
parce qu'elles ne le flattent point. Je pourrois ajouter plusieurs réflexions, mais je ne

pouſſe pas plus loin, mon deſſein eſt principalement de battre les gens par eux-mêmes ; voyons le ſecond endroit par où l'hiſtoire du jeune homme combat les idées &
le ſyſtême de notre Abbé !

2°. Selon lui, de l'impreſſion que tous
les objets extérieurs font ſur nos ſens, ou
plûtôt de la multitude de nos ſenſations
naît un *penchant invincible* de croire non-
ſeulement l'exiſtence des objets d'où elles
viennent ; mais encore l'*exiſtence de Dieu*.
C'en eſt, dit-il, la preuve la plus convain-
cante, & il *faudroit avoir l'eſprit fermé à
toute vérité* pour ne pas voir cette exiſtence.
Le jeune homme de Chartres devoit donc
connoître Dieu en vertu de *ce penchant invincible :* car les Mémoires de l'Académie
rendent témoignage que loin d'avoir *l'eſprit fermé à toute vérité,* il avoit naturellement de l'eſprit, & s'il étoit privé de l'un
de ſes ſens, il ne l'étoit pas des quatre autres. Cependant, ſelon l'hiſtoire, il ignoroit cette vérité ; elle eſt donc contraire au
ſyſtême de la Thèſe, elle le ruine. Selon
ſes principes, il devoit connoître Dieu ; &
certainement il le connoiſſoit, indépendamment des principes de la Thèſe. La re-
lation de Chartres eſt donc défectueuſe.

Il avoit dit qu'on peut *aſſurer ſans danger* qu'il n'y a *aucune notion morale* qui ſoit
innée. Combien le *danger* étoit grand ! Les
téméraires *aſſureurs* ne le voyent pas, ils
s'y perdent. Vous venez d'en être témoin :
le naufrage s'eſt fait ſous vos yeux. N'en
demeurons

demeurons pas là , & montrons qu'il y a
quantité d'autres connoissances que celles
de la morale , qui ne nous viennent point
de l'exercice de nos facultés corporelles. Il
faudroit un volume pour vous les repasser
toutes en revue , je me borne à un petit
nombre. Une seule bien prouvée pourroit
suffire ; elle décide la question.

Je commence par la chose du monde qui
est la plus frappante , parce qu'elle est la
plus simple , & qui pour cela même a été
négligée par presque tous ceux qui ont traité
cette matiere : les choses communes n'atti-
rent point l'attention. La voici. Tout le
monde a naturellement l'idée de l'*affirmation* & de la *négation* ; personne n'ignore ce
que c'est qu'affirmer , ce que c'est que nier :
il est impossible de confondre ces deux
choses. Si quelqu'un n'avoit pas ces idées ,
il seroit absolument impossible de les lui
donner jamais. Comment vous y prendrez-
vous pour me donner l'idée de l'affirmation ?
Pour profiter des instructions que vous me
donnerez là-dessus , il faut que je comprenne ce que vous me dites , que j'y con-
sente , & que j'affirme que vous dites vrai.
Mais comment y consentirai-je , si je ne
sais ce que c'est qu'affirmer & consentir , nier
& rejetter , si je confonds tout cela ensemble ? Vous avez beau me crier : il faut consentir à cela & à cela ; convenez que je dis
la vérité ; je ne sais ce que c'est que consentir & affirmer , je dirai non , au lieu de dire
oui. Voila donc une idée qui est née avec

I

nous, puisqu'il est absolument impossible de l'acquérir, si on ne l'a pas. Dieu seul peut la donner; & c'est lui qui éclaire immédiatement l'esprit de tout homme dès sa naissance, lorsqu'il vient au monde.

Deuxième idée innée, idée de la *vérité*. Vous qui me voulez apprendre ce que c'est qu'affirmer, vous me criez : ce que je vous dis, est la *vérité*, croyez-moi. Je ne peux pas vous croire si je n'ai pas la notion de la *vérité*, & si j'ignore que le vrai n'est pas la même chose que le faux, Voilà encore une idée innée & qu'il est impossible d'acquérir, si on ne l'a pas déja. Il est donc bien impossible, à plus forte raison, qu'elle vienne des sens. Comment vous y prendrez-vous pour donner la notion du *vrai* en général, à un homme qui ne sait ce que c'est que le vrai ou le faux? Pour donner du succès aux leçons que vous lui ferez, il faut avant toutes choses qu'il comprenne qu'elles sont *vraies*, que du moins il les croye *vraies*. Comment le pourroit-il croire? il ne sait ce que c'est que le *vrai*? Vous ne pouvez pas plus vous faire entendre à son esprit, qu'aux oreilles du corps d'un homme entièrement sourd; vous ne percez pas jusqu'à lui.

Troisième idée innée : la connoissance du *bonheur* & du *malheur*. Vous dites qu'elle vient des sens : nous nous jugeons *heureux*, quand nous jouissons des biens sensibles, *malheureux*, quand nous souffrons un mal sensible. Des sensations agréables, nous

vient l'idée du bonheur ; des sensations dé-
sagréables nous vient l'idée du malheur.
Vous n'y êtes pas. L'idée que j'ai du bonheur, est infiniment au-dessus de tout cela.
Quand je jouis du bonheur sensible, je ne
suis jamais content, ma soif augmente
avec le plaisir : c'est une expérience connue de tout le monde. Mes desirs vont infiniment plus loin que tout le bonheur que
je goute, & mes connoissances de même, puisqu'on ne peut desirer ce qu'on ne
connoît pas. Ce n'est donc pas votre bonheur si borné, qui m'a donné une idée si
vaste.

Quatriéme idée innée : l'*Eternité*. Quelque difficiles que puissent être M. de Prades
& son maître Locke, ils conviendront que
je ne veux point perdre mon bonheur, je
veux qu'il dure toujours, qu'il soit éternel ;
j'ai donc l'idée d'un bonheur *éternel*, idée
qui va infiniment au-delà des sens, qui
par conséquent ne peut venir d'eux.

5°. Nous voila parvenus à l'*infini*, à
l'immense, cinquiéme idée innée & qui ne
peut jamais venir des sens. Elle en vient,
reprend l'Abbé de Prades. ,, Le fini, dit-il
,, en langage de Géométre, (*3. part. p. 77.*)
,, le fini est toujours la chose donnée & con-
,, nue, de laquelle on *s'éléve* à l'infini, la
,, chose cherchée & inconnue. ,, Exemple :
l'étendue de l'Univers est prodigieuse : voilà
la chose donnée & connue ; j'ajoute : *elle
pourroit être plus grande* : voilà la chose
cherchée & inconnue ; c'est ainsi que je
I 2

m'éléve du fini à l'infini. Il faut avoir les ailes fortes pour s'élever si haut, on pourroit craindre la chûte d'Icare. On s'éléve à l'infini. Mais d'où me vient l'idée de ce qui est au-delà du fini ? Elle ne vient pas du fini, puisqu'il ne la renferme pas, & cela décide tout.

Elle vient du fini, répliquez-vous, & ce n'est pas un paradoxe, rien de plus réel. Comment en vient-elle ? Comment ? Par l'*addition*. Les nombres infinis viennent de l'unité. Je conçois *un*, & je ne conçois rien de plus ; je répéte encore *un* & je l'ajoute au premier : voilà *deux*, dont je forme l'idée, & ainsi jusqu'à l'infini.

Si c'est ainsi que le fini vous donne l'idée de l'infini, prenez courage, renoncez à toute affaire, & ne vous occupez plus jour & nuit qu'à nombrer ; quand vous aurez additionné à l'infini, vous aurez enfin l'idée de l'infini, c'est-à-dire, que vous ne l'aurez jamais. Vous avez employé la vie la plus longue à ne faire autre chose qu'additioner, & multiplier ; consolez-vous : après tant de travaux, au dernier soupir, enfin, vous ne faites que commencer; vous n'êtes encore arrivé qu'à une grandeur finie, d'où jusqu'à l'infini il y a une distance infinie ; vous n'avez donc pas encore acquis l'idée de l'infini. Vous calculeriez pendant toute l'éternité avant que d'avoir épuisé les nombres, & d'être parvenu à l'infini, & à l'idée de l'infini, qui, selon vous, doit vous venir par le calcul

du fini. Mais avant tant de frais, favez-
vous ce que vous cherchez, quand vous tra-
vaillez à former par le fini l'idée de l'*infini ?*
Si vous le favez, vous en avez donc l'i-
dée avant votre calcul, & elle ne vient pas
de vos additions, elle ne vient pas de vos
fens.

Combien d'autres idées je pourrois vous
montrer, qui ne viennent point des fens !
Celles-ci font plus que fuffifantes ; vous
pouvez voir le livre du Pere Gerdil Bar-
nabite de Cafal : c'eft un Ouvrage à lire entre mille. Ma lettre eft déja trop longue :
il eft plus que tems de finir ; je le fais en
ajoutant un mot fur la loi éternelle.

M. d'Auxerre a reproché au Bachelier de
n'en avoir point parlé, & regarde fon filence
comme très-fufpect, fans cependant lui
en attribuer les conféquences pernicieufes.
„ M. de Prades eft étonné qu'un Auteur foit
„ jugé & par ce qu'il dit, & par ce qu'il ne
„ dit point. „ (*p.* 79.) Oui, ne lui dé-
plaife, & très-juftement, quand il ne dit
point ce qu'il eft obligé de dire. Le Prélat
lui avoit montré fon obligation fur ce point,
& fi bien que le Bachelier entreprend de
nous perfuader qu'il a fatisfait à ce devoir.
„ On lit dans ma Thèfe, que le commerce
„ de l'ame & du corps nous éléve à la con-
„ templation d'une intelligence toute puif-
„ fante, *qui gouverne l'Univers par des loix*
„ *fages & invariables.....* C'eft vouloir
donner le change. Ce font-là les loix phy-
fiques du mouvement. Il s'agit ici de la loi

I 3

éternelle comme régle des mœurs, de celle dont parle S. Thomas dans le paſſage que le ſieur de Prades rapporte, & qu'il n'a jamais lu que dans l'Inſtruction Paſtorale d'Auxerre. Les Journaliſtes des Savans ont eu raiſon, & cela leur fait honneur, d'avoir reproché le même crime à ſon ami le ſieur d'Alembert, Auteur du Diſcours préliminaire de l'Encyclopédie. Je ſuis, M. &c.

Au Queſnoi, ce 31. Janvier 1753.

VINGT-UNIÉME LETTRE.

EXISTENCE DE DIEU.

LE ſieur de Prades rapporte dans la p. 48. un morceau de ſa Théſe, dont il admire lui-même la *ſublimité des penſées où la vûe courte d'un homme du peuple* * *eſt bien loin d'atteindre.* Il s'agit de prouver l'exiſtence de Dieu & celle des corps. Liſons enſemble, M. & admirons à notre tour. ,, La multiplicité des ſenſations qui ,, nous aſſiégent de toutes parts...... (*p.* 47.) ,, cet effet puiſſant & continu qu'elles pro- ,, duiſent ſur nous...... ces affections invo- ,, lontaires qu'elles nous font éprouver,

* Par cette expreſſion il ſe plaît à outrager le Prélat à qui il répond.

„ tout cela forme en nous un penchant in-
„ furmontable à affurer l'exiftence des ob-
„ jets auxquels nous rapportons nos fenfa-
„ tions, & qui paroiffent en être la caufe.
„ Ce penchant eft l'ouvrage d'un Etre fu-
„ prême, & en même tems l'argument le
„ plus convainquant de l'exiftence des ob-
„ jets, & de celle de Dieu. (*p. 21.*) Il *n'y*
„ *a aucun rapport* entre chaque fenfation,
„ & l'objet qui l'occafionne, & par confé-
„ quent, il ne paroît pas qu'on puiffe trou-
„ ver par le raifonnement de *paffage pof-*
„ *fible* de l'un à l'autre. Il n'y a donc qu'une
„ efpéce d'*inftinct* fupérieur à notre raifon,
„ qui puiffe nous forcer à *franchir un fi*
„ *grand intervalle.* L'Univers n'eft donc
„ point une vafte fcene d'illufion.

Il ne faut point du tout d'*inftinct*, mon
cher Prades, répond le Matérialifte, parce
qu'il n'y a point d'*intervalle à franchir :* Il
n'y a qu'un très-petit pas à faire de l'un à
l'autre. 1o. Notre ame eft une matiere propre à penfer, une ame toute de feu : *mens
ignea.* 2. Nos fenfations font de même
nature que notre ame : elles font comme
elle une matiere fort affinée, toutes nos
connoiffances viennent de là : *ex fenfatio-
nibus.* Voilà les deux premiers pas. Voici
le troifiéme, il y a un très-grand *rapport*
entre chaque fenfation & l'objet qui l'occafionne. Car d'une matiere épurée, à une
matiere groffiere & terreftre, *terrena facis,*
il n'y a qu'un pas. Le fimple choc fait ce

passage de la maniere la plus simple selon les loix du mouvement. Cela prouve, si vous voulez, l'existence des objets extérieurs, & même d'un Etre suprême ; mais d'un Etre qui n'est autre chose que ce monde matériel, qui nous environne & nous assiége de toutes parts. Je sais que vous dites que l'ame est essentiellement différente du corps ; mais qui empêcheroit de dire qu'une matiere subtile & pensante est essentiellement différente d'une matiere grossiere & incapable de penser ? Vous avez dit que l'ame ne tient rien de la grossiereté de la terre : *terrena facis nihil habet*. Les anciens Philosophes, qui croyoient l'ame corporelle, en disoient autant. Vous avez dit qu'elle étoit immortelle ; les Stoïciens, anciens Matérialistes, s'exprimoient de même. Enfin, pensez de l'ame tout ce qu'il vous plaira, votre argument ne prouve pas l'existence d'une Intelligence souveraine, parce que moi je n'ai point d'*intervalle à franchir* depuis mes sensations jusqu'aux objets extérieurs.

Voilà comme M. de Prades avec sa *sublime* méthode, qui tire tout des sens matériels, fournit *un des argumens les plus convainquans de l'existence de Dieu*. (p. 51.) C'est ainsi qu'il défend la Religion contre toutes sortes d'incrédules.

Ce 'est pas encore tout. Le Prosélyte que M. de Prades instruit, après tant de connoissances acquises sur ses propres intérêts

temporels, sur les loix civiles & politiques,
sur le droit des gens, sur le bien & le mal
moral, sur la loi naturelle; parvenu à l'âge
d'homme formé, déja Philosophe, ce Prosélyte ne connoît pas encore son Dieu :
faute capitale dans le maître & dans sa
méthode. Il répond ,, qu'il ne s'agit pas de
,, savoir, si pour atteindre à cette notion
,, *importante* il lui faudra beaucoup ou peu
,, de tems. (*p.* 83.) Il s'en agit très-fort &
d'autant plus qu'elle est plus *importante* &
plus essentielle. Pendant tout ce tems de son
ignorance, cet homme est-il innocent ? Et
s'il meurt avant que d'arriver à cette connoissance, quel sera son sort ? ,, Je me suis
,, chargé, dit-il, de conduire le Sceptique *
,, pas à pas jusqu'aux pieds de nos autels ;
,, & j'ai cru que le moment où il avoit été
,, contraint de reconnoître en lui-même
,, *deux substances*, étoit celui où je devois
,, lui montrer la *même distinction dans la*
,, *nature*, & qu'après avoir admis une sub-
,, stance spirituelle finie, je le trouverois
,, disposé à admettre une substance spiri-
,, tuelle infinie. ,,

Mais 1°. loin de prouver une substance
spirituelle finie, il l'a plutôt représentée
comme matérielle, *sans idées, sans con-*
noissances, sans réflexions, & comme un esprit de feu : *mens ignea.* Prétend-il bâtir sur
des fondemens qu'il n'a point établis ?
Car alors il n'y a plus rien d'étonnant dans

* Les Sceptiques doutent de tout.

l'union du corps & de l'ame pour élever le Sceptique jusqu'à la contemplation d'une intelligence toute-puissante. Il n'a pourtant point bâti sans fondement. Il emploie une expression extrêmement remarquable. ,, Je devois, dit-il, lui montrer la *même* ,, *distinction dans la nature.* ,, Expression empruntée des Matérialistes, qui montrent dans la *nature* ou le monde deux parties distinguées, comme dans l'homme, 1°. un corps, qui est la matiere grossiere de l'Univers, & 2°. *l'ame du monde*, qui est la matiere plus déliée, subtile, insensible, & *spirituelle* en comparaison de l'autre : *distinction dans la nature, la même que dans l'homme* qui a un corps terrestre, *terrena fæcis*, & une ame qui est une matiere spirituelle, en comparaison du corps : *mens ignea terrena fæcis nihil habet.*

3°. Si son Sceptique en le suivant pas-à-pas s'avise de donner ici dans le matérialisme ; comment M. de Prades l'élevera-t-il à la connoissance d'une Intelligence souveraine ?

4°. Enfin si vous y faites attention, vous trouverez qu'il fait en cet endroit le procès à l'homme de sa Thése, qu'il le condamne, & que du même coup il détruit son système de ses propres mains. D'un côté selon le plan de cette Thése, l'homme parvient tard à la connoissance de Dieu ; & d'un autre côté, selon la même Thése, cette connoissance, ou plutôt la réflexion sur l'exis-

tence de Dieu doit être la premiere de ses
réflexions, à moins qu'il ne soit incapable
de toute connoissance. Page 6. de la Thèse.
„ La nature entiere est pour nous un livre
„ écrit en caracteres si intelligibles, que
„ celui qui n'y lit pas l'existence de Dieu, a
„ *nécessairement l'esprit fermé à toute vé-*
„ *rité.* „ Où étoit donc l'esprit de son homme pendant un si long-tems ? Comment n'a-
t-il pas *lu dans ce livre l'existence de Dieu ?*
Son esprit étoit-il fermé à toute vérité ? Cela
est très-croyable d'un esprit matériel. M.
de Prades n'a pas bien dirigé sa marche, il
ne connoît pas le chemin qu'il s'est engagé
de montrer. Le nôtre nous conduit naturellement de l'existence de Dieu à la Providence. Il faut examiner ce que le Bachelier
dit aussi sur cet article ; ce sera, s'il vous
plaît, pour l'ordinaire prochain. J'ai l'honneur d'être, M. &c.

Au Quesnoi, ce 6 Février 1753.

I 6

VINGT-DEUXIÉME LETTRE.

PROVIDENCE.

CE n'est pas, M. un traité de la Providence, que je vous ai annoncé ; il ne s'agit que de certaines propositions du jeune Bachelier qu'il veut justifier à quelque prix que ce soit. Il fait les plus grands efforts pour tâcher d'éblouir, il voudroit même étonner & mettre de l'injustice dans M. d'Auxerre, pour se procurer le droit de l'insulter. Mais la force est dans la supercherie, à séparer ce que le Prélat a réuni, & à mettre dans un faux jour ce qui se soutient de soi-même par la maniere dont il est présenté. Après avoir lû cet endroit de son Apologie, il suffit pour y répondre de relire l'Instruction Pastorale, depuis la page 156 jusqu'à la 162. Que M. de Prades fasse profession d'avoir des sentimens orthodoxes sur la Providence, on ne peut qu'applaudir, pourvu qu'il soit sincere. Mais qu'il n'entreprenne point de justifier des propositions très-mauvaises qu'il n'a peut-être avancées, que parce qu'il a été épris par un air de savant, & par les antitheses orgueilleuses qu'elles renferment. Qu'il entreprenne encore moins d'employer la fourberie pour jetter le faux sur d'autres. Rapportons l'endroit de sa Thèse.

„ Pendant *tout* le tems que les Philosophes
„ ont cru . . . . . que tout naissoit de la corrup-
„ tion, la Providence étoit foulée aux pieds.
„ (3. *par. p.* 85.) Mais *depuis* qu'on a com-
„ mencé d'*entrevoir* la *nature*, *qui étoit ab-*
„ *solument inconnue aux Anciens*, *depuis*
„ qu'on s'est apperçu que chaque corps *orga-*
„ *nisé* avoit *son germe*, *dès lors on a commen-*
„ *cé à adorer là où les Anciens avoient blas-*
„ *phêmé.* „ Auroit-on pû croire, dit M.
d'Auxerre, que l'égarement & la déprava-
tion d'esprit pourroit être porté jusqu'au
point *d'attribuer à quelques nouveaux Phi-*
losophes l'hommage qui est à présent rendu à
la divine Providence! „ Auroit-on pû croire,
„ répond le sieur de Prades, (*p.* 86.) que
„ quelqu'un eût l'esprit assez faux, pour ap-
„ percevoir dans ce passage une prétention
„ si extravagante? „ Mais est-il possible de
ne l'y pas appercevoir? Je crois, qu'excepté
lui, tout l'univers aura l'esprit assez faux
pour y voir ce que M. d'Auxerre y a vû.

Qu'ai-je dit dans ce passage, poursuit-il?
Que „ la Providence a été foulée aux pieds:
„ & cela est vrai. „ Et dans sa généralité
cela est faux. „ Que cet attentat a été com-
„ mis par *la plupart* des anciens Philoso-
„ phes; & cela est vrai. „ Oui, & c'est ici
que se trouve la fourberie. Il n'a pas dit dans
sa Thèse par *la plûpart*, mais généralement
par les Philosophes anciens; il n'y a presque pas de mot dans sa proposition qui ne
prouve cette généralité. *La providence étoit*
foulée aux pieds, la prouve. *Depuis qu'on a*

commencé d'entrevoir la nature, la prouve *La nature qui étoit absolument inconnue aux anciens*, la prouve. *On a commencé à ado-* *rer*, la prouve encore. *Là où les Anciens avoient blafphêmé*, prouve encore là mê- me chofe. Au lieu de ces expreffions géné- rales, mettre aujourd'hui, *la plupart*, c'eft corriger méchamment fa Thefe pour avoir lieu d'outrager un Prélat à qui il répond. Il y auroit plus de droiture, plus d'équité, il étoit même néceffaire de la corriger hum- blement en avouant fon tort.

M. d'Auxerre faifoit entrevoir du myftere dans cet endroit de la Thefe. ,, Telliaméde ,, cité au 5e. article de la Thefe, eft un Phi- ,, lofophe très-nouveau. Il a les yeux bien ,, perçans, puifqu'il prétend avoir vû dans ,, l'univers & dans chacun des globes qui le ,, compofent, un principe de vie, un ef- ,, prit vital, un germe en vertu duquel ces ,, globes, après une certaine fucceffion de ,, tems, fe reproduiront & renaîtront d'eux- ,, mêmes, comme ils fe confervent, fans ,, que la puiffance de Dieu y intervienne ,, pour rien. L'Auteur de la préface, qui eft ,, à la tête de ce Roman philofophique fou- ,, tient que dans ce fyftême, la *Providence* ,, fe montre avec plus d'éclat, & d'une ma- ,, niere bien plus digne de Dieu..... Eft-ce là ,, la nouvelle découverte dont le fieur de ,, Prades fait de fi grands éloges ? ,, Voilà une queftion preffante, à quoi il falloit ré- pondre, & fur quoi le Bachelier demeure muet. Il couvre fa défaite par un nouvel ac-

cès de fureur qui régne dans tout l'article 14.
de la 3e. partie de son Apologie.

Vous trouverez plus de satisfaction dans
ce que je vous écrirai la premiere fois sur la
Société. J'ai l'honneur, &c.

A Valenciennes, ce 11. Février 1752.

VINGT-TROISIÉME LETTRE.

LA SOCIETE'.

VOUS conviendrez avec moi, M.
que de la Providence, le chemin nous
conduit tout naturellement au culte de
Dieu, & à la nature de la vraie Religion,
sujet qui fournira beaucoup sans que nous
cherchions à l'épuiser. Je crains que nous
cherchions à l'épuiser. Je crains que cette
espece d'uniformité ne devienne ennuyeuse.
Reposons-nous un moment, parlons d'autre chose. La Thése de M. de Prades, qui
renferme beaucoup de matiere, nous fournira de la variété, propre à nous délasser.
Sans sortir de la seconde de ses propositions
consurées, nous trouvons de quoi faire di-
version en nous entretenant sur la société
des hommes. Je ne m'arrée pas pour le présent à l'idée de *l'homme en troupeau*, comme
s'ils n'étoient pas venus tous d'un seul, mais
que les dents du dragon de Dircé semées en
terre par Cadmus en eût produit une mois-

son, de même qu'un champ de froment qui
enrichit son laboureur, ou que les pierres
que Deucalion & sa femme Pirrha jetterent
derriere eux par deſſus leur tête après le déluge, se fuſſent métamorphoſées en hommes & en femmes.

Nous é·ions aſſez simples autrefois pour
regarder ces fables comme des amuſemens
d'enfans, & pour leur préférer le récit de
l'Ecriture Sainte, qui nous montre l'homme
créé de Dieu, & tous les autres sortis de ce-
lui-là, formant néceſſairement une *ſociété*
autour de leur pere : Petits génies qui ne
ſavions pas eſtimer la valeur des choſes,
nous ſommes bien déſabuſés aujourd'hui
par un nombre de génies extraordinaires
qui reſſemblent ſi peu au reſte des hommes,
qu'on ſeroit tenté de croire qu'ils ſont venus
en effet des dents du dragon, des hommes
en troupeau, & que cette hiſtoire n'eſt plus
une fable. Il y auroit trop à dire ſur leur
ſyſtême de la Société ; je ne m'y arrête pas.
Je vous montrerai quelque jour une lettre à
un de mes amis, qui eſt malheureuſement
porté pour les incredules, où vous en verrez
davantage. Aujourd'hui je me borne à une
ſeule propoſition de la Thèſe, qui fait la
fin de la 2e. cenſurée, qui cauſe beaucoup
de bruit, & ſur laquelle il fait les derniers
efforts pour faſciner les yeux. Mon plaiſir,
c'eſt qu'il ſera pris dans ſes propres filets.
Je rapporterai d'abord ſa propoſition en latin & en françois ; enſuite, j'y ferai quelques réflexions extrêmement ſimples.

Vis licita tantùm ubi nullus judex, leges-que proculcantur. Je crois que felon vous comme felon moi, cela fignifie : *Il n'eft per-mis d'avoir recours à la violence que quand les loix font foulées aux pieds, & qu'il n'y a point de Juge pour rendre juftice.* Mais felon fa coutume auffi commode qu'utile, il la falfifie en la traduifant : La violence n'eft permife *qu'entre ceux qui ne reconnoiffent point de Juge, lorfque ces loix font foulées aux pieds.* Pour nous faire croire qu'il n'a voulu dire autre chofe, finon qu'il eft per-mis aux Puiffances Souveraines de prendre les armes les unes contre les autres, quand les loix font foulées aux pieds, parce qu'elles n'ont point fur la terre de Juge qui leur foit fupérieur, pour juger & décider de leurs dif-férends : c'eft-à-dire que M. de Prades ne fait qu'établir le droit de la guerre. Vous ririez, ou bien vous en auriez compaffion, des mouvemens qu'il fe donne dans la feconde partie de fon Apologie, pour forcer fa pro-pofition d'agréer ce fens ; mais fâcheufe & peu complaifante, elle ne s'y prête pas aifé-ment. Il ne me feroit pas difficile de montrer qu'il eft contraire aux principes dont il tire fa propofition comme une conféquence, con-traire même aux propres termes de la pro-pofition. Mais nous voulons cette fois-ci M. nous repofer un peu de nos travaux, & ne pas entrer dans un détail fi fatiguant. Je vais donc vous développer tout fimplement le fens de la propofition ; puis vous mon-trer en nous jouant, que c'eft fon vrai fens & celui de l'Auteur.

Son systême sur la société est celui de
tous les incrédules de nos jours , c'est celui
de Spinosa chez qui ils l'ont puisé ; je montrerai une autre fois qu'il vient des Protestans & des Prétendus-Réformés , ce qu'on
appelle ordinairement les Luthériens & les
Calvinistes. Le sieur de Prades peut bien
faire le dédaigneux sur l'Instruction Pastorale d'Auxerre ; mais il ne peut entamer par
aucun endroit l'excellent morceau de cette
Instruction qui traite cette matiere , & qui
comprend presque la moitié de la premiere
partie. Venons au fait. L'abbé de Prades
enseigne que tout Souverain tient son autorité de ses Sujets , en vertu d'une convention
expresse ou tacite faite entre le Prince & la
Société ; qu'en conséquence les Sujets ont
droit d'user de violence , & de prendre les
armes , *vis licita* , quand ces *loix* fondamentales sont foulées aux pieds , *ubi leges proculcantur* , & qu'il n'y a point de Juge qui
puisse ou qui veuille rendre justice , *& nullus Judex*. Il employe beaucoup de discours
pour rejetter ce sens , mais en pure perte ;
parce que ce qu'il fait semblant de désa-
vouer dans la 2e. partie de son Apologie , il
le soutient formellement dans la troisiéme
Partie , en prenant hautement la défense de
deux Propositions tirées de l'Encyclopédie
que M. d'Auxerre avoit rapprochées de la
sienne comme en étant le commentaire naturel. Ecoutez , & vous serez étonné , je
suis sûr , du ton qu'il prend.

,, Il est très-douteux , dit-il , (3e. *part. p.*

,, 91. & 71.) que le Parlement soit content
,, qu'on ait traité les maximes suivantes de
,, séditieuses : *Que les loix de la nature &*
,, *de l'état sont les* CONDITIONS *sous les-*
,, *quelles les sujets se sont soumis, ou sont*
,, *censés s'être soumis au gouvernement de*
,, *leur Prince. Qu'un Prince ne peut jamais*
,, *employer l'*AUTORITE' QU'IL TIENT
,, D'EUX, *pour casser le contrat par lequel*
,, *elle lui a été déférée.* Car qu'est-ce qu'un
,, Parlement, sinon un corps chargé du dé-
,, pôt sacré du *Contrat* réel ou supposé, par
,, lequel les peuples se font soumis au gou-
,, vernement de leur Prince ? Si M. d'Au-
,, xerre regarde ce *Contrat* comme une chi-
,, mère, je le *défie* de l'écrire publiquement.
,, Je ne crois pas que le Parlement de Paris
,, se vît dépouiller tranquillement de sa pré-
,, rogative la plus auguste, de cette préro-
,, gative sans laquelle il perdroit le nom de
,, Parlement, pour être réduit au nom ordi-
,, naire de corps de judicature. Si M. d'Au-
,, xerre ne répond point au *défi* que j'ose
,, lui faire, j'atteste toute la France qu'il a
,, proscrit avec la derniere bassesse des ma-
,, ximes qu'il croit vraies, & tendu des em-
,, buches à d'honnêtes citoyens.

Ce jeune homme veut prendre M. d'Auxerre dans ses paroles, comme autrefois les
Juifs y voulurent prendre notre divin Maître. Il est persuadé que le Prélat ne peut lui
échaper, qu'il le tient dans un détroit, d'où
il ne lui sera pas possible de sortir sans se
commettre ou avec le Parlement, ou avec

le Roi. Avec le Parlement, s'il répond que ce contrat est une chimere, ou que le Prince le peut caſſer. Avec le Roi, s'il répond que le Prince ne peut pas employer ſon *autorité* pour caſſer ce contrat, parce que cette *autorité* lui a été déférée par ce contrat même, & que le contrat étant caſſé, le Prince n'a plus d'autorité. ,, Il agiroit dès-lors contre ,, lui-même. Qui annulle l'un, détruit l'au- ,, tre, ,, diſent les Encyclopédiſtes, Auteurs de ces deux propoſitions, L'*autorité* retourne au peuple de qui le Prince la tenoit en vertu du Contrat. Le Prince n'eſt plus rien; la *ſociété* a droit de lui faire ſon procès, & de donner au monde de ces ſcenes tragiques qui ont deshonoré plus d'une fois des peuples voiſins, qui viennent répandre en France leurs nouveaux ſyſtêmes de Philoſophie, & qui s'y forment un ſi grand nombre de diſciples. Si M. d'Auxerre garde le ſilence, le ſieur de Prades veut que toute la France en conclue que le Prélat adopte ces maximes ſéditieuſes & meurtrieres des Rois, mais que par baſſeſſe d'ame, & par un eſprit d'adulation pour la Cour, il n'oſe pas l'écrire, & condamne *d'honnêtes citoyens* qui les enſeignent.

Seroit-il difficile à M. d'Auxerre de répondre au *défi*? Mais il peut garder le ſilence; le Parlement y répond pour lui. Quelque idée qu'on veuille ſe former des loix fondamentales de l'Etat, il eſt certain que le Prince ne peut jamais légitimement, en conſcience & avec juſtice, employer ſon

autorité pour les casser. Mais il n'est pas
moins certain qu'il le peut par violence,
soit à mauvais dessein, soit par imprudence
& par surprise, n'appercevant pas les conséquences de sa démarche. Dans ce cas, que
faut-il penser, que faut-il faire ? Le Prince
est-il dépouillé de son autorité ? Cette autorité revient-elle au peuple ? Le peuple a-t-il
droit de lui faire son procès ? Un Parlement
composé de sieurs de Prades le proscriroit. *
Mais le Parlement de Paris chargé du dépôt
sacré de ces loix fondamentales, dépôt qui
fait sa prérogative la plus auguste, fait
qu'il n'a d'autre ressource, pour le conserver
sans atteinte, que la voie des Remontran-
ces. C'est l'unique moyen qu'il employe
toutes les fois qu'on obtient du Prince quelques dispositions qui peuvent, contre son
intention, blesser ces loix importantes. On
pourroit le détruire, on pourroit l'anéan-
tir ; mais on ne pourroit jamais l'éloigner
de son attachement inviolable à ses deux
devoirs essentiels, celui de conserver sans
altération le dépôt des loix fondamentales
du Royaume, & celui du respect, de la
soumission & de la fidélité qu'il doit à son
Prince. Tel est l'exemple que cette auguste
Compagnie toujours également conduite

* L'Abbé de Prades dit dans sa profession de foi
& dans sa Thèse, qu'il n'est jamais permis de nous
révolter contre *nos Souverains*. Mais les Princes ces-
sant d'être Souverains en cassant le contrat en question, se révolter contre eux en ce cas, ce n'est pas
se révolter contre *son Souverain*.

par la sagesse & par la grandeur d'ame donne à toute la France. Tel est le spectacle ra-
vissant qu'elle donne aujourd'hui à toute
l'Europe & à toute la postérité. Voilà le *défi*
rempli avec honneur, & M. de Prades con-
fondu.

Ainsi sa proposition a été bien & duement
condamnée comme séditieuse : *il est permis
d'employer la violence quand les loix sont
foulées aux pieds, & qu'il n'y a point de
Juge pour y remédier.* Pour se laver du
crime de sédition, il en avance deux autres qui sont encore plus clairement séditieuses. Telle est son Apologie. Je suis,
M. &c.

A Valenciennes, ce 16 Février 1753.

P. S. Pardon, M. j'oubliois le plus beau,
la chose du monde la plus rare, & qui n'est
peut-être jamais tombée dans l'esprit de
personne hors M. de Prades. Comment
les Rois ne seroient-ils pas redevables de
leur puissance aux peuples leurs sujets, puisque Dieu même n'en est pas excepté, & leur
doit la sienne comme Roi temporel ! Ecoutez comment notre grand politique le fait
parler aux Juifs ses sujets. 2e. part. p. 179.
„ Quoique je domine sur tous les Souve-
„ rains de la terre, que je dispose à mon
„ gré des Royaumes & des Empires, je
„ veux pourtant *devoir à vos suffrages
„ cette puissance particuliere* dont jouissent
„ ces hommes que je fais regner sur les na-

„ tions. „ Et p. 180. *Dieu n'avoit acquis ce*
„ *droit sur les Juifs que par la libre élection*
„ *de ce peuple*, & non par la divinité de son
„ Etre, qui lui donne pouvoir sur tous les
„ hommes. „ Qu'en dites-vous, M. ? Il n'y
à pas moyen d'en revenir jamais. Folie aux
Rois de l'entreprendre ! Auroient-ils plus de
droit que Dieu même ?

VINGT-QUATRIÈME LETTRE.

THEISME. DEISME.

ANCIENNE ALLIANCE.

APrès le délassement que nous avons
pris, M. nous devons être tous frais
& en état de donner une nouvelle application a un sujet un peu plus abstrait. Pour
vous mettre à portée d'y entrer, il faut vous
expliquer quelques mots scientifiques, d'autant plus qu'il y en a un assez nouveau. Je
me contente de deux cette fois-ci, afin de
ne vous pas trop charger.

Vous savez déja ce que c'est que les *Déistes*.
Ils croyent un Dieu, & voilà tout. Ils sont
flottans sur tout le reste, ou même le re-
jettent absolument.

Il y a outre cela des *Théistes*. Ce mot qui
vient du Grec signifie la même chose que
celui de *Déiste*, qui vient du Latin. Mais il
leur a plû d'y donner une signification dif-

férente, & cela est si nouveau que les
Auteurs du Mandement de M. l'Archevêque de Paris contre M. de Prades n'en
avoient point connoissance, ce qui leur at-
tire de la part du Bachelier une leçon assez
humiliante. Je demande à mon tour, leur
,, dit-il fiérement, (2. *part. p.* 59.) pour-
,, quoi on a traduit le mot *Theismus* par ce-
,, lui de *Déisme* ? .... *Ignore-t-on*, que ces
,, deux mots ont des significations très-dif-
,, férentes, & qu'il *n'est pas permis* de les
,, confondre ? ,, Ces MM. en ont fait la loi.
Vous saurez donc, M. que les Théistes
croyent 1°. un Dieu ; 2°. l'immortalité de
l'ame ; 3°. des récompenses & des châtimens
dans une autre vie. Que ces châtimens
soient éternels, cela n'est pas nécessaire,
selon eux, (1 *part. p.* 8. *note.*) à l'idée & au
plan d'une vraie Religion. Vous voyez, M.
que le Théisme n'est point chargé d'un
grand nombre de dogmes ; vous n'aurez pas
beaucoup de peine à les retenir, & à vous
les rappeller toutes les fois qu'on parlera du
Theisme. Vous ferez attention aussi que par-
tout où M. de Prades parle de la *Religion
naturelle*, il entend le *Theisme.*

Nous voici maintenant en état de faire
bien du chemin. Pour écarter tout ce qui
pourroit mettre de la confusion dans nos
idées & afin de soulager l'attention de l'esprit, je vais d'abord vous tracer un plan de
ce que l'Abbé de Prades pense du *Theisme*,
sans me mettre en peine de prouver que
chacune des parties est véritablement de
lui

lui. C'est ici un simple exposé ; les preuves viendront après. Ne soyez pas surpris d'y trouver des propositions qui paroissent les contradictoires de ce qu'il dit lui-même. Par exemple, s'il dit que le Théisme ne suffit pas, & si je lui fais dire qu'il suffit : je vous montrerai dans la suite l'accord de tout cela. Pour le présent, je vous prie, M. ne soyez occupé qu'à bien saisir le plan que je veux vous mettre sous les yeux. Le voici.

1°. Le Théisme est la Religion essentielle, éternelle & qui ne passe point.

2°. Il est le fond, la baze, l'ame de toutes les Religions.

3°. C'est la meilleure de toutes les Religions, si on excepte la vraie Religion, c'est-à-dire, la Religion révélée & surnaturelle.

4°. Le Théisme suffit pour nous conduire au bonheur de l'autre vie. Quatre propositions très-simples, dont vous sentez les conséquences, & qu'il s'agit à cette heure de vous montrer dans les écrits de M. de Prades. Nous suivrons le même ordre.

1°. Le Théisme ou la loi naturelle est la „ Religion *de tous les tems.* (2. *part. p.* 181.) „ C'est la Religion qui ne *passe point,* qui „ est *immortelle* comme le Dieu qu'elle „ adore. (*p.* 183.) „ Voilà une Religion essentielle, éternelle. Vous le verrez encore mieux dans la suite de cette Lettre.

2°. Le Théisme est le fond, la baze, l'ame de toutes les Religions. „ La Loi de „ Moyse n'étoit qu'une constitution civile

K

,, *furajoutée* à cette *Religion naturelle.* (p.
,, 176. (C'est sur ce premier *fond* de la Reli-
,, gion que Dieu a, pour ainsi dire, *enté*
,, *tous ces myfteres* qu'il nous a révelés par
,, J. C. son Fils, (*p.* 183.) de forte que *la*
,, *vraie Religion révelée* (la R. C.) *n'est, &*
,, *ne peut être autre chofe que cette Loi na-*
,, *turelle plus développée,* cette loi naturelle
,, qui fe trouve dans *toute fa pureté* dans *le*
,, *Théifme.* (p. 55.) ,, Lifez ces mots de la
Thèfe, qui retranche net. p. 9. ,, Toute Re-
,, ligion fuppofe néceffairement ces trois
,, chofes qui en font comme *l'ame,* fça-
,, voir la notion d'une divinité, l'immor-
,, talité de l'ame, & le dogme des peines &
,, des récompenfes d'une autre vie. ,, A ces
traits vous reconnoiffez le Théifme. ,, Le
,, *Théifme* eft femblable au métal, qui s'al-
,, lie à tous les autres métaux; il *s'incorpore*
,, *à toutes les Religions du monde,* & fes
,, veines fécondes fe répandent dans toutes
,, les parties de ce vafte univers. ,, Ces paroles font même entendre plus qu'il ne paroît d'abord, & qu'en vantant le *Théifme,*
fon éloge peut réjaillir fur le *Déifme.* Car
elles font empruntées mot-à-mot de Voltaire, (*Lettre Philof.*) lorfqu'il parle, non
du *Théifme,* peut-être ne le connoiffoit-il
pas plus que les Auteurs du Mandement de
Paris, mais en parlant du *Déifme* qu'il con-
fondoit apparemment avec le *Théifme* contre la loi portée ou rapportée par l'abbé de
Prades, qui devroit bien lui faire la correc-
tion; Voltaire ajoute tout de fuite; ,, les

,, veines de cette mine ne font nulle part
,, plus abondantes que dans la Chine ,, ce
Voltaire qui crie tout haut : *Je ne fuis point*
chrétien. (Ep. à Uranie.) Tels font les Docteurs du jeune Bachelier qui marche à la four-
dine , & veut nous faire adopter les maximes
de cet impie qu'il nous rapporte fans le citer,
perfuadé apparemment que le nom feul nous
fait peur , & qu'en écartant cet epouventail
nous avalerons l'appas. Après cela M. d'Auxerre a-t-il tort de lui ,, demander, fi l'on
,, peut rien dire de plus favorable pour les
,, incrédules de nos jours , qui cherchent à
,, fe décorer du nom de la *Religion naturelle*
,, qui eft la même chofe que le *Théifme* en
,, *abjurant la Religion chrétienne* , à qui ils
,, attribuent la fuperftition , dont la Théfe
,, fe plaint que les autres Religions font al-
,, térées , au lieu que dans le *Théifme* la loi
,, naturelle conferve toute fa pureté?

30. C'eft la meilleure de toutes les Religions , excepté celle qui eft la vraie Religion , c'eft-à-dire, excepté la Religion
Chrétienne qui eft appellée la vraie , parce
qu'elle feule conduit l'homme à la vifion
intuitive de Dieu , c'eft-à-dire , au bonheur
de le voir face à face , & de jouir de fa pré-
fence pendant toute l'éternité.

N'allez pas vous imaginer pour cela que
le *Théifme* foit une fauffe Religion. Il eft
une vraie Religion à fa maniere , parce
qu'il conduit à un vrai bonheur dans l'autre
vie. Ce ne fera pas, fi vous voulez , à la
vifion intuitive ; mais on s'en paffe bien.

Vos oreilles ne font point accoutumées à cela. Et comment des oreilles chrétiennes pourroient-elles s'y faire ? Cependant il faut vous apprendre que M. de Prades, comme quelques Scolaſtiques, double tout dans ce monde auſſi bien que dans l'autre. Ils diſtinguent un ordre naturel, & un ordre ſurnaturel ; un état naturel de l'homme, & un état ſurnaturel ; une Religion naturelle, & une Religion ſurnaturelle ; une révélation* naturelle, & une révélation ſurnaturelle ; des vérités naturelles, & des vérités ſurnaturelles ; des vertus naturelles, & des vertus ſurnaturelles, & des vices de même ; un bonheur naturel, & un malheur naturel dans l'autre vie, comme un honheur ſurnaturel, & un malheur ſurnaturel. Tout ce qui eſt naturel appartient à la Religion naturelle, c'eſt-à-dire au *Théiſme* ; tout ce qui eſt ſurnaturel, appartient à la Religion ſurnaturelle, c'eſt-à-dire à la Religion Chrétienne.

Vous comprendrez aiſément après cela que lorſqu'on veut parler d'un bonheur ſurnaturel, comme on fait ordinairement, ſans qu'il ſoit néceſſaire d'en avertir, la R. C. eſt la *ſeule vraie* Religion, toutes les autres ſont fauſſes, parce qu'elle ſeule conduit à ce bonheur. Ainſi on peut dire purement & ſimplement que la R. C. eſt la ſeule vraie.

* Révélation naturelle, différente de celle dont parlent ici les Théologiens après S. Paul. *Deus enim manifeſtavit illis.*

Mais quand on s'explique, & qu'on se borne à un bonheur *naturel*, toutes les autres Religions où se trouve le Théisme, sont aussi de vraies Religions. Mais comme elles ont toutes *surajouté* différentes superstitions à la loi naturelle, & que le Théisme au contraire est exempt de toute pratique superstitieuse; il s'ensuit évidemment que le Théisme est *la plus parfaite de toutes les Religions, excepté la véritable*, c'est-à-dire la Religion Chrétienne. *C'est la plus parfaite de toutes*, parce qu'elle n'a point de superstitions, & que la loi naturelle est chez elle dans toute sa pureté. Elle est moins parfaite que la vraie Religion, qui est la R. C. parce que la R. C. conduit l'homme à un bonheur surnaturel par des voies surnaturelles, & que le Théisme ne conduit qu'à un bonheur naturel par des moyens naturels. Voilà ce que signifie cette proposition de la Thèse, qui est une partie de la troisième proposition censurée. *Omnes Religiones* [*si unam excipias veram*] *præstat sanè Theismus. Illa siquidem à veritate degeneres, lex naturalis in Theismo non est decolor.*

N'allez pas, je vous prie, M. mettre sur mon compte ce double ordre des choses, l'un naturel, l'autre surnaturel. Vous me feriez une grande injure de me croire capable de prêter à M. de Prades pour lui faire affront; assez riche de son propre fond, il n'a pas besoin du mien. Il nous a étalé ses trésors; considérez-les vous-même dans la 2e. partie p. 54. ,, Pour qu'une Religion soit

,, furnaturelle, il faut 1°. Que la fin foit fur-
,, naturelle, c'est-à-dire, que cette fin foit
,, *la vifion intuitive de Dieu.* 2°. Que cette
,, Religion pour obtenir une telle fin, ait par
,, conféquent des *moyens* furnaturels, com-
,, me les *Graces.* 3°. Que cette Religion en-
,, feigne des *vérités* furnaturelles inacceffi-
,, bles à la raifon humaine, tels que nos
,, myfteres.

Voici à cette heure la Religion naturelle :
même page. ,, Dieu en nous créant immor-
,, tels (quant à l'ame,) en nous apprenant
,, que nous le fommes, & qu'il y a dans une
,, autre vie des peines & des récompenfes,
,, auroit pû borner les récompenfes à une
,, *béatitude purement naturelle*, quoiqu'é-
,, ternelle. Cette Religion n'ayant plus alors
,, pour *fin la vifion intuitive de Dieu*, pour-
,, roit en conféquence n'avoir ni *moyens* ni
,, *vérités* furnaturelles. Voilà ce qui fe feroit
,, paffé dans l'état de *pure nature*, qui eft
,, celui que je confidére. ,,

*Voilà donc ce qui feroit paffé dans l'état
de pure nature.* Ne vous arrêtez point là, M.
Ce n'eft que pour vous tromper plus fûre-
ment qu'on vous en parle ici comme d'une
chofe qui auroit pû être : dans plufieurs autres endroits on en parle, fans vous en avertir, comme d'une chofe qui exifte réellement. L'Ecole particuliere d'où l'on a tiré
cette idée d'un état de pure nature, croit que
non feulement les Sauvages, mais encore
tous les peuples à qui l'on n'a point prêché
l'Evangile, font dans *l'état de pure nature*,

C'étoit, selon l'Abbé de Prades, l'état des peuples voisins du peuple Juif, celui du peuple Juif lui-même, & ce qui est plus étonnant, vous avez bien de la peine à n'y pas comprendre même les Patriarches. Cet état est si réellement existant, que le *Théisme* a suffi pour conduire ces peuples au bonheur de l'autre vie. Et cela va si loin, qu'il a conduit même au bonheur surnaturel. C'est ce que vous allez voir dans la 4e proposition, qui me reste à prouver.

4°. Le Théisme ou la loi naturelle suffit pour nous conduire au bonheur de l'autre vie. Pour n'en pas faire à deux fois, je vous prouverai le moins en prouvant le plus ; je vais vous montrer que selon M. de Prades, il suffit pour conduire l'homme au bonheur même surnaturel de la vision intuitive. Voici les preuves en trois mots. Les Patriarches sont parvenus au bonheur surnaturel de la vision intuitive, & selon le Bachelier de Prades, leur Religion étoit le Théisme. Les justes parmi le peuple Juif parvenoient au même bonheur surnaturel ; & leur Religion étoit le Théisme, selon le même Auteur. Ceux qui *plaisent à Dieu* arrivent de même au bonheur surnaturel : or, selon lui, par le Théisme on *plaît à Dieu*. Vous en allez voir les textes. D'où il suit que le Théisme est la seule Religion nécessaire, & qu'absolument parlant on peut se passer de la R. C. & J. C. est mort inutilement. *Ergo gratìs Christus mortuus est.* Sans la R. C. on peut être heureux en quelque maniere, du moins d'un bonheur naturel qui durera éternellement ; mais sans le Théisme on ne peut être heureux en aucune maniere.

Afin que vous ne puissiez être arrêté par le moindre scrupule dans les preuves que je vais rapporter, il est nécessaire de vous donner le dénouement d'une contradiction apparente que voici :

J'ai dit que selon M. de Prades le Théisme *suffit* pour conduire l'homme au bonheur de l'autre vie ; & j'avoue d'un autre côté que selon lui le *Théisme ne peut suffire aux besoins de l'homme.* C'est à la p. 9. de sa Thése. Comment accorder cela ? Rien de plus facile. Quand il parle ainsi dans sa Thèse, il ne s'agit pas de savoir si le Théisme suffit pour conduire au salut, mais s'il est suffisant pour *instruire les simples.* Rien de plus clair. Les trois dogmes qui composent la Religion naturelle ou Théisme, peuvent être connus par les Philosophes par le seul secours de la raison humaine. A l'égard de ceux-là, le Theisme *suffit* seul pour les instruire pleinement : ils n'ont pas besoin du secours de la Révélation. Mais tout le monde n'est pas philosophe, ni capable de le devenir, tels sont les simples, les gens grossiers & sans étude. Jamais ils ne parviendront à connoître ces trois vérités avec le seul secours de leur raison ; le Théisme *ne suffit* pas pour les instruire, il faut y ajouter la *Révélation.* Elle est nécessaire pour eux, elle n'est pas nécessaire pour les Savans. Rapportons le texte de la Thése, & vous en jugerez vous - même.

„ Toute Religion suppose nécessairement
„ ces trois choses, qui en font comme
„ l'ame, savoir la notion d'une *divinité*,
„ *l'immortalité de l'ame*, & le dogme des
„ *peines & des récompenses* d'une autre vie.
„ Ces vérités n'ont peut-être rien de si abs-
„ trus & de si *difficile* à quoi ne puisse at-
„ teindre une raison cultivée par l'étude,
„ perfectionnée par l'expérience, & for-
„ tifiée du puissant secours de la Philoso-
„ phie ; mais elles *surpassent* de beaucoup
„ tous les efforts d'une raison informe &
„ grossiere, brute & sauvage, telle en un
„ mot qu'elle se montre dans l'esprit stupide
„ du vulgaire ignorant. Delà la nécessité
„ d'une *Révélation* même dans le système
„ d'une *Religion purement naturelle*.... Il
„ suit delà que le *Théisme*, tout vrai qu'il
„ est : *ne peut suffire aux besoins* de l'hom-
„ me. „ Il est plus clair que le jour qu'il
s'agit ici des besoins d'*instructions*. Il suffit
pour le savant, il ne suffit pas pour l'ignorant ? celui-ci a *besoin* de la Révélation
pour arriver aux connoissances où l'autre
parvient par les seules forces de sa raison.

Se peut-il rien de plus clair ? Ou bien un
seul texte ne vous contente-t-il pas ? En
voici un autre que vous pouvez lire dans
la 2e part. p. 53. „ Toute Religion suppose
„ l'immortalité de l'ame, & le dogme des
„ peines & des récompenses d'une autre vie.
„ Ces deux vérités, comme l'on voit, peu-
„ vent être *connues* des Philosophes par les
„ seules lumieres de la raison. Mais les vé-

K v

„ rités de la Religion doivent être *connues*
„ des plus idiots comme des plus sages : il
„ est *donc néceffaire* que, par la *Révélation*,
„ les esprits les plus bornés puiffent être
„ *inftruits* de ces deux vérités , auxquelles
„ ils n'auroient peut-être jamais penfé fans
„ ce fecours. Donc l'immortalité de l'ame,
„ & le dogmé des peines & des récompenfes
„ dans une autre vie , doivent être des vé-
„ rités *révélées* , pour fuppléer chez les fim-
„ ples aux raifonnemens des Philofophes. „

　　Autre écueil. Quand on vous parle ici de
la néceffité d'une Révélation qu'il faut ajouter au Théifme n'allez pas croire qu'il faut
y ajouter la Religion Chrétienne , & que
c'eft ici une preuve de la néceffité de cette
Religion. Non, car il ne demande pas ici
une Révélation furnaturelle : elle prouve-
roit en effet la néceffité de la R. C. Il ne
demande qu'une Révélation qu'il appelle
naturelle, parce qu'elle n'enfeigne que les
trois points du Théifme, que l'on peut connoître par une feule raifon naturelle ; une
Révélation qui ne change point la nature
du *Théifme*, qui n'y ajoute rien , & qui fait
feulement pour les fimples ce que la raifon
fait pour les favans. Dans le Philofophe,
c'eft un *Théifme* introduit au moyen de l'é-
tude ; dans le fimple c'eft le même *Théifme*
introduit au moyen d'une Révélation naturelle, qui n'empêche pas que ce ne foit
une *Religion purement naturelle*. „ Cette
„ Religion , toute *révélée* qu'elle feroit ,
„ pourroit encore *n'être pas furnaturelle*,
P. 54.

Mais qu'est-ce que cette Révélation naturelle ? Comment se fait-elle ? C'est ce que le
Bachelier n'explique pas : il ne faut pas tout
dire, il est bon de se réserver des secrets
qu'on manifestera en son tems. Je demande
donc. Dieu révéle-t-il ces vérités par le
moyen de l'étude & de l'application de l'esprit humain ? Non, les simples n'en sont
point capables ; c'est ainsi qu'il les révéle
aux Philosophes ; & c'est ce que le Saint-
Esprit appelle révélation naturelle par la
bouche de S. Paul : *Deus enim illis mani-*
festavit ; & tous les Théologiens de même
en suivant un si grand Maître. Mais ce n'est
point le Maître du sieur de Prades : selon lui
les Philosophes apprennent ces vérités sans
le secours de la révélation naturelle : ils
n'en ont pas besoin. De quelle maniere Dieu
les révéle-t-il donc aux simples ? Se fait-
il entendre par des miracles & des prophéties ? C'est ce que tout le monde a appellé
Révélation surnaturelle, & le bon sens le
veut. Ce n'est donc pas encore cela. Dieu
révéle-t-il ces vérités aux simples par le témoignage & l'enseignement des Philosophes ? Nous pourrions bien y être à ce coup-
ci. Il dit, en effet, p. 14. ,, que ces vérités
,, pouvant être connues par ces Philosophes,
,, la Religion qui les enseigne, pourroit
,, n'avoir été *établie que pour des hommes* ,,
qui auront instruit le simple peuple. C'est
aussi la pensée de Pope dans son *Essai sur*
l'homme, p. 119. Que la Religion fut rétablie par le moyen d'*Hommes magnanimes*,

Poëtes, Orateurs, Philosophes sublimes, &
que ces Payens

Trouverent cette foi, cette morale pure
Que leurs premiers Auteurs tenoient de la nature.

Ainsi la Religion Mahométane, qui est le
Théisme mêlé de quelques superstitions, a
été établie par un homme ; de même toutes
les autres Religions , excepté la R. C. &
celle des Juifs qui lui appartient.

Mais l'enseignement des Philosophes n'est
pas une révélation, même naturelle. Cela
est vrai ; & le peuple étant instruit par cette
voie n'en a pas besoin : la révélation n'est
pas *nécessaire* ; & M. de Prades l'avoue
comme un brave homme, p. 543 ,, Je dis
,, que cette Religion pourroit être révélée,
,, & non pas qu'elle seroit *nécessairement* ré-
,, vélée , parce que ces deux vérités pou-
,, vant être connues par les Philosophes ; la
,, Religion qui les enseigne , pourroit n'a-
,, voir été établie que par des hommes ,,
& par conséquent sans la révélation même
naturelle. Dans moins d'une demi-page,
M. de Prades a le courage de se contredire
de la façon la plus grossiere : la révélation est nécessaire ; la révélation n'est
point nécessaire. Dans la première ligne il
dit : *Toute Religion suppose une Révélation.*
Et dans la cinquiéme ligne : *Je ne dis pas*
que cette Religion seroit nécessairement ré-
vélée.

Qu'elle soit révélée, qu'elle ne le soit pas,
cela ne change rien à la nature de cette Re-

ligion : c'est toujours une Religion naturelle, l'abbé de Prades nous l'a appris, &
il est tout-à-fait compétent pour cela. Il n'y
a donc plus rien qui puisse nous arrêter dans
notre chemin, avançons & montrons par
les propres paroles du Bachelier, que cette
Religion naturelle conduit réellement au
bonheur de l'autre vie, & même à la vision
intuitive qui est le bonheur surnaturel.

M. d'Auxerre, dans son instruction Pastorale, lui demande ,, s'il croit que le
,, *Théisme suffisoit* pour la justice & pour le
,, salut avant la prédication de l'Evangile. ,,
A des questions importunes on ne répond
pas. Mais dans la deuxieme Partie p. 60.
son secret lui échappe. Il y dit que ,, *le*
,, *Théisme étoit la Religion des Patriarches*,
,, *à quelques révélations près.* ,, Ce *quelques*,
réduit ces révélations à bien peu de chose,
& fait entendre, sans doute, qu'elles ne
changeoient rien à la nature de la Religion
du Théisme, qui par conséquent se trouvoit
suffisant au salut, puisqu'il y a conduit les
Patriarches. Que ces révélations n'aient
rien changé dans la nature du Théisme,
selon l'idée de M. de P. c'est une chose démontrée. Le voici en deux mots. Si elles y
eussent changé quelque chose, M. de Prades n'auroit pas prouvé par la *Religion des
Patriarches*, ce qu'il vouloit, savoir, que
le *Théisme* est meilleur que le *Deisme*. Ses
adversaires auroient rejetté ce qui s'y trouve
de meilleur sur les révélations qui l'accom-
pagnoient.

Mais il le dira plus clairement encore dans la suite, en soutenant que la Religion des Patriarches, & sur-tout celle de Job n'étoit que la Religion naturelle, le *Théisme*, & même le *Déisme* : car il appuie beaucoup sur cette doctrine. Elle lui donne occasion d'avancer quantité d'erreurs nouvelles, qui ne se trouvoient point dans sa Thèse, du moins d'une maniere bien intelligible pour ceux qui ne sont pas initiés ; erreurs sur l'Œconomie Mosaïque, c'est-à-dire sur l'ancienne alliance ou la Loi de Moyse. Je me contenterai de vous les montrer en passant sans y ajouter que très-peu de Réflexions : cela suffira pour vous en inspirer de l'horreur.

Pages 169, 171, 176, 178, 180. *La Loi de Moyse n'est pas la Religion des Juifs.* ,, Qu'est-ce donc ? Ce n'est, vous répon- ,, drai-je avec M. Hooke * qu'une *Consti-* ,, *tution civile* sur-ajoutée par Dieu, comme ,, chef politique de la République, à la ,, *Religion des Patriarches.*

Ce mot, *sur-ajouté*, sans parler du reste, est digne de votre attention. Il dira de même dans la suite que les mysteres de la Religion Chrétienne sont *entés*, c'est-à-dire, *sur-ajoutés* à la Religion naturelle, seule Religion essentielle. Mais auparavant, il

---

* M. Hooke, Professeur de Sorbonne dont M. de Prades a pris la dictée. A cela se réduit pour lui toute la Tradition, à la personne de M. Hooke, quel nom ?

faut vous rapporter encore quelques mots sur la loi de Moyse.

Page 174. *Tout* ce qui se trouvoit dans l'ancienne loi, *ne* „ regardoit Dieu *que* „ comme *Roi temporel* des Juifs .... Ces hon- „ neurs & ces hommages que prescrivoit la „ Loi de Moyse . . . s'adressoient donc dans „ la personne de Dieu au *Roi temporel* des „ Juifs.

Page 180. „ Vous ne pouvez nier que *tous* „ les hommes ne soient obligés d'embrasser „ un culte , que Dieu lui-même a prescrit „ avec l'appareil le plus frappant ; donc , „ vous dirai-je , *la Loi de Moyse n'étoit pas* „ *une Religion.* Car tout le monde sait que „ les *nations voisines des Juifs* pouvoient ne „ pas suivre leur loi , *il leur suffisoit pour* „ *plaire à Dieu*, qu'elles pratiquassent les „ *devoirs de la loi naturelle* , qu'elles sui- „ vissent , en un mot , la Religion qui a „ *sauvé Adam* , Noé , & tous *les Patriar-* „ *ches.* „

S. Paul dit que *sans la foi , il est impossi-* *ble de plaire à Dieu : sine fide.* Mais laissons cela à l'écart, avec tout ce que M. de Prades dit du culte & de la loi de Moyse, & suivons attentivement les traces du *Théisme.* Ici la Religion qui a *sauvé* les Patriarches , qui les a conduits au bonheur sur-naturel de la vision intuitive , est clairement réduite à la *Loi naturelle* ; & cela , selon lui , n'est autre chose que la Religion naturelle, le *Théisme* , il l'a dit ci-dessus ; & même le *Déisme.* L'impie Voltaire le dit

comme lui dans sa défense de Mil. Bollingbrock 1753. p. 57. ,, Un *Déiste* est un hom-
,, me qui est de la Religion d'*Adam*, de *Sem*,
,, de *Noé* ,, & M. de P. le va dire lui-même
dans la Proposition suivante.

 Page 181. ,, Si la Loi de Moyse est une
,, Religion, nous avons raison, diront les
,, *Déistes*, de nous en tenir à *présent* à la
,, *Loi naturelle*; c'est la *Religion de tous les*
,, *tems*. Dans les premiers siécles, elle *a*
,, *sauvé* ceux qui la suivoient, les *Patriar-*
,, *ches*, *Iob*, qu'on fait vivre du tems de la
,, Loi de Moyse; & quoique Dieu eût pres-
,, crit un culte nouveau par le ministere de
,, Moyse, les hommes ne furent pas obli-
,, gés, pour cela, à se conformer à ce culte,
,, il leur fut libre de s'en tenir à la *Loi na-*
,, *turella*.

 Pour bien comprendre la pensée de M. de
Prades, souvenez-vous, M. que selon lui, la
Loi de Moyse, n'étoit pas une Religion. Il
fait de grands efforts pour le prouver. L'une
de ses preuves, c'est le raisonnement que
vous venez de lire, & par-là il montre,
sans y prendre garde, que selon lui, le
Déisme a conduit les hommes au bonheur
de la vision intuitive. Si la Loi de Moyse
est une Religion, dit-il, les *Déistes* rem-
portent la victoire sur la Religion Chrétienne, & voici comment. ,, Nous avons
,, raison, diront les Déistes, de nous en
,, tenir à présent à la Loi *naturelle : c'est la*
,, *Religion de tous les tems*. Dans les premiers
,, tems elle a *sauvé* ceux qui la suivoient ,,

„ lès *Patriarches*, *Job*, qu'on fait vivre *du*
„ *tems de la Loi de Moyſe*. „ Elle ſauvera
donc encore *à préſent*. Si on leur répond
que le Déiſme ne peut ſauver *à préſent*,
parce que Dieu a établi la Religion de
l'Evangile, & que tout le monde par conſéquent eſt obligé de s'y conformer; voici
leur réplique, ſelon M. de Prades. „ Quoi-
„ que Dieu eût preſcrit un culte nouveau
„ par le miniſtere de Moyſe, les hommes
„ ne *furent pas pour cela obligés à ſe confor-*
„ *mer à ce culte*, il leur fut libre de s'en te-
„ nir à la *Loi naturelle*. „ Donc, quoique
Dieu ait établi un culte nouveau, une nouvelle Religion par l'Evangile; *nous ne ſom-*
mes pas obligés à nous conformer à ce culte,
& il nous eſt libre de nous en tenir à la
Loi naturelle, à notre Religion, qui eſt le
Déiſme.

Cet argument des *Déiſtes* eſt victorieux;
ils ont raiſon, dit M. de Prades, il faut y
ſuccomber. Cet Abbé ne trouve qu'une réponſe qui puiſſe nous tirer de là. C'eſt de
dire que la Loi de Moyſe n'étoit pas une
Religion, mais une ſimple conſtitution civile, qui étoit particuliere au peuple juif.
Il n'eſt donc pas étonnant que la Loi naturelle ou *Déiſme* fût ſuffiſant alors pour le
ſalut, puiſqu'il n'y avoit point d'autre Religion. Mais *à préſent* que Dieu a établi
une autre Religion, le *Déiſme* ne ſuffit plus
au ſalut.

Telle eſt la réponſe qu'il fait aux *Déiſtes*.
Il eſt donc vrai que ſelon lui, la *Loi natu-*

relle, c'est-à-dire, le *Déïfme* dans la bouche d'un *Déïfte*, qu'il fait parler, a fauvé les Patriarches ; il eft donc vrai que le *Déïfme* a fauvé *Job* & les *Peuples* voifins de la Judée qui vivoient du tems de la Loi de Moyfe ; il eft donc vrai que le *Déïfme* a fauvé le peuple Juif lui-même, puifque ce peuple n'avoit point d'autre Religion, la loi de Moyfe n'en étoit pas une. Il eft donc vrai que le *Déïfme fuffifoit* feul pour conduire au bonheur furnaturel de la vifion intuitive. C'eft ce que je voulois montrer. Or la *Religion naturelle* chez les *Déïftes* n'a point de *Révélation*. Donc le *Déïfme* le plus pur & fans aucune révélation a conduit felon lui, les hommes au bonheur furnaturel de l'autre vie.

Donnons à ceci un nouveau tour. La Religion de Patriarches, de Job, des peuples voifins de la Judée, étoit la Religion naturelle, la même que la nôtre, difent les *Déïftes*. M. de Prades l'accorde. Or, ajoutent-ils, ce *Déïfme* a conduit autrefois au falut ; il peut donc encore y conduire *à préfent*. Ici M. de P. accorde la première propofition, il nie la feconde. Le *Déïfme* a conduit autrefois au falut, M. de P. en convient. Le *Déïfme* peut encore à *préfent* conduire au falut, M. de P. n'en convient pas. Pourquoi ? Parce qu'aujourd'hui il y a une autre Religion que Dieu a fur-ajoutée, & qui oblige tout le monde à s'y conformer : c'eft la Religion de J. C. Si Dieu n'avoit pas fur-ajouté la R. C. on pourroit encore aujourd'hui parvenir au bonheur de la vision intuitive avec le seul *Déisme* ; M. de Prades l'avoue. Bien plus. Quoique Dieu ait établi le culte nouveau de la R. C. on peut encore aujourd'hui arriver au salut éternel & surnaturel avec le seul *Déisme*, s'il est vrai que la loi de Moyse ait été une Religion. M. de Prades en tombe d'accord, il le dit à pleine bouche, il approuve en ce cas, & trouve triomphant cet argument des *Déistes*. ,, Quoique Dieu eut prescrit un ,, culte nouveau par le ministere de Moyse, ,, les hommes ne furent pas pour cela obli- ,, gés de se conformer à ce culte : il leur fut ,, libre de s'en tenir à la *Loi naturelle*. Nous ,, avons donc *raison* de nous en tenir *à pré- ,, sent à la Loi naturelle*, ,, quoique Dieu ait prescrit un culte nouveau par le minis- tere de J. C. C'est donc une chose démon- trée que selon M. de Prades, le *Déisme* a conduit les hommes au bonheur de la vision intuitive. Il y a conduit les Patriarches de- puis Adam ; il y a conduit Job, qu'on fait vivre du tems de la Loi ; il y a conduit dans le même tems les peuples voisins des Juifs ; il y a conduit les Juifs eux-mêmes jusqu'au tems de J. C. il y peut conduire encore à *présent* depuis J. C. jusqu'à la fin du monde, s'il est vrai que la Loi de Moyse a été une Religion. Le *Déisme* est vraiment la Religion de tous les tems. Encore une fois il est démontré que c'est là le sentiment du Bachelier de Sorbonne. Rien de plus clair, la chose saute aux yeux.

Prenez-y garde, M. le *Théifme* & le *Déifme*
ne font pas fi différens l'un de l'autre que
M. de Prades le voudroit faire croire en
certains endroits pour nous concilier avec
le *Théifme*, & nous introduire par fon
moyen jufqu'au Déifme qui effraye davantage. Dans l'endroit même de fon Apologie où il s'efforce, en fe mettant en co-
lere contre les Auteurs du Mandement de
Paris, de mettre la plus grande diftance
entre l'un & l'autre, tout fe réduit à rien,
ou prefque à rien. Vous en jugerez vous-
même, M. (2. *part. p.* 59.) Car, dit-il,
,, qu'eft-ce que le *Déifme*, à prendre ce
,, terme dans le fens le plus favorable? C'eft
,, la Religion d'un homme qui *croit en*
,, *Dieu*, qui reconnoît fur lui l'empire de
,, la loi naturelle; qui même, fi l'on veut,
,, *attend dans une autre vie la récompenfe*
,, *due à fes vertus.* ,, Ce qui ne fe peut, s'il
ne croit l'ame immortelle. Voilà déja les
trois points ou trois dogmes qui font toute
la Religion du *Théifme*. Où eft donc la différence? Dans les paroles fuivantes: ,, *mais*
,, *qui fe révolte contre toute révélation......*
,, Le Théifme au contraire ne porte avec
,, lui aucune idée de Rébellion.. ,, Le *Théifte*
eft difpofé à croire la révélation *quand elle*
fera bien prouvée, comme il dit dans la troifiéme Partie. Mais il fe rend fi difficile fur
la preuve, qu'il differe peu du *Déifte*. 1º. Il
ne convient pas de la néceffité abfolue de
la Révélation même naturelle pour le fimple peuple, encore moins pour les Philo-

fophes; nous l'avons vu ci-deffus ; par conféquent encore moins la néceffité d'une Révélation furnaturelle. Auffi quand on s'y rend, comme fait M. de P. ou qu'il en fait femblant, il en retranche d'abord plus des trois quarts, & par-là peut-être le tout. C'eft ce que j'efpere vous montrer l'ordinaire prochain. Où eft donc la différence entre le *Théifme & Deifme ?*

Voici ce que c'eft. Le *Théifme* eft deftiné à faire les honneurs du *Déifme*, comme le *Déifme* eft deftiné à faire les honneurs du *Matérialifme*, qui à fon tour doit faire ceux de l'*Athéifme*. Ces quatre lignes de l'armée ennemie fe foutiennent les unes les autres. Le *Déifme* pris dans le fens le plus favorable, croit les trois dogmes du *Théifme*, & lui donne la main ; pris dans un fens plus rigoureux, il rejette l'immortalité de l'ame, & par-là il donne la main au *Matérialifme*, qui, comme on fait, ne diffère point de l'Athéifme, le nom feul eft différent. Mais vous renverfez la premiere ligne fur la feconde, qui tombe fur la troifiéme, & celle-ci fur la quatriéme & vous mettez tout en déroute.

Je finis en vous tranfcrivant encore quelques morceaux de M. de Prades : (*p.* 183.) „ Hé quoi ! dites-vous, cette diverfité de „ *facrifices*, cette multitude de *Sacremens*, „ cette multiplicité d'*ablutions*, cet ordre „ pompeux de *cérémonies*, ce *facerdoce* en„ fin, perpétué dans les enfans d'Aaron, „ toutes chofes que la Loi de Moyfe pref-

,, crivoit , ne compofoient-elles pas la
,, Religion des Juifs ? Non, vous répon-
,, drai-je.

Le peuple Juif avoit Dieu pour Roi temporel, comme les autres nations ont des
hommes pour Rois. Les Juifs lui faifoient
leur cour comme on la fait aux Princes de la
terre. Et le tabernacle ou le temple avec le
facerdoce, les facrifices, les facremens, les
ablutions, généralement tout le cérémo-
nial de la Loi, n'étoit autre chofe que l'étiquette de cette Cour.

Ibid. ,, La Religion ne *paffe point* : elle
,, eft *immortelle* comme le Dieu qu'elle
,, adore.... Tout cela, à proprement parler,
,, n'étoit point la Religion des Juifs, parce
,, que rien de cela n'a paffé chez les Chré-
,, tiens. ,,

Il veut apparemment qu'on lui dife touchant tout l'extérieur de la R. C. Sacrifice
de la Meffe, Sacerdoce Miniftériel, Sacremens, &c. *Tout cela à proprement parler,
n'eft pas la Religion des Chrétiens, parce
que rien de cela ne paffera au ciel. Car la
vraie Religion ne paffe point, elle eft immortelle comme le Dieu qu'elle adore.*

Ibid. ,, Leur Religion (je prens ce terme
,, dans fa rigueur) n'étoit point autre que
,, celle des Patriarches, laquelle eft la même
,, chez les Chrétiens. ,,

Nous venons de voir que celle des Patriarches, felon lui, étoit le *Théifme*, la
même Religion que celle des *Déiftes*. La
R. C. eft donc auffi la même que celle des

Théistes, des *Déistes*, ce métal ami de tous les autres métaux, qui se trouve dans toutes les Religions. La Religion essentielle, celle qui a sauvé les Patriarches, se trouve dans toutes les Religions du monde, dans le Paganisme, dans le Mahométisme, chez les Juifs perfides, chez les Chrétiens; mais les unes ont *enté* dessus, comme un accessoire, différentes superstitions, d'autres y ont *enté* des mysteres : ,, avec cette diffé-,, rence, dit-il, (*p.* 181.) que sur ce pre-,, mier fond de la Religion, Dieu a, pour ,, ainsi dire, *enté* tous ces mysteres qu'il ,, nous a révélés par J. C. son fils, & qui ,, composent notre symbole. ,,

Ainsi tous ces mysteres ne sont qu'un accessoire ; ils ne sont pas proprement la R. C. (je prens ce terme dans sa rigueur.) *La vraie Religion révélée n'est elle-même, & n'a peut-être autre chose que la Loi naturelle plus développée* : troisiéme Proposition censurée.

La Religion Catholique-Romaine a conservé cet accessoire plus fidelement que toutes les autres Eglises, qui s'en sont séparées ; elle en est la dépositaire infaillible. De-là l'histoire de toutes les sectes, de tous les Conciles & de leurs suites : ce qui fait le sujet du reste de la Thèse.

M. de Prades se tourmente beaucoup dans la seconde Partie de son Apologie, pour établir cette doctrine touchant le plan de l'Œconomie Mosaïque. Il y employe 40. pages entieres, depuis la 161. jusqu'à la 200. C'est celle qui est enseignée dans la nouvelle

Sorbonne par M. Hooke Ecossois, Professeur Royal, qui en infecte toute la jeunesse. * Je voudrois que N. S. P. le Pape, qui a condamné la Thèse du Bachelier, eût connoissance de ce nouveau système; je suis persuadé qu'il est digne d'anathême & qu'il mérite d'être dénoncé à l'Eglise universelle. Mille endroits de l'Ecriture démontrent invinciblement, que la Loi de Moyse étoit une Religion. Tous les livres de piété généralement, & sans exception d'un seul, aussi-bien que les livres savans, en parlent sur ce pied-là. Ainsi vous n'avez pas besoin de contrepoison: il se trouve par tout. Jamais homme n'a été justifié par une pratique orgueilleuse & philosophique de la *Loi naturelle*. La Religion de tous les tems, celle qui a justifié & sauvé tous ceux qui l'ont été depuis Adam inclusivement, jusqu'aujourdhui, & qui sauvera jusqu'à la fin du monde, n'est autre chose que la foi en J. C. lequel nous a réconciliés avec Dieu par sa mort, nous a purifiés dans son sang, & nous a mérité la grace qui a opéré en nous l'accomplissement de la loi naturelle, aussi-bien que de tous les préceptes des loix positives. Si M. de Prades avoit lû l'Ecriture Sainte avec quelque attention, il auroit vu dans le seul chap. xi. de S. Paul aux Hébreux, tous les anciens marcher par la voie de la foi: *Fide*, &c. Cela suffit. Je suis fâché de vous avoir tourmenté l'esprit par

* En punition il a perdu sa chaire.

tant de raisonnemens ; pardonnez-le en
considération de l'importance du sujet. J'ai
l'honneur d'être, M. &c.

A Valenciennes, ce 21. Février 1753.

VINGT-CINQUIÉME LETTRE.

INSPIRATION DE L'ECRITURE.

CE que vous avez vu dans ma derniere,
M. vous mettra en état de mieux comprendre jusqu'à quel point l'Abbé de Prades
donne atteinte à l'inspiration des Ecritures
de l'ancien & du nouveau Testament ; quels
retranchemens il y fait ; que peut-être même il la détruit entierement. Ce qui affoi-
blit les livres de Moyse, ébranle tout le
reste des Ecritures dont ils sont le fondement & la baze. Il développe les différentes parties de son pernicieux système dans
trois endroits de ses Ecrits ; dans sa Thèse,
dans la deuxiéme Partie de son Apologie,
& dans la troisiéme Partie, à l'occasion de
M. de Buffon.

Cet Auteur prétend que les *vérités Mathé-*
matiques, ne font que des abstractions de
l'esprit, qui n'ont rien de réel. On l'a combattu ; M. de Prades en prend la défense
dans sa troisiéme Partie, p. 37. &c. Je les
renvoye tous deux à l'Auteur des *Lettres*

L

Américaines. Ce favant homme a trop
bien difcuté cette matiere, de même que
toutes celles qu'il manie, pour ne pas lui
en laiffer l'honneur tout entier. Ils apprendront dans ces excellentes leçons, ce que
c'eft qu'un grand Philofophe & un Auteur
poli. Ils verront qu'en fait de Philofophie
ils ne font que des enfans. La huitiéme
Lettre eft particulierement deftinée à la
Propofition dont nous parlons fur les *vérités Mathématiques.* M. de Prades y verra en
paffant comment on bat fon principe, que
*toutes nos connoiffances nous viennent des
fens. Nihil eft in intellectu quod non priùs
fuerit in fenfu.*

Notre jeune Bachelier n'eft pas moins
épris de M. Montefquieu, que de M. de
Buffon. ,, Si je confultois mon amour pro-
,, pre, dit-il, p. 42. & non celui que je porte
,, à ma Religion, je remercierois M. d'Au-
,, xerre de cette affociation avec MM. de
,, Montefquieu & de Buffon. ,, On ne
peut difconvenir qu'il a raifon. Quel honneur pour un difciple d'être affocié avec
des Maîtres ! Jufqu'ici il avoit pris un ton
plus haut que ces Maîtres-là mêmes ; mais
un accès de modeftie l'a pris fubitement
comme un accès de fiévre : malheureufe-
ment cela ne dure pas long-tems : il reprend
le même ton jufqu'à la fin. Mais que fon
amour propre confulté ne le féduife point;
ce n'eft que comme un prête-nom, qu'il eft
affocié à ces grands Philofophes ; il n'eft
pas fort flatteur d'être un pantin mis en

mouvement par une main étrangere, une machine que l'on fait jouer. Paſſons à quelque choſe qui ſoit plus digne de notre attention, & qui fait le vrai ſujet de ma lettre, ſavoir, l'inſpiration des Saintes Ecritures.

M. de Prades prétend dans ſa Thèſe, p. 16. & 17. prendre la défenſe du Pentateuque ou cinq livres de Moyſe, contre les incrédules. Hélas ! quelle défenſe! ,, Nous ,, démontrerons contre les Déiſtes, dit-il, ,, (2. *part. p.* 140.) l'autenticité, la vérité, ,, & la divinité du Pentateuque ; Moyſe ,, lui-même en eſt l'Auteur dans toutes ſes ,, parties. *Contra Deiſtas authenticitatem* ,, *Pentateuchi, veritatem ſimul & divini-* ,, *tatem vindicabimus,* ou, comme il juge à propos de traduire dans ſa Thèſe : ,, Nous ,, prouverons contre les Déiſtes, que le ,, Pentateuque eſt *autentique dans toutes ſes* ,, *parties, vrai* dans les *faits* qu'il contient, ,, & *divin* dans les conſéquences qui en ,, naiſſent naturellement. . . . Il eſt TOUT ,, ENTIER de la compoſition de cet Auteur. ,, *Ab eo exaratus fuit in* OMNIBUS AC ,, SINGULIS *partibus.* Ici nous bravons ,, tous les efforts que font pour le lui ravir ,, Aben-Ezra, la Peyrere, Spinoſa, Hobbes ,, & Richard Simon, auquel on ne ſauroit ,, pardonner d'avoir trahi la cauſe chrétien- ,, ne, pour prêter la main à l'impiété.

Vous voyez M., un *brave* champion diſpoſé au combat. Qui pourroit croire qu'il trahit la cauſe chrétienne de la même maniere que Richard Simon pour prêter les mains à l'impiété! Si cela étoit, quel fond faudroit-il faire fur toutes fes proteftations de zéle pour la caufe de la R. C ? Me foup-çonnez-vous d'aimer les paradoxes ? Condamnez-moi , fi je ne vous démontre pas ces trois chofes :

1º. M. de P. prouve que le Pentateuque eft *autentique dans toutes fes parties* , en montrant qu'il eft *corrompu*.

20. Il prouve que ce livre eft *vrai* dans *tous les faits* , en montrant que plufieurs de fes *faits* peuvent être *faux* , qu'ils font *faux* même.

3 '. Il prouve que Moyfe lui-même en eft l'Auteur *dans toutes fes parties* , que l'ouvrage eft *tout entier* de Moyfe , en montrant qu'il n'eft pas *tout entier* de lui , & que certaines parties ne font pas de Moyfe.

Vous avez déja vu , M. que felon lui , la Loi de Moyfe n'étoit point une Religion , mais une fimple conftitution civile & politique. Cela n'empêche pas à la vérité qu'elle ne foit infpirée ; mais n'eft-elle point dégradée ? Voici quelque chofe de plus confidérable. Il foutient 1º. qu'on peut abandonner la *Phyfique* de Moyfe , toute l'hiftoire naturelle comme fauffe , ou incertaine. 2º. Que des *faits* rapportés dans l'Ecriture peuvent être démentis par le tems & par l'expérience. 3º. Que la *Chronologie* du Pentateuque eft fauffe , qu'lle n'eft pas de Moyfe , & qu'elle a été inférée après coup dans le texte. Ce Livre n'eft donc pas de

Moyſe dans toutes & chacune de ſes parties.

MM. de Buffon, de Monteſquieu, Leibnitz,
Whiſton, Telliaméde , ſont les Créateurs
du monde ; vous ne le ſaviez pas. Tous ces
ouvriers , qui font chacun l'ouvrage en entier , ont bien de la peine à s'accorder : ils
le fabriquent chacun à ſa façon. Rien de
plus curieux que les travaux de tous ces petits Dieux ; vous vous aviſeriez peut-être de
dire , rien de plus ridicule , ſi je vous les
mettois ſous les yeux dans toutes leurs parties ; je n'en dirai qu'un mot. Il ſuffira pour
le ſujet qui nous occupe aujourd'hui. Selon
M. de Buffon ,, le globe de la terre n'eſt qu'un
,, aſſemblage de parties du ſoleil détachées
,, par la chute d'une Cométe qui l'a ſillonné
,, obliquement. ,, Cet Auteur avance l'âge
du monde de cent mille ans au moins. M.
de Monteſquieu a décidé qu'on ne peut pas
plus compter les années du monde que le
ſable de la mer. ,, Selon M. Leibnitz , la
,, terre dans ſon origine étoit un ſoleil qui
,, s'eſt encrouté , puis éteint. Selon Wiſthon,
,, c'étoit une cométe inhabitable qui peu à
,, peu eſt devenue une habitation tranquille
,, & un ſéjour agréable. ,, Selon Telliaméde , c'eſt la mer qui a formé la terre , à
quoi elle a travaillé pendant des millions
d'années.

M. de Prades a rapporté dans ſa Théſe,
p. 22. ces graves folies, il les a combattues ; mais redoutable athléte, il vient nous
aſſurer ici en leur faveur , (3e. *Part. p.* 42.)

qu'on peut, *sans renoncer à la Religion,
abandonner la Physique* de Moyse dans le
récit qu'il fait de la Création du monde.
,, Ces Auteurs, dit-il, (2. *part. p.* 138.) ont
,, cru que pour être d'accord avec Moyse,
,, *il suffisoit* de penser que l'homme n'a été
,, créé, & que le globe n'est devenu pour lui
,, une habitation convenable , qu'au tems
,, qu'il a marqué dans son premier chapi-
,, tre de la Genèse ; que ç'a été l'*unique but*
,, que s'est proposé ce divin Légiflateur,
,, laiffant aux Philosophes à difcuter , fi ,
,, avant cette formation de la terre, la ma-
,, tiere n'avoit pas déja été créée depuis plu-
,, fieurs fiécles. (Et le fieur de P.) ne re-
,, garde pas ces illuftres Philosophes , com-
,, me heurtant de front en cela , le récit
,, hiftorique de Moyse. ,, *Moyse a donc été
en cela bien hardi de fixer cette époque de la
Création* ; (6ᵉ. Propofit. cenfurée.) puifqu'on peut s'en écarter fans préjudice de
la Foi, de la Révélation & de la vérité hiftorique : *Mofes cæteris hiftoricis audentior
hanc epocham* CREATIONIS *determinare non
dubitavit.* Et le fieur de Prades qui fait femblant de fe mettre du côté de Moyse , ne défend fon parti que par une raifon de convenance, ,, *Tant eft grande fon exactitude
,, théologique !* (2. *part. p.* 139.) Ne pouvant
,, fe perfuader que Dieu fe fût occupé à
,, rouler d'épouvantables fphères dans des
,, tems où il n'avoit point l'homme pour
,, fpectateur. ,, Je vous demande fi foutenir Moyse par une telle raifon , & fe

mocquer de lui, n'eſt pas une même choſe?

Mais dans quel endroit de l'Ecriture, ces MM. ont-ils appris que Moyſe n'avoit point d'autre *but* que celui que M. de P, lui prête ? Il faut croire qu'ils ont été inſpirés auſſi-bien que le divin Legiſlateur, pour pouvoir pénétrer ſon *but* & ſon deſſein inconnus au reſte des hommes, & pour être aſſurés que Moyſe en fixant l'*époque de la Création*, n'a pas voulu fixer l'*époque de la Création*, & qu'il a laiſſé aux Philoſophes la liberté de ſoutenir que là matiere a été *créée* pluſieurs ſiécles auparavant; & de *heurter de front le récit de Moyſe*, ſans cependant le heurter de front.

Hé bien, M. qu'en penſez-vous ? l'Abbé de Prades ne ſe joue pas des livres inſpirés ? Il ne borne pas la *Révélation* à tout ce qu'on voudra ? Il n'ouvre pas une large porte à tout le monde, pour faire dans la Révélation tous les retranchemens qu'on jugera à propos, pour en ôter tout ce qui ne pourra point quadrer aux différens ſyſtêmes, & pour mieux dire, aux extravagances que l'imagination enfantera tous les jours; enfin, pour la reſtreindre à la ſeule morale, à la partie dogmatique, comme a fait Richard Simon, qu'il prétend combattre; peut-être à l'exiſtence d'un Dieu, à l'immortalité de l'ame, au dogme des peines & des récompenſes dans une autre vie, au Théïſme, en un mot à la loi *naturelle plus développée*, ce qui fait ſeul *la vraie Reli-*

L 4

gion révélée! L'inspiration enfin, est totalement détruite. Vous dites : Les livres de Moyse sont inspirés jusqu'ici ; ils ne le sont point jusques-là. Qui est-ce qui a planté des bornes ? Si c'est la main de Dieu, montrez-le nous. Si ce sont vos conjectures ; les barrieres sont brisées, rien n'arrête, les uns placeront des bornes où vous n'en mettez pas, il n'en mettront pas où il vous plaira d'en mettre. Le même endroit sera inspiré pour vous, il ne le sera pas pour un autre ; donc il ne l'est pour personne. Ce que vous croyez inspiré, ne sert plus de preuve, on vous répond qu'il n'appartient point à l'inspiration. C'en est fait des livres Saints.

J'ai tenu autentiquement parole sur le premier point, & au-delà de ce que j'avois promis, passons au second. L'Abbé de P. dans la troisiéme partie de son Apologie, p. 43. ose dire „ que des *faits* rapportés dans „ l'Ecriture peuvent être *démentis* par le „ *tems* & par l'*expérience.* „ Il est lui-même démenti par le tems & par l'expérience. Depuis plus de trois mille ans que ces livres sont écrits, le tems, ni l'expérience n'ont pas encore démenti un seul de ces faits, jamais ils n'en démentiront un seul.

Mais pour faire les excuses de l'Ecriture Sainte ou du Saint Esprit, qui l'a dictée, il prétend que *ces faits* ne sont point inspirés, & que dans ces endroits, l'Ecrivain sacré a parlé de lui-même comme les hommes ordinaires ; c'est pourquoi „ ces faits,

,, dit l'Abbé de P. n'ont aucun rapport à la
,, divinité des Ecritures. ,, Sans cela, le
Saint Esprit seroit pris en défaut & convain-
cu de s'être trompé, de là quel triomphe pour
les incrédules ! Un exemple de ces faits démentis par le tems & par l'expérience, il l'a
choisi entre mille.

Il croit l'avoir trouvé dans le *sta, sol* de
Josué.,, Quoi donc, dit-il, (*3. part. p.* 43.)
,, parce que Josué aura dit au soleil de *s'ar-*
,, *rêter*, il faudra nier, sous peine d'ana-
,, thême que la terre se *meut?* ,, Quoi donc?
un aussi grand génie que M. de Prades n'entend pas ce mot de Josué? Croit-il 1°. que
Josué n'a point parlé exactement en disant :
Soleil, arrête-toi ? Croit-il 2°. que de l'exacte vérité de cette Proposition, il s'ensuit
que la terre ne tourne pas ? Si cela est, disons : Que M. de P. que tous les Philosophes modernes sont donc de mauvais Philosophes ! Le 1. Janvier 1743. *Lever du so-*
leil à 7 heures 53. minutes : Le *coucher du*
soleil à 4. heures 7. minutes. Quoi ! des
Philosophes de notre tems parler du *lever*
& du *coucher du soleil!* Est-ce donc que
le *soleil se leve & se couche?* La terre ne
tourne donc pas ? O Philosophes, vous
parlez tous comme Josué, & Josué a parlé
comme vous. Votre langage est exact, celui de Josué l'est aussi. On ne peut conclure du vôtre, que la terre ne tourne pas ;
on ne le peut donc pas conclure de celui de
Josué. Il s'ensuit seulement que M. de P.

L 5

a tort, qu'il n'entend pas Josué, qu'il ne s'entend pas lui-même.

Dira-t-on qu'il faut interpréter Moyse dans le récit de la Création, de la même maniere que nous interprétons Josué? Je réponds 1°. que nous n'interprétons pas Josué: ce saint Homme a parlé très-naturellement, comme tout le monde parle, & comme on doit parler. Je réponds en second lieu, qu'il faudra donc aussi interpréter tous les nouveaux traités de Physique, comme on vient d'interpréter le stile astronomique *du lever* & du coucher *du soleil*. Le commencement de la Genèse est le Traité *Physique* de la formation du monde; c'est leur aveu, lorsqu'ils disent qu'on peut abandonner la *Physique* de Moyse. C'est l'*histoire* de la Création, histoire nécessairement divine & relevée; puisque Dieu seul pouvoit nous en instruire. Ils l'appellent eux-mêmes, le *récit historique de Moyse*. On ne peut donc y donner atteinte sans blesser la révélation. M. de Prades l'a fait; il va même plus loin, & le nom du Chancelier Bacon, est un trop foible rempart pour couvrir son crime. ,, Le *Physicien*, dit le Bachelier, (3. *part. p.* 45.) doit faire dans ,, ses recherches, une entiere abstraction ,, de l'existence de Dieu, & *poursuivre son* ,, *travail en bon Athée.* ,, C'est le vrai moyen de conduire réellement dans l'Athéisme, comme il est arrivé à quelques-uns, ou dans quelque impiété à peu près équivalente,

comme il est arrivé à d'autres. Quand on a
dit, je ne parle point en Théologien, on
croit avoir tout sauvé, ou plutôt avoir endormi les esprits religieux & éclairés. C'est
cette méthode qui a formé tous les impies
de nos jours. Par combien d'endroits M. de
Prades est donc coupable ! C'est pour cela
qu'il est condamné par les Prélats & par la
Sorbonne, & associé aux incrédules avec
autant de justice, que Galilée le fut autrefois injustement. Je me suis dégagé de ma
seconde parole avec honneur, savoir, que
selon M. de P. des faits rapportés dans l'E-
criture peuvent être démentis par le tems
& par l'expérience. Reste la troisiéme, qu'il
faudra remettre à une autre fois, parce que
le sujet fournit beaucoup ; savoir, que selon
lui, la Chronologie du Pentateuque n'est
pas de Moyse. Je crains de vous fatiguer
par une application trop suivie. Recevez,
s'il vous plaît, cette attention, pour une
preuve des sentimens avec lesquels j'ai l'honneur d'être, M. &c.

A Lille, le 24. *Février* 1753.

L 8

VINGT-SIXIÉME LETTRE.

INSPIRATION DE L'ECRITURE.

CHRONOLOGIE DE MOISE.

C'Est aujourd'hui, M., qu'il faut tenir parole sur les autres ravages que M. de Prades fait dans l'Ecriture Sainte dont il ruine la divine inspiration en voulant y faire des retranchemens, pour la borner à certains objets. Après ceux que nous avons vus, il taille encore impitoyablement, & il enléve aux livres de Moyse & à l'inspiration des branches considérables ; c'est la Chronologie, ou suite des années du monde jusqu'au déluge, & depuis le déluge jusqu'au tems où Moyse vivoit.

Cette Chronologie n'est pas la même dans l'Hébreu, (sur lequel on a fait la version latine qu'on lit aujourd'hui dans l'Eglise,) dans la Traduction des Septante & dans le Texte des Samaritains. Cela forme pour l'Abbé de P. deux difficultés. 1°. On ne peut accorder ensemble ces trois manieres de compter les années du monde. A laquelle faut-il s'en tenir ? 2°. Choisissez celles que vous voudrez ; celle des Septante ? Elle n'est pas autentique : le texte n'est qu'une version. Celle des Samaritains ? Leur texte n'a pas autant d'autorité que l'Hébreu. Celle des

Hébreux ? Elle eſt fauſſe, puiſqu'elle eſt trop *courte* pour pouvoir y placer l'hiſtoire de toutes les nations. S'il falloit s'en tenir à cette Chronologie, il ſe trouveroit que certains peuples d'aujourd'hui exiſtoient dès avant le déluge. ,, Le récit de Moyſe ,, fait deſcendre tous les hommes de Noé, ,, & on trouve un peuple qui remonte bien ,, plus haut que cette époque. ,, (2. part. *pag.* 145.) C'eſt le peuple Chinois. Les Ecritures ſe trouveroient fauſſes ; comment ſeroient-elles infaillibles, inſpirées, divines ? Dire qu'elles ont été corrompues, ce ſeroit les deshonorer, remarque M. de Prades, & donner atteinte à leur autenticité, à leur divinité. Il vaut mieux dire, ſelon lui, que ces trois Chronologies y ont été ajoutées par une main étrangere ; qu'elles ne ſont pas de Moyſe ; qu'en un mot, elles n'appartiennent pas au texte ſacré de l'Ecriture ; ainſi il faut les retrancher. ,, J'ai ,, donc prétendu que *Moyſe* n'étoit Auteur ,, d'aucune de ces trois Chronologies ; que ,, c'étoit trois *ſyſtêmes inventés* & arrangés ,, *après coup.* De-là j'ai conclu contre les ,, Déiſtes, que la différence des Chronolo,, gies ne pouvoit nullement leur ſervir ,, pour prouver l'*altération* du texte ſacré. (2. part. p. 146.)

En effet, le ſecret eſt tout ſimple : il n'y a qu'à les *retrancher* du texte ; ainſi on ne pourra plus l'accuſer d'être *corrompu.* Vous me dites que cet homme a un bras malade ; cela le deshonore, je ne veux pas qu'il ſoit

dit que mon ami ait la moindre infirmité.
Laissez-moi faire, j'ai un expédient : je vais
lui faire l'amputation & lui abbattre le bras
entier. Après cela qu'on vienne nous prouver qu'il a mal au bras ! M. de Prades n'est-il
pas un habile homme ?

Il a grand tort de prétendre que l'*altération* du Texte Sacré ,, est la seule ressource
,, que nous ayons pour nous défendre contre
,, lui & contre les Déistes. (2. *part. p.* 147.)
On montrera (dans la Lettre suiv.) contre
eux & contre lui, que la Chronologie de
l'Hébreu est suffisante pour contenir & placer à leur rang les histoires de tous les peuples, & que par conséquent nous n'avons pas
besoin de dire que le texte de l'Ecriture a été
altéré & qu'autrefois la Chronologie sacrée
avoit plus d'étendue.

Mais *comment* est-il arrivé qu'il y en a
trois différentes ? Si quelqu'un avoit droit
de nous faire une telle question ; ce ne seroit pas à un homme comme M. de Prades
à nous la faire. Il n'est pas recevable.
Qu'il commence par nous dire lui-même
quand, *comment*, & par qui les trois Chronologies ont été insérées dans les différens
textes. Après cela il pourra nous demander
d'autres *comment*, & nous obliger à lui répondre ; mais il avoue son impuissance ; &
quand il n'en conviendroit pas, toute la terre
la verroit.

Pour vous, M. je répondrai avec plaisir.
La chose n'est pas aussi embarrassante que
le croit l'Abbé de Prades. Je dis donc que

le texte Hébreu est autentique, & qu'il a la vraie Chronologie. M. de Prades convient qu'il l'a eue autrefois, & puisqu'il n'est pas *corrompu*, comme il a raison de le soutenir, il l'a donc encore cette vraie Chronologie. ,, Le texte *Hébreu*, dit-il, p. 148. avoit ori- ,, ginairement la *vraie* Chronologie, je ,, parle de celui qui étoit avant le schisme ,, des dix Tribus. ,, Il avoit la *vraie* ; nous l'avons donc, & c'est à elle qu'il faut s'en te- nir préférablement à celle des 70. Quelque piété qu'aient pu avoir ces traducteurs, tout le monde convient aujourd'hui qu'ils n'é- toient point inspirés, ni par conséquent in- capables de faillir : préférablement aussi au texte *Samaritain* qui a pu recevoir quelque altération dans une secte schismatique, abandonné de Dieu, à qui certainement les promesses n'appartenoient pas. De plus la difficulté que forme le texte Samaritain n'est pas considérable : l'Abbé de Prades lui- même est forcé de convenir encore, *p.* 142. que ,, nous voyons peu d'Auteurs qui aient ,, suivi la Chronologie des Samaritains. ,, Ce texte n'a pas été assez en usage, ,, ajoute-t-il, pour qu'elle pût avoir beau- ,, coup de défenseurs. ,, Etoit il donc si dif- ficile de choisir entre ces trois Chronolo- gies? Où étoit donc l'embarras capable d'ar- rêter un aussi savant Critique que M. de Prades?

Ce n'est pas tout. Je ne laisse pas ainsi aller mon monde. M. de P. ne veut pas que le texte sacré soit *corrompu*. Il a raison. Ce-

pendant c'eſt M. de P. lui-même, qui enſeigne que ce texte eſt corrompu. Il doit être
bien étonné : à ces traits ſans doute il ne ſe
reconnoît pas. Cela eſt cependant. Le voici.
Vous l'avez vu. Je vais vous le montrer encore. Vous venez de lire ces paroles de cet
Abbé. ,, Le *texte Hebreu* avoit *originaire-*
,, *ment* la *vraie Chronologie.* Je parle de ce-
,, lui qui étoit avant le ſchiſme des dix Tri-
,, bus. ,, *Il avoit originairement la vraie*
Chronologie. Il ne l'a plus. Il eſt donc *corrom-*
pu. Quoi de plus ſimple, & de plus évident!
Qu'il ouvre les yeux, qu'il tombe de ſon
haut, & qu'il ſe rende une fois avec humilité.

J'ajoute : C'eſt donc depuis le ſchiſme des
dix Tribus que s'eſt fait cette corruption ou
altération du *texte Hebreu.* S'il diſoit que
depuis cette époque le *Texte des Samari-*
tains s'eſt corrompu en ce point; cela pourroit être raiſonnable. Mais de le dire du
texte Hébreu au lieu du Samaritain, c'eſt
ne pas penſer. Les Schiſmatiques n'ayant
point les promeſſes d'une protection ſpéciale, la corruption a pu s'introduire dans
leur texte. Les Hébreux avoient les promeſſes, ce n'eſt donc pas là qu'on peut mettre la corruption, & c'eſt-là que M. de
Prades la veut placer. Le *Texte Hébreu avoit*
originairement la vraie Chronologie, & il
ne l'a plus.

Quel ravage ce mot fait dans ſon ſyſtême! Il le renverſe de fond en comble. Il
n'eſt donc pas vrai ce qu'il dit que Moyſe

n'a point composé une Chronologie, que
ce n'étoit point son but, le divin Légiflateur
n'ayant eu d'autre deffein que de nous inftruire : il n'eft donc pas vrai que la Chronologie y a été inférée après coup par une main
étrangere : & tout ce qu'il écrit avec beaucoup d'étendue fur l'origine prétendue des
trois Chronologies, n'eft pas plus vrai.

Encore un petit mot à M. de Prades. On
ne finit pas volontiers les converfations in-
téreffantes. Je prends la liberté de lui demander où il a pris cette époque de la corruption du Texte Hébreu, qu'il fixe au fchifme
des dix Tribus? Dans quels *Mémoires*, dans
quelle *Tradition*, dans quel *monument* du
tems, dans quelles *Médailles* il a appris cette
altération du Texte & fa date? Je fuis fâché
d'être importun ; mais quand on avance des
faits & fur-tout des faits de la plus grande
conféquence, il faut avoir des *preuves de
leur certitude.* Un homme qui a compofé
une Differtation fur la *certitude des faits
hiftoriques* ne doit pas oublier fi vîte fes propres régles. Il faut du moins n'être pas defti-
tué de probabilités, & des plus foibles ap-
parences, & ne pas fe trouver réduit à un
filence honteux.

Je ne me paye pas d'un air de hauteur.
Ce n'eft pas à moi qu'il faut venir dire : Je
la vois cette altération ; donc elle ne peut
être fixée qu'à cette date. Vous ne la voyez
pas cette altération du Texte. Je la vois,
encore une fois, puifque,, le calcul des Hé-
,, breux ne peut s'accorder avec les époques

„ fixes & invariables de l'Empire de la Chi-
„ ne: époques qu'on ne sauroit révoquer en
„ doute sans introduire le Pyrrhonisme his-
„ torique. „ p. 143. Vous ne la voyez pas,
vous dis-je, & je vous montrerai que le calcul des Hébreux s'accorde pafaitement avec
les époques Chinoises, & de plus que vous
n'entendez rien dans l'histoire & la Chronologie de l'Empire de la Chine.

Ce sera, M. pour l'ordinaire prochain.
Il faut ici réunir sous un point de vue les
retranchemens que M. de Prades fait au
Texte sacré. 1°. La Chronologie, qui en est
une partie considérable. 2°. Toute la *Physique*, l'histoire naturelle. 3°. *Des faits*,
qui, selon lui, peuvent être *démentis* tous
les jours par l'expérience. Voilà donc peut-
être les trois quarts retranchés à l'inspiration des livres divins. Ce jeune homme qui
vouloit réfuter Richard Simon, suit préci-
sément le système de Richard Simon. C'est
ainsi qu'il combat les ennemis de la Religion. Voilà bien des fois que je vous le fais
remarquer sur différens points, & il y en a
encore d'autres. Si on les rapprochoit tous,
n'en résulteroit-il pas qu'il défend la Religion, comme nos ennemis pourroient défendre nos places de guerre, si on leur en
confioit la garde?

Arrêtons-nous un peu à M. Simon. Ce
Critique dans son *Histoire du vieux Testament* marquoit les retranchemens qu'il faisoit à l'inspiration. „ Nous distinguerons,
„ dit-il, dans les cinq livres de la Loi, ce

,, qui a été écrit par Moyſe, d'avec ce qui a
,, été écrit par des Ecrivains publics char-
,, gés de recueillir les actes de ce qui ſe paſ-
,, ſoit. On attribuera à *Moyſe* les *comman-*
,, *demens & les ordonnances*, au lieu qu'on
,, pourra faire auteurs *de la plus grande par-*
,, *tie* de *l'hiſtoire* ces mêmes Ecrivains pu-
,, blics . . . . La maniere dont l'hiſtoire qui
,, eſt contenue dans le Pentateuque, eſt com-
,, poſée, ſemble inſinuer cette vérité. ,, Cette
prétendue vérité ſcandaliſa également les
Catholiques & les Proteſtans. Il n'y eut que
les Sociniens & les Déiſtes qui s'en accom-
moderent, parce que c'étoit marcher ſur les
pas de leurs chefs Hobbes & Spinoſa. Il diſ-
tingue dans ces livres ſaints deux parties:
1°. La *partie Morale & Dogmatique.* 2°. La
partie hiſtorique qui fait plus des trois quarts
de l'ouvrage inſpiré. Il donne la premiere
à Moyſe, & il veut bien y admettre de l'inſpiration divine. Mais il ne lui donne pas
la deuxiéme. On veut avoir la liberté d'en
conteſter les faits quand on voudra. Que
pour ſe procurer cette liberté, on diſe que
Moyſe n'en eſt point auteur, ou qu'on diſe
qu'il n'a écrit cette partie que comme homme, non comme inſpiré, ou que ce n'a *pas*
été le but du St Eſprit de nous garantir *ces*
faits, mais ſeulement de nous inſtruire de
nos devoirs ; tout cela revient au même, &
nous donne la même liberté d'en penſer ce
que nous voudrons. Les uns & les autres
ôtent cette partie à l'inſpiration divine, ils

lui ôtent la vérité infaillible. Ils font donc d'accord.

Or felon M. de Prades, *les Chronologies ont été inférées après coup dans le Texte* par une main étrangére *page* 549. Moyfe, felon lui, n'a donné qu'une Chronologie en blanc ; il s'eft contenté de marquer quelques époques ; & une main étrangere reprenant le fil de l'hiftoire a rempli les *efpaces vuides*, comme il s'exprime dans fa Thefe. Les *faits*, la *phyfique*, l'hiftoire naturelle , tout cela n'a pas été dans le *but* du S. Efprit. Vous voyez le concert qui régne entre lui & R. Simon. Suivez-le , il s'étend jufques dans les réflexions & les termes fynonimes. Voici ceux de M. Simon. ,, *La maniere* dont *l'hiftoire* ,, qui eft contenue dans le Pentateuque, eft ,, compofée , femble infinuer cette vérité , ,, (qu'on pourra faire auteurs de la plus ,, grande partie de l'hiftoire , ces mêmes ,, Ecrivains diftingués de Moyfe.) ,, Remarquez ce mot , la *maniere* , s'il ne revient pas à ce que je vais rapporter de M. de Prades. ,, Il paroît par le *tiffu* des livres de ,, Moyfe (voilà la maniere) que ce divin ,, légiflateur n'a point écrit une Chrono- ,, logie (& afin de ne fe pas contredire il a reconnu que Moyfe a écrit une Chrono- ,, logie, *Le texte Hébreu avoit originai-* ,, *rement une Chronologie.*) Qu'on *examine* ,, ces livres, (voilà encore la *maniere*) & ,, l'on verra que ce grand homme (beaucoup d'honneur pour Moyfe de l'appeller un grand homme, comme le grand Voltaire; le grand Montesquieu, &c.), *ne s'étoit point proposé* d'écrire *l'histoire* du *genre humain.* p. 156. Voyez-vous l'a-veu ? La partie *historique* séparée de la partie *dogmatique ou morale*, comme R. Simon la sépare ? Ces MM. se donnent la main après avoir fait semblant de ne se pas entendre. Vous l'allez voir encore.

M. de Prades continue. ,, Le *but* du S. Es-,, prit qui dirigeoit la plume de Moyse, n'é-,, toit pas de satisfaire la curiosité des Juifs ,, sur leur noble antiquité. C'étoit *l'histoire* ,, *de la Religion* que Moyse écrivoit. ,, Sans contredit. Mais le jeune Abbé ne sait pas que l'histoire de la Religion étoit une his-toire sommaire du genre humain; parce que la Religion est étendue dans tous les siécles : c'est une chaîne non interrompue dont le premier anneau tient à Adam le premier adorateur du vrai Dieu, & le der-nier touche à la fin du monde au dernier de ses adorateurs. La suite de la Religion est la suite continue des serviteurs de Dieu; par conséquent la suite exacte des tems, une vraie Chronologie; & cela non pour satisfaire la curiosité des Juifs sur leur no-ble antiquité (que M. de Prades n'ait pas de scrupule) mais par la nécessité de mon-trer la durée perpétuelle & la vérité de la Religion. Enfin. M. de Prades termine ses réflexions par ces paroles remarquables : *Moyse donnoit des Loix à un peuple indocile.* p. 156. Voilà l'autre partie de ses livres, *la loi & les préceptes.* C'est la partie inspirée.

Voilà le même partage que chez M. Simon,
Rapprochez l'une & l'autre : *Moyse ne s'étoit
point proposé d'écrire l'histoire du genre humain.* C'est la partie historique, il peut
s'y trouver du mécompte. *Moyse donnoit
des loix à un peuple fidéle.* C'est *la loi &
les préceptes* qui sont inspirés, & à quoi se
borne l'inspiration. L'accord entre R. Simon & l'Abbé de Prades est parfait. „ M.
Simon, dit le grand Bossuet (Œuv. Posth.
„ T. 2. p. 19.) par sa critique de l'Ancien
„ Testament renversoit *l'autenticité* de *tous*
„ les livres dont il est composé, & même de
„ ceux de Moyse. „ Voilà donc le crime de
M. de Prades qui suit le même plan.

Un Milord qui a joué un grand rôle sur
le Théatre de l'Europe, & qui a cru pouvoir être aussi grand Théologien que grand
Politique, a suivi le même systême. Un
génie supérieur va plus loin que le reste des
hommes, & il a de la peine à comprendre
qu'il puisse avoir des bornes. Il est bien
étonné qu'un génie inférieur au sien dans
un genre, ose lui résister, & entreprendre
de le surpasser dans un autre genre. C'est à
ses yeux un Ciron qui veut s'égaler à l'E-
léphant ; il rit de l'entreprise, & n'en décide
pas moins hardiment. M. B. a donc de même séparé dans le Pentateuque la partie
dogmatique d'avec la partie *historique.* La
1e. selon lui est inspirée, la 2e. ne l'est pas.
Il parle d'après le fameux Critique R. Simon, qui n'a d'autres raisons que sa volonté, son goût, son caprice, & qui a con-

tre lui l'autorité de toute la société Chrétienne. Cela s'appelle une autorité de poids.
Il a été désavoué par la totalité , par les
Protestans comme par les Catholiques, &
contredit par lui-même de la maniere la
plus complette dans toutes les parties de
son système : tant ce Critique avoit des vues
sures & des idées fixes! Il n'a eu pour lui
que deux ou trois Théologiens de Hol-
lande, & les Sociniens, qui ne méritent
pas le nom de Chrétiens, eux qui disputent
à J. C. sa divinité : ,, Aussi, remarque le
,, grand Bossuet, il n'y a plus aujourd'hui
,, de Sociniens qui osent se déclarer, tant
,, le nom en est odieux au reste des Chré-
,, tiens. ,, *

Mais ce qu'il a de charmant, c'est que
c'est Voltaire qui entreprend de défendre
ou d'excuser M. B. mais d'une maniere toute
dévote & parfaitement semblable à celle
de l'Abbé de Prades. ,, Quand Milord Bol-
,, lingbrock, dit-il, p. 45. a appliqué les
,, regles de la critique au livre du Pentateu-
,, que, *il n'a point prétendu ébranler les fon-
,, demens de la Religion.* ** (Auriez-vous
cru Voltaire zélé pour la Religion ? *Num &
Saül inter Prophetas!*) ,, Et c'est dans cette
,, vue qu'il a séparé le *dogmatique* d'avec
,, l'*historique*..... Ce puissant génie a pré-
,, venu ses adversaires en séparant la *Foi*

---

* Œuvres posthumes, T. 2. p. 89.

** Voltaire. Défense de Milord Bollingbrock,
1753.

,, de la *Raifon*, ce qui eſt la ſeule *maniere* ,, *de terminer toutes les diſputes.* ,, Le *Dog- matique* appartient à la Foi, *l'hiſtorique* appartient à la *Raifon*. Ce n'eſt pas que Voltaire s'intéreſſe pour cette diſtinction du *Dogmatique* & de *l'Hiſtorique* ; il ſe moc- que également de l'un & de l'autre en toute occaſion, & juſques dans le livret d'où j'ai tiré les paroles que vous venez de lire. Pour- quoi donc prend-il ceci à cœur dans cet en- droit? Concluez-en qu'il l'a trouvé propre à ruiner entierement l'inſpiration & la di- vinité des Ecritures : de cette *maniere toutes les diſputes feront en effet terminées*. C'eſt le triomphe de l'impiété. L'approbation de Voltaire eſt dans une pharmacie l'étiquette d'un ingrédient mortel. A l'égard des autres, ce qui leur a fait illuſion, ou ce qui leur a ſervi de prétexte pour adopter cette diſtinc- tion, c'eſt principalement la Chronologie des Chinois ; ce ſera le ſujet d'une autre let- tre, il eſt tems de finir celle-ci, le Courrier part. Adieu, &c.

A Lille, ce 28 Février 1753.

VINGT-SEPTIÉME LETTRE.

CHRONOLOGIE DES CHINOIS.

VOUS voyez, M. après ce que j'ai dit dans ma derniere, qu'on n'a pas eu tort de condamner le sentiment de M. de Prades, comme contraire à l'*intégrité* & à l'*autorité des livres de Moyse* : & que M. d'Auxerre a eu raison de lui reprocher de même de donner atteinte ,, à l'*intégrité* & ,, à la *vérité* des livres saints, parce que ,, cet Abbé ne craint pas de dire, que les ,, trois Chronologies, qui se trouvent dans ,, les livres de Moyse, ne sont pas de lui, ,, & qu'elles y ont été insérées après coup ,, par une main inconnue; & qu'il porte la ,, témérité jusqu'à les rejetter toutes, pour ,, recourir à la Chronologie des Chinois. ,,

Aujourd'hui, M. tous les incrédules se tournent de ce côté-là. Ils se persuadent, ou ils en font semblant, que pour cette fois enfin ils ont pris Moyse en défaut. Ce n'est pas la vérité qui donne la vogue a la Chronologie des Chinois, c'est la haine de la R. C. Pendant combien de siécles ont-ils vanté la Chronologie des Egyptiens, qui ne pouvoit se concilier avec celle de Moyse! Et dans ce conflit on se faisoit un plaisir, malgré la raison, de donner la préférence

M

à celle des Egyptiens ; on ne parloit que de
leurs anciennes Dynasties. Etoit-on persuadé de ce qu'on disoit ? Non, mais il falloit que la Religion de J. C. fût fausse. On
sentoit cependant au fond de l'ame une
honte secrette de se tenir roide sans avoir
rien de sensé à répliquer aux démonstrations
contraires. La Chronologie des Chinois est
venue fort à propos, quoiqu'un peu tard,
les tirer d'une situation si fâcheuse. En un
instant la Chronologie des Egyptiens est
devenue fausse. Cet événement a montré
que ce n'étoit pas la vérité qu'on cherchoit.
Celle des Chinois est-elle plus exacte &
plus vraie ? Non, mais c'est une nouvelle
objection contre la R. C. ou plutôt c'est la
même, tournée d'une autre façon. Elle aura
le même sort que la premiere.

Déja on vient de leur enlever cette ressource dans une séance de l'Académie de
Rouen. Déja l'Auteur anonyme, qui a donné au Public l'*Examen de la Thèse du sieur
de Prades*, vient de la réduire en poudre.
Cet Auteur paroît extrêmement instruit de
l'histoire de la Chine, & il ne doit pas regretter le tems & l'application qu'il a donnés
à une étude, qui peut paroître d'abord plus
curieuse qu'utile. La Religion en recueille
aujourd'hui l'heureux fruit. Assurément il
a rendu un service des plus importans à l'E-
glise ; & tous les gens de bien doivent lui
en savoir gré. Pour moi j'en suis pénétré de
reconnoissance, quoiqu'il me soit inconnu.

Je savois bien que les incrédules, qui

aiment à se perdre dans les calculs, seroient confondus tôt ou tard sur cet article, comme sur tous les autres. Mais c'est pour moi le sujet de la joie la plus sensible de voir leur insolence sitôt rabbatue, sans qu'ils ayent pu triompher un seul moment.

Les calculs, les phénomenes astronomiques, les noms Chinois, ne sont pas pour tout le monde. Ils peuvent plaire aux savans, & ils trouveront de quoi se satisfaire dans l'Ecrit dont je parle. Je me contenterai d'abréger ce morceau qui est la perle de tout l'Ouvrage, & de le tourner d'une maniere qui fasse sentir la vérité par des preuves suffisantes, & qui en même tems ne demande pas trop d'application de l'esprit. Vous aurez, M. à essuyer une bordée de noms, qui ne sont pas moins étrangers pour nous que les figures Chinoises. Mais rassurez-vous. Comme il n'y a pas pour nous d'idée bien nette attachée à ces noms comme à ceux des acteurs qui jouent leur rôle dans notre histoire de France, il sera aisé d'en retrancher un grand nombre sans aucun inconvénient. Afin que vous puissiez mieux juger de toute cette affaire, je vais vous mettre sous les yeux l'endroit de la Thése dont il s'agit, page 37.

La seule époque de Hoang-ti prouve que » les commencemens de l'Empire de la Chi- » ne remontent vers l'an 2575. avant J. C. » (231. ans avant le déluge.) C'est lui qui » a inventé ce célébre Cycle de 60. jours, *

* Il a voulu dire sans doute de 60. ans.

M 2

,, qui est si fort en usage chez les Chinois,
,, tant dans leurs affaires civiles que reli-
,, gieuses. Le premier jour des cycles, où
,, commence l'Ere Chinoise, tombe au
,, Solstice d'hiver. Ce jour-là même, vers
,, le milieu de la nuit, le soleil & la lune,
,, au point même du solstice se trouverent
,, en conjonction dans le premier dégré du
,, Caper. Or cette tradition avoit cours
,, chez les Chinois sous le regne de Mentzé,
,, 300. ans avant J. C. & du tems que Con-
,, fucius fleurissoit. Les Chinois étoient
,, pour lors trop étrangers dans l'astrono-
,, mie pour qu'ils pussent, en supputant
,, les tems, parvenir à découvrir ces Phéno-
,, menes, qui leur auroient pu faire soup-
,, çonner cette époque. Selon les calculs
,, exacts de Messieurs de Cassini, de la Hire
,, & Whiston, ces Phénomenes n'ont pu
,, arriver que l'an 2450. avant J. C. (106.
,, ans avant le déluge.) Donc cette époque,
,, que confirme l'astronomie, détruit ab-
,, solument la Chronologie du Texte Hé-
,, breu, tandis qu'elle assure aux Chinois
,, l'antiquité dont ils sont en possession.

La réponse à cela se réduit à deux propositions très-simples. Il faudra tâcher que
leurs preuves le soient aussi. 1e. Proposition.
M. de Prades ne sait pas l'histoire de la
Chine. 2e. Proposition. Quand il la sauroit, il n'en tireroit aucun avantage pour
son sistême. Deux vérités humiliantes pour
un homme aussi savant que M. de Prades
le croit être, & qui se décernoit déja les

honneurs du triomphe. Reprenons l'une, après l'autre les différentes parties qui com-, poſent le texte de la Thèſe que nous venons de lire.

„ La ſeule époque de Hoang-ti prouve „ que les commencemens de l'Empire de „ la Chine remontent vers l'an 2575. avant „ J. C. „ c'eſt-à-dire, 231. ans avant le dé-luge. Quelle victoire contre la Chrono-logie des Hébreux ! On va la rendre plus grande : M. de Prades ſe trompe. La hui-tiéme année de ſon Empereur Hoang-ti tombe à l'an 2697. avant J. C, c'eſt-à-dire, 122. ans plus haut. Quelle erreur d'abord dans ſon calcul ! Si vous y ajoutez les regnes fort longs des deux Empereurs qui l'ont pré-cédé, le total de cette 1ᵉ. erreur peut mon-ter à la ſomme de deux ou trois cens ans. C'eſt peu de choſe : elle ſeroit de plus de huit cens ans, ſi on comptoit les ſept Em-pereurs, que pluſieurs hiſtoriens Chinois mettent entre le dernier de ces deux pré-déceſſeurs & l'Empereur Hoang-ti. Elle iroit même juſqu'à plus de deux mille ans, ſi avec d'autres Chinois on vouloit encore tenir compte de quinze Empereurs qu'ils placent entre le premier & le ſecond des deux prédéceſſeurs. Voilà ce qui s'appelle un mécompte.

Vous me direz peut-être, M. que ceci fait pour M. de Prades contre nous, puiſ-que les commencemens de cet Empire re-monteront à plus de deux mille ans avant le déluge, au lieu de deux cens ans ſeule-

M 3

ment. Mais ne prévenons rien, je vous prie:
on montrera dans la suite la valeur de toutes
ces histoires Chinoises qui servent de fondement à l'Abbé de Prades. Souvenez - vous,
M. que dans cette premiere proposition il
s'agit uniquement de prouver que M. de
Prades ne sait pas l'histoire de la Chine.
Qu'en pensez-vous ? La preuve vous paroît-
elle étoffée ? En voici d'autres qui la dou-
bleront.

M. de Prades veut parler des cycles de la
Chine, & il dit : ,, Le premier jour de ces
,, cycles où commence l'Ere Chinoise,
,, tombe au *Solstice* d'hyver, vers le milieu
,, de la nuit, le *soleil* & la *lune* au point
,, même du solstice se trouvant en *conjonc-*
,, *tion* dans le premier dégré du *Caper.* ,,
Autant de mots, autant d'erreurs. ,, Con-
,, sultez, M. les Calendriers Chinois, lui
,, réplique l'Auteur de *l'Examen*, & vous
,, mettrez 1°. *Au signe des poissons*, & non
,, au *Solstice d'hiver.* 2°. Dans le 15e. dégré
,, du *Verseau*, non au 1e. dégré du *Caper.*
,, 3°. Il est étonnant que vous ayez étudié
,, l'histoire de la Chine, & que vous ne sa-
,, chiez pas que quand les Chinois parlent
,, de *Conjonction*, il ne s'agit pas du *Soleil*
,, & de la *Lune*, mais des cinq autres pla-
,, nétes.

,, Vous ajoutez, continue cet Auteur,
,, que la tradition de cette conjonction avoit
,, cours chez les Chinois sous le regne de
,, *Mentzé* 300 ans avant J. C. & du tems que
,, *Confucius* fleurissoit. Mais, M. *il n'y a*

„ point eu en Chine d'Empereur Mentze.
„ Cette Tradition avoit si peu cours en
„ Chine, que plusieurs historiens n'en
„ parlent pas, que Confucius lui-même
„ l'a omise dans son Chouching..... qu'en-
„ fin tout le monde convient que la con-
„ jonction (dont M. de Prades veut par-
„ ler) est fausse.

Notre Auteur le poursuit l'épée dans les
reins. „ Vous faites observer, lui dit-il,
„ que selon les calculs exacts de MM. Cas-
„ sini, de la Hire & Whiston ces phéno-
„ mènes n'ont pu arriver que l'an 2450.
„ avant J. C. (106. ans avant le déluge.)
„ Donc, concluez-vous, cette époque que
„ confirme l'astronomie, détruit absolu-
„ ment la chronologie du Texte Hébreu.
„ Ces Astronomes disent tout le contraire
„ de ce que vous leur faites dire. Ils mon-
„ trent *la fausseté* de l'époque de la Chine,
„ parce que ces phénomènes sont posté-
„ rieurs de 400. ans, & ne sont arrivés que
„ 2012. avant J. C. 332. ans après le dé-
„ luge.) D'où je conclus, Donc vous ne
„ savez point l'histoire de la Chine.

A qui demeure la victoire, M ? Elle ne
fera pas moins complette sur la 2e. Proposition : Quand M. de Prades auroit sçu
l'histoire de la Chine, il n'en auroit tiré
aucun avantage pour son systême. C'est ici
qu'il faut vous dire la valeur des histoires
Chinoises dont nous avons parlé ci-dessus.
„ Elles ne prouvent pas que l'époque de la
„ 8e. année de Hoang-ti soit fondée. On

M 4

„ ne peut même lire toutes ces annales Chi-
„ noiſes, dit notre Auteur, ſans voir que les
„ commencemens de l'hiſtoire de la Chine
„ ſont auſſi obſcurs que ceux des autres na-
„ tions, qu'on ne craint point de rejetter
„ au nombre des fables, ou du moins des
„ choſes douteuſes.

La première de toutes les Eclypſes qu'on
dit obſervées par les Chinois, & dont on
veut faire le fondement de leur Chronologie, eſt bien poſtérieur au déluge. Même
rien de „ plus incertain que cette Eclypſe.
„ L'année n'en eſt nullement marquée. *Au-*
„ *cun* Chinois ne la ſait. Les Aſtronomes
„ la placent, les uns dans une année, les
„ autres dans une autre ; les nôtres à l'an
„ 2155. avant J. C. parce que le calcul leur
„ apprend qu'il y eut une Eclypſe le 12. Oc-
„ tobre de cette année-là, (qui eſt la 189.
„ après le déluge.) Ceux qui la font re-
monter le plus haut, ne vont qu'à 4. ans
au-deſſus, c'eſt-à-dire, à l'an 185. après le
déluge.

De plus la *ſeconde* obſervation qui ſe
trouve dans les faſtes Chinois, ne remonte
qu'à l'année 776. avant J. C. Ils n'ont donc
pas des obſervations auſſi anciennes qu'on
le veut.

Le cycle de 60. ans n'eſt pas plus favorable au ſieur de Prades. „ Qu'il liſe les an-
„ nales & il verra ſous l'an 841. avant J. C.
„ que c'eſt uniquement à cette année que les
„ caractères du cycle commencent à être
„ *ſûrs*, & que pour les années qui ont pré-

,, cédé, la distribution en est purement *ar-*
,, *bitraire.*

,, Enfin Confucius lui-même né 551. ans
,, avant J. C. qui écrivoit dans les plus
,, beaux tems de l'Empire avant l'incendie
,, des livres, avoue qu'il n'a pas assez de
,, monumens pour constater ce qui s'est pas-
,, sé sous la Dynastie des Hia & des Chang.
,, Il se borne à la Dynastie des Tcheou qui
,, n'a commencé que l'an 1122. avant J. C.
,, (1222. après le déluge) il aime mieux se
,, taire sur les tems les plus reculés, que de
,, rapporter des faits que la postérité ne
,, croira pas. Je ne vous demande qu'autant
,, de modération qu'en a eu Confucius, pour
,, vous faire convenir de ma seconde Pro-
,, position. Quand vous auriez sçu l'histoire
,, de la Chine, vous n'en auriez tiré aucun
,, avantage pour votre système.

Concluons avec l'Auteur. ,, Je suis tou-
,, jours en droit de demander à l'incrédule
,, *un fait certain*, lorsqu'il veut attaquer nos
,, livres saints. Or il n'a encore jamais ré-
,, pondu au *défi* que les défenseurs de l'Hé-
,, breu & de la Vulgate lui ont fait de le
,, produire. ,, M. de Prades a voulu montrer
que les commencemens de l'Empire de la
Chine sont plus anciens que le déluge, & on
lui démontre qu'ils sont beaucoup postérieurs au déluge. Je crois que vous devez
être content. J'ai été, &c.

A Lille, ce 4. *Mars* 1755.

M 5

VINGT-HUITIÉME LETTRE.

LES MIRACLES.

CE n'est pas un traité sur les Miracles que je vous envoye, M. je veux seulement vous montrer les crimes de M. de P. sur cet article, c'est-à-dire, les coups qu'il porte à leur autorité dans la quatriéme, la huitiéme, & la neuviéme Propositions censurées.

Après avoir mis d'abord sur une même ligne, d'une maniere dont lui seul n'a point été scandalisé, les Religions des Idolâtres, de Mahomet, des Juifs & des Chrétiens, il prononce hardiment que toutes ces *Religions* (dans son Apologie 3e. part. 99. il a mis *Religionnaires* : il y a du Mystere.) produisent avec *trop d'ostentation*, leurs oracles, leurs miracles, & leurs martyrs. Pour s'excuser, il dit qu'il fait parler un interlocuteur : vaine défaite ! Je supprime plusieurs réflexions pour lui répondre en un mot, que dans cette supposition-là même, son tort subsiste. Il suffisoit pour mettre dans toute sa force l'objection du prétendu interlocuteur, d'employer le terme produire, *ostentat* : chaque Religion *produit* ses miracles, ses, &c. *sua quaque Religio miracula ostentat, sua oracula, suos martyres. Le nimis ambitiosè* étoit entierement

inutile, loin d'être nécessaire ; dès ce moment il est criminel, il insulte à la R. C.
& fait entendre que toutes preuves de sa
vérité ne sont qu'une vaine ostentation de
choses fausses ou douteuses. Le Mandement
de M. l'Archevêque de Paris a-t-il tort de flétrir comme *blasphematoire* la Proposition du
Bachelier ?

M. d'Auxerre le réduit à un silence honteux, en lui demandant (*Inst. Past. p. 236.*)
,, où sont les *Miracles* de Mahomet, où
,, sont ses *Martyrs*, & les *Prophéties* qui
,, l'ont annoncé ; & quelle preuve la These
,, a-t-elle que le Mahometisme produit
,, avec ostentation ces témoignages de la
,, vérité qu'il s'attribue ? ,, Quelle preuve ?
Apparemment l'autorité des *Lettres Tur-
ques*. Le Matérialiste inconnu qui a écrit ce
chétif libelle, prête aux Mahométans des
miracles, des Martyrs, des Prophéties ;
parce qu'il le veut, & sans articuler un seul
fait, sans apporter le nom d'un seul martyr,
sans montrer une seule prophétie. Le sieur de
Prades qui paroît plein de toutes ces sortes
de lectures, a peut-être cru la chose sur la
parole de l'Auteur.

Cependant la premiere chose que font tous
ceux qui entreprennent de démontrer la
fausseté de cette Religion, c'est de prouver qu'elle a été établie sans miracles. C'est
ce qu'a fait entre autres notre savant *Gro-
tius* d'abord en *Flamand*, puis en latin dans
son livre *de la vérité de la* R. C. & il le
montre par l'Alcoran même. ,, Mahomet,

,, dit-il, reconnoît que J. C. a rendu la
,, vue aux Aveugles, le pouvoir de mar-
,, cher aux boiteux, la santé aux malades,
,, & la vie aux morts. Mais pour lui, il dit
en plusieurs endroits ,, qu'il a été envoyé,
,, non pour faire des miracles, mais pour
,, se faire croire par les armes. *Azoara* 5.
,, & 13.

Mais de quel opprobre le Prélat ne cou-
vre-t-il pas le Bachelier par cette autre Réflexion. ,, Quelle ignorance dans la Thèse,
,, d'alléguer contre la R. C. les miracles, les
,, oracles, les martyrs de l'ancien Testament,
,, comme si nous n'y avions aucun droit, &
,, qu'ils n'eussent pas été faits pour nous! ,,
D'opposer à la R. C. les fondemens de la Religion Chrétienne !

Sa huitième Proposition condamnée porte
,, que certains Auteurs ont embarrassé la na-
,, ture des miracles, qui est claire d'elle-
,, même, de tant de chimeres & d'ambiguités,
,, qu'ils ont fait ensorte que la voix de Dieu
,, *n'a plus aucune force* pour attester sa volon-
,, té aux hommes par les miracles.

Pour se débarrasser, cet homme, qui fait
par tout de si grandes protestations de sin-
cérité & de docilité, a recours au mensonge;
il ne manque pas de falsifier sa proposition en traduisant sa Thèse & par tout où
il en parle. Voici sa traduction. ,, La nature
,, des miracles, quoique claire & lumineuse
,, en elle-même, s'est trouvée tellement em-
,, brouillée par les vaines subtilités de plu-
,, sieurs Scholastiques, que ces organes de

,, la divinité ont perdu *entre leurs mains*
,, toute la force qu'ils ont *naturellement*
,, contre les impies. ,, Ces mots, *entre leurs
mains*, & *naturellement*, ne font ni dans
la propofition, ni dans la Thèfe : l'une &
l'autre portent tout fimplement ,, que cette
,, voix de divinité n'a plus de force pour
,, faire connoître aux hommes la volonté de
,, Dieu. ,, *Nullam ampliùs habeat vim vox
Dei per miracula fuam hominibus volunta-
tem atteftantis.*

La neuviéme Propofition cenfurée, enfeigne que la certitude des miracles de guérifon dépend des Prophéties, & que les miracles de J. C. font *équivoques* (9e. *Prop. cenf.*)
parce qu'ils ont de la reffemblance avec ceux
d'Efculape. Pour fe fauver, il appelle à fon
fecours Dom Lafafte & le Docteur le Rouge.
Mais s'ils font eux-mêmes brûlés par les cen-
fures de Sorbonne & de M. l'Archevêque de
Paris, garantiront-ils l'Abbé de Prades de
la brûlure ?

Cette ame fi droite & pleine de candeur
emploie encore ici le déguifement & le
menfonge. ,, On verra, dit-il, (3. *part.*
,, *p.* 100,) dans mon Apologie, fi nous
,, avons affoibli la preuve de la divinité de
,, J. C. en faifant dépendre la caufe dé-
,, monftrative *de quelques-uns* de fes pro-
,, diges, de leur concert avec les Prophetes
,, qui les ont annoncés. ,, *De quelques-uns
de fes prodiges ?* On croiroit qu'il ne s'agit
que d'un très-petit nombre. Il s'agit de prefque tous; il s'agit de *tous* les miracles de

guérifon : *omnes morborum curationes à Chrifto peracta*, p. 58. de la Thèfe. *Omnes toutes*. Continuons & nous trouverons encore d'autres certificats de probité. ,, Les ,, guérifons opérées par J. C. quoique mira- ,, culeufes en elles-mêmes, fi on les fépare ,, des Prophéties, *qui dévoilent à nos yeux* ,, *leur divinité*, n'ont point pour nous per- ,, fuader la force des miracles. ,, Il y a dans le Latin ,, non pas, *qui dévoilent* à nos ,, yeux leur divinité, mais, *qui y répandent* ,, *quelque chofe de divin*. ,, Quelque chofe feulement, fi peu que rien, une légére tein- ture de divin. Lors même qu'ils ont été pré- dits par les Prophetes, ils ne font pas encore divins purement & fimplement : *qua in eas aliquid divini refundunt*. C'eft ainfi, vous le voyez, M. qu'il n'a point affoibli les preu- ves de la divinité de J. C.

Je pourrois vous montrer dans les trois parties de fon Apologie cent traits fembla- bles qui répandent des taches noires, & comme de vilaines croûtes fur le brillant foleil de fon *ame de feu*. Je crains même qu'elle n'en foit réellement couverte, qu'à la fin elle ne devienne groffiere & toute ter- reftre, *terrena fæcis*. Tel eft le ravage que fait l'entêtement à foutenir une mauvaife caufe.

Je fuis, &c.

A Lille, ce 8. Mars 1753.

P. S. Je ne ſçais ſi je dois m'arrêter au reſte de ſon Apologie : c'eſt peu de choſe , il y a plus de fureur que de raiſon. Cependant , que je vous en diſe un mot. Vous ſaurez donc que M. de Prades a trouvé un ſecret pour ſe blanchir , ſupérieur à toute l'herbe des foulons. (3. *part. p.* 101.) Il ſe croit abſous pat la Sorbonne , des attentats que M. d'Auxerre lui reproche , auxquels la Faculté n'a pas touché à ce qu'il prétend. D'un autre côté , il veut ſe perſuader que le Prélat l'abſout preſque de tous ceux que la Sorbonne lui a reprochés ; de ſorte qu'en réuniſſant ces deux autorités , le voilà reconnu innocent.

Triſte conſolation ! Quand on eſt ſans reſſource , on tâche de s'étourdir & d'éloigner l'idée de ſon mal. Pour moi , je ne vois ici d'autre différence entre M. d'Auxerre , & la Sorbonne , ſinon qu'elle a frappé , & que le Prélat inſtruit. Elle a condamné , & l'Evêque démontre qu'elle a bien condamné. Si elle n'a pas relevé tout ce qu'elle pouvoit encore reprendre ; M. de P. croira-t'il que ce ſoit une approbation ? Un Auteur de Dictionaire doit ſavoir la différence entre l'un & l'autre. Qu'il ne s'imagine pas que nous approuvions tous les traits de ſa Theſe & de ſes Apologies dont nous n'avons point parlé , ou que nous n'avons touché qu'en paſſant.

Il remarque que l'Inſtruction Paſtorale d'Auxerre ,, gliſſe légérement ſur les der- ,, nieres accuſations , & que l'Auteur ne fait

,, aucun effort pour le convaincre de les
,, avoir méritées. ,, Si on ne fait pas d'effort,
,, c'eſt qu'elles ne demandoient point d'ef-
,, fort parce que l'eſprit d'incrédulité & de
,, mépris de la foi s'y montre plus à décou-
,, vert ,, comme le remarque le Prélat, &
qu'en peu de mots il le confond de telle
ſorte, que le Bachelier n'a pas pû y répondre.

Si M. de P. juge qu'une réfutation courte
& nerveuſe n'eſt pas une réfutation ; qu'il
ſe hâte d'enrichir de cette définition *le péni-*
ble & *grand Ouvrage* du Diſtionaire Ency-
clopédique, auquel il a tant de part, & de
conſoler par cette heureuſe découverte *ſes*
Editeurs conſumés de fatigues & de veilles
(3. part. p. 90.)

Je ne vous tranſcrirai pas, M. les empor-
temens de l'Apologiſte : ce ſeroit inſulter
une ſeconde fois ceux qui en ſont l'objet.
Qu'ils l'ayent été une fois, c'en eſt trop.
Mais il faut faire quelques remarques ſur
les accuſations enſevelies ſous ce tas d'injures. Il impute à ceux qu'il appelle Jan-
féniſtes d'avoir inſpirés aux impies le ſouverain mépris qu'ils ont pour la Religion
Chrétienne , par une multitude d'ouvrages de toutes les ſortes propres à couvrir
d'opprobre le Dieu , le Prêtre , l'Autel.
(3. *part. p.* 102.) A quoi s'expoſe cet Apologiſte ? Ne pourroient-ils pas lui demander
s'il y eut jamais Ecrit plus furieux que la
troiſiéme partie de ſon Ouvrage ? Où a-t'il
appris à outrager tous ſes Supérieurs , les

Puissances ecclésiastique & civile? Ce n'est point à leur Ecole, à moins qu'il ne veuille se ranger avec les impies. Il connoît donc, pourroient-ils dire, une autre école bien réelle où il a pris ses leçons. C'est sur elle que frappe sa déclamation emportée.

De quelque maniere qu'on veuille penser au sujet des Appellans, il faut leur rendre justice : on la doit à tout le monde ; ils ont applaudi à la déclaration que les Prélats chefs de l'Appel ont faite, de ne point regarder comme vrai Appellant quiconque au mépris des Régles passera au-delà de ce que prescrit la *nécessité* d'une *juste* défense : bien entendu qu'un homme aussi passionné que l'Apologiste, ne sera pas le Juge de cette *nécessité* & de cette *justice* ; il pourroit servir d'exemple.

Si les Appellans le traitoient avec quelque sévérité ; comme il n'a aucun rang, ils ne fouleroient pas *aux pieds* dans sa personne, *la Tiare, les Mitres & les Crosses* ; & quiconque aura lû ce morceau de son Apologie, conviendra qu'il seroit *juste & nécessaire* de réprimer l'insolence d'un jeune homme, qui a traité de la maniere la plus indigne une multitude de Prêtres qui le valoient bien, les Jésuites, la Sorbonne, plusieurs Prélats, le Parlement, tout, en un mot, excepté les incrédules, les Auteurs de l'Encyclopédie, MM. de Buffon, de Montesquieu, Bayle, Locke, les seuls de tous les hommes de qui il dise du bien, pour qui il témoigne même de l'estime, de la vénération, de l'admiration.

Ce partage que fait le Bachelier, nous met sous les yeux un fait très-important. Vous voyez d'un côté & contre l'Abbé de P. toute l'Eglise de Dieu : il n'a qui que ce soit pour lui. D'un autre côté il n'est accompagné, entouré que de ceux qui sont incrédules ou leurs amis. Il se condamne ainsi lui-même.

Voilà, M. tout ce que j'ai cru devoir vous érire sur cette Apologie, non tout ce que je pourrois dire. Ceci suffira, sans doute. Je laisse à ceux qui ont plus le loisir & plus de talens, le soin d'approfondir davantage tous ces objets, & de les développer avec plus d'étendue.

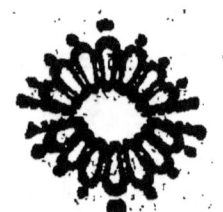

TABLE

DES LETTRES

Contenues dans la seconde Partie
de cet Ouvrage.

XV.   Lettre. *Caractere de l'Apologie de*
              M. de Prades.   139

XVI.   Lettre. *Complot contre la Religion.*
                                     144

XVII.   Lettre. *Impiété de la Thèse.* 154

XVIII. Lettre. *Ame de feu.*   159

XIX.   Lettre. *L'Homme factice.* 166

XX.   Lettre. *La Loi naturelle.* 173

XXI.   Lettre. *Existence de Dieu.* 190

XXII.   Lettre. *Providence.*   196

XXIII. Lettre. *La Société.*   199

XXIV.   Lettre. *Déisme, Théisme. Ancienne*
              Alliance.   207

XXV.   Lettre. *Inspiration de l'Ecriture.*
                                   233

XXVI. Lettre. *Inspiration de l'Ecriture.*
             Chronologie de Moyse. 344

XXVII. Lettre. *Chronologie des Chinois.*
                                   257

XXVIII. Lettre. *Les Miracles.*   266